마을
발견

마을 발견

펴 낸 날/ 초판1쇄 2020년 12월 24일
　　　　　초판3쇄 2021년 09월 01일
지 은 이/ 송경애

펴 낸 곳/ 도서출판 기역
펴 낸 이/ 이대건
편　　집/ 책마을해리

출판등록/ 2010년 8월 2일(제313-2010-236)
주　　소/ 전북 고창군 해리면 월봉성산길 88 책마을해리
　　　　　경기도 파주시 회동길 363-8
문　　의/ (대표전화)070-4175-0914, (전송)070-4209-1709

ISBN 979-11-91199-02-4 03810

이 도서의 국립중앙도서관 출판예정도서목록(CIP)은 서지정보유통지원시스템 홈페이지(http://seoji.nl.go.kr)와
국가자료종합목록 구축시스템(http://kolis-net.nl.go.kr)에서 이용하실 수 있습니다. (CIP제어번호: CIP2020049656)

마을 발견

사람이 사람에게 기적이 될 수 있을까

송경애 지음

ㄱ

다정한 마을, 다감한 사람

가을 햇살이 스미는 순간이었다.

묵직하면서도 경쾌한 외마디 소리가 새어 나왔다. 작은 생명체의 표정이
이토록 당당하게 아름다울 수 있는가! 괭이밥 꽃은 오밀조밀 단정하게 노
랗고, 닭의장풀은 수채화처럼 맑은 파랑을 가지 끝에 올렸다. 아기새마냥
앙증맞은 연보랏빛 새콩 꽃이 황홀했고, 모가지 길게 뻗어 도란도란 피어
난 씀바귀 꽃이 정겨웠다. 이삭마다 눈부신 햇살이 내려앉은 강아지풀은
유려하게 흔들렸다. 사지창을 겨누며 들러붙을 준비를 마친 갈빛 도깨비
바늘 씨앗조차 촤르르 빛나는 날이었다. 흔하디 흔한 작은 풀꽃들이 주눅
들지 않고 당당하게 제 꼴을 만들고 제 빛을 뿜었다.

'아, 아이들도 그럴 수 있다면!'

서른 해 가까이 아이들과 함께 지냈다. '교사는 수업으로 말한다' 여긴 시절도 있었고, 삶으로 가르치는 것이 최선이라 생각한 적도 있었다. 어린 딸아이를 교무실 소파에 재워놓고 새벽이 밝아오도록 연구와 자료 제작에 몰두하던 날들은 좋은 선생으로 아이들과 마주하고 싶은 갈망의 표출이었다. 스무 해가 다 되어서야 혼자 힘으로는 할 수 있는 것이 많지 않다는 사실을 알았다. 한 아이를 둘러싼 세계가 온전치 못했다. 아이들의 삶이 학교에만 있지 않았다. 그들의 온 삶이 행복하길 바란다면 좋은 학교 너머 더 좋은 사회를 상상하고 고민해야 했다.

까맣게 잊고 살았다.

조각난 기억의 *끄트머리*를 붙들고 안개 속으로 걸어 들어갔다. 거기 우리들의 오래된 미래와 시리도록 푸르고 아름다운 '사람들'이 있었다. 한 걸음 한 걸음 발을 뗄 때마다 저마다의 빛깔로 이야기들이 반짝였다. 작지만 단단했고 소소하지만 찬란했다. 빛이 아이들을 넉넉하게 감쌌다. 한 바퀴 돌아 다시 그 자리에 설 때마다 어제와는 다른 빛을 발견했다. 하방연대(下方連帶)의 이야기들이 시냇물처럼 재잘거리며 바다를 향했다.

학교 현장을 떠나 일 년을 보낸 적이 있다. 광주 마을교육공동체 정책을 처음 실행한 2016년이었다. 지금 여기, 아이들의 일상이 조금 더 따뜻하고 사람 사는 맛이 나도록 군불을 지피는 사람들을 만나고 싶었다. 아슬아슬하게 치닫는 경쟁의 도가니에서도 우직하게 사람의 길을 보여주는 마을님들과 어깨동무하고 싶었다.

무던히도 쏘다녔다.

많은 마을을 만났다. 마을교육공동체를 고민하는 마흔세 개 마을을 찾았다. 계절이 변하고 해가 바뀔 때까지 일주일에 두세 날은 어김없이 마을로 가서 돌아다녔다. 별이 초롱한 밤 마을 모임에 초대한 이도 있었고, 1박 2일 캠프에 불러준 마을도 있었다. 모내기를 같이 했고 마을축제를 함께 즐겼다. 학교와 마을의 중재 역할을 요청한 이도 있었다. 서울 마포의 성미산마을과 삼각산 재미난마을에서 배웠다. 일본 아만토 마을과 덴마크 스반홀름 공동체도 둘러보았다. 깨어 있는 거의 모든 순간 나의 몸과 마음은 마을에 머물렀다.

이 책은 마을교육공동체를 꿈꾸는 이가 발견한 마을 이야기이다. 예닐곱 해 마을교육공동체 운동을 지속하며 광주만의 '결'을 발견했다. 뜨거운 갈망과 통렬한 비판의식을 품고서도 운동하는 이들의 표정은 마을을 지키는 나무들처럼 다정했다. 말과 품이 넉넉했다.

이 이야기를 기록해야만 한다고 생각했다. 슬프고도 강인한 아름다움의 실체와 그것이 빚어지는 과정을 생생하게 내 문장으로 옮기고 싶었다. 섞여본 적 없던 이질적 그룹을 만나 쓰러지고 멍들며 익어가는 고군분투를, 마을교육공동체를 향한 꿈과 탄식을, 도전과 절망을, 그러면서도 도란도란 재미난 일상을 소상히 알리고 싶었다. 읽기는 곧잘 하나 제대로 쓰지 못하는 인간이 낑낑대면서도 골방에 들어앉아 책을 쓴 까닭이다.

현장과 실천을 귀하게 여긴다. 교실이 학교에선 중요한 만남의 현장이듯, 지역에선 마을이 그렇다. 2016년부터 글을 쓰는 지금 이 순간까지 있는 그대로의 모습과 소리를 담기 위해 마을교육공동체를 주도하는 마을을 찾았고, 마을님들을 만나 인터뷰했다. 어떤 기록은 나의 시선을 따라 흘렀고 또 어떤 기록은 마을님의 입장이 강하게 담기기도 했다. 혹여 의도하지 않은 왜곡이나 과장 혹은 생략으로 현장의 귀한 활동에 누가 되지는 않을까 조심스럽다.

〈마을 발견〉은 광주마을교육공동체 운동을 논리로 구축하기보다, 생생한 삶과 이야기들을 있는 그대로 펼쳐 보이는 방식을 택했다. 어떤 정책, 어떤 운동도 삶 속에서 실제로 구현되는 작동 원리, 즉 현장의 희로애락을 살피지 않고서는 깊게 뿌리내리기 어렵다. 일상에서 만들어가는 마을님들의 이야기, '지금 여기'의 목소리에 온 힘을 다해 귀 기울일 일이다.

이 책을 통해, 무엇보다도 사랑하는 동료들이 두려움 없이 세상과 어깨 동무하기를 바란다. 마을을 따듯하게 품을 수 있다면 더할 나위 없는 기쁨 이다.

그리고,

너무 열심히 살고 있는 당신께 작은 위로가 되길 바란다.

2020년 가을 송경애

| 차례 |

I 부

나는
마을주의자입니다

속력보다 방향

나는 길치다. 방향 감각이 무뎌서 쉽게 길을 잃는다. 처음 가는 길은 목적지를 찾느라 신경을 곤두세우기 일쑤다. 사실을 말하자면 초행길이 아니어도 헤맬 때가 종종 있다. 번잡한 도시에서는 더욱 그렇다.

내 어린 시절을 품어준 농촌 마을길은 여러 갈래로 나 있지 않아 단순했고, 사방이 확 트여 주변을 살필 수 있었다. 어디서든 집으로 향할 땐 야트막한 뒷산을 바라보며 걸었다. 외갓집 심부름을 갈 땐 저수지를 이웃하며 넓게 펼쳐진 들판을 가로지르면 되었다. 슈퍼마켓과 방앗간, 오일시장은 마을을 감싸고 흐르는 천을 따라 늘어서 있었다. 길을 헤맬 이유도, 길을 잃을 이유도 없었다.

인구 천만에 가까운 도시 서울이라면 어떨까. 높은 건물들이 우뚝 서서 시야를 가로막는다. 도로는 달리는 자동차들로 가득하다. 지하철과 버스를 오르내리는 행렬은 뒤집힌 흙무덤을 피해 허둥지둥 이동하는 개미들을 닮았다. 잠시 한눈을 팔았다간 어디로 향하는지도 모르는 채 떠밀려 가기 십상이다. 정신을 바짝 차리지 않으면 안 된다. 제대로 가고 있는지 몇 번씩 살필 수밖에 없다.

걷기를 좋아한다. 오르막 산길보다는 평평한 둘레길이 좋고, 포장된 도로보다는 흙길이 좋다. 여럿이 길을 걸을 때 자주 뒤꽁무니에 처지곤 한다. 바짝 엎드려 피는 생명이 많은 곳에서는 해찰하는 시간도 길어진다. 낮은 곳에서 한데 어울려 자라는 성정이 곱기도 고운데다 자세히 들여다볼수록 얼마나 앙증맞은지 쉬이 발길을 떼기 힘든 까닭이다. 줄기며 이파리, 꽃잎의 빛깔과 생김은 마주할 때마다 한없는 경외감을 준다. 제비꽃은 제비꽃답게, 꽃마리는 꽃마리답게 자기만의 모양과 빛깔로 자라난다. 신비롭다. 그 신비로움을 자아내는 것이 저마다의 '규칙과 반복'임을 발견하고는 놀라지 않을 수 없었다. 자연을 거스르지 않는 작은 생명의 겸허한 질서 의식이 아닌가. 같은 자리에 그 모습으로 있는 순간은 다시 없는 단 한번이다. 유일무이한 순간의 아름다움을 놓치지 않고 알아채는 기쁨을 무엇에 비할까. 걷는다는 건 과정을 충분히 누리는 일이며, '지금 여기'의 시간을 만끽하는 과정이다.

시간이 느리게 흐르는 곳이 있다. 2016년 5월 완도 청산도에서의 시간이 그랬다. 2007년 아시아에서 처음으로 슬로시티로 지정받은 섬, 청산도. 가고 싶은 곳 버킷리스트에 올려두었던 곳이다. 1999년 이탈리아에서 시작된 슬로시티 운동의 철학은 성장보다 성숙, 삶의 양보다 질, 속도보다 깊이와 품위를 존중한다. 청산도에서 보낸 시간은 겨우 19시간. 짧은 1박 2일 여정이었으나 나는 그곳에서 한두 달 깊이만큼의 긴 숨을 쉬었다. 무엇이 그것을 가능하게 했을까. 일행과 이야기를 나누다가 고개를 크게 끄덕였다.

"여기는 빠르게 움직이는 것들이 없네요."

"정말요. 시야를 가로막는 높은 빌딩도 없고, 달리는 자동차도 보이지 않아요."

"제 숨을 쉴 수 있는 거죠."

정말 그랬다. 허겁지겁 급하게 서두르는 사람도, 바앙방 경적을 울리며 지나가는 자동차도 없었다. 휘황찬란한 빛을 뿜어대는 네온사인도 보이지 않았다. 빠르게 움직이고 변화하는 것들은 인간의 망막을 얼마나 분주하게 자극했던가. 우리의 눈동자에 장애물 없는 초록 들판과 완벽하게 푸른 바다가 일렁였다. 제 숨을 쉬며, 잠시 멈추어 삶을 돌아보기에 좋은 시간이었다. 누군가 행복을 물으면 나는 청산도에서의 19시간을 떠올리곤 한다.

행복한 삶을 이야기할 때 자주 회자되는 나라가 있다. 인도와 중국 사이 히말라야 산자락에 위치한 작은 나라, 부탄. 2010년 영국 신경제재단(New Economics Foundation)이 148개국을 대상으로 한 국민총행복지수 조사에서 1위를 차지하면서 부탄은 세계의 이목을 끌었다. 1인당 국민소득으로는 부탄의 10배가 넘는 우리나라 국민총행복지수는 62위에 그쳤다. 2020년 OECD 더 나은 삶 연구소(Better Life Institute)가 발표한 〈삶의 질 보고서〉에서도 한국인 삶의 만족도는 조사대상 OECD 국가 중 최저 수준인 것으로 드러났다. 자신의 삶에 대한 만족도는 10점 만점 중 6.10으로 터키(5.70) 다음으로 낮았다. 필요할 때 의지할 가족이나 친구가 없다고 답한 사람은 19퍼센트로 OECD 평균인 9퍼센트의 두 배가 넘었다. 5명 중 1명은 사회적 고립 상태에 있다는 뜻이다. 조사대상 41개국 중 그리스(22퍼센트) 다음으로 높은 수치다. 이는 세계 최고의 자살률과도 일맥상통하는 지표다.

경제적 풍요로움이 개개인의 삶을 행복하게 만들 것이라는 믿음은 환상에 지나지 않았다. 1970-80년대 우리 부모, 조부모 세대가 한강의 기적을 이뤄내고 있을 때 부탄의 국가정책은 전혀 다른 방향으로 향했다. 1972년, 열일곱 살 나이에 왕이 된 제4대 국왕 지그메 싱기에 왕추크(Jigme Singye Wangchuck)는 통치의 근본정신을 고민했다. '경제 성장이 반드시 사람들을 행복하게 하는가?' 경제적 부를 얻기 위해 노력하는 나라들을 살펴보니, 몇몇 소수만이 편안한 삶을 누렸고, 다수의 힘 없는 민중들은 고통과 빈곤에 시달리고 있었다. 그는 경제성장보다 국민들이 느끼는 삶의 질이 중요하다고 판단한 후 GNH(Gross National Happiness), '국민총행복'이라는 국정운영 개념을 내세웠다.

"국민총생산(GNP)보다 국민총행복(GNH)이 더 중요합니다. 우리는 국민들의 만족감과 행복감을 목표로 국정을 운영해야 한다고 믿습니다."

행복이라는 막연한 개념을 국가 정책에 반영하고 입법화할 수 있을까? 부탄의 헌법에는 '국가는 GNH를 높이기 위해 노력해야 한다'고 적혀 있다. 2008년부터는 국민총행복 증진을 위한 5개년 계획을 세우기로 했다. 국민총행복위원회는 '개인과 사회의 물질적 웰빙과 정신적·정서적·문화적 필요 사이에 조화로운 균형을 달성하는 다차원적 발전전략'을 GNH라고 설명한다.

부탄의 행복정책은 네 축으로 이루어져 있다. 첫째 공평하고 지속 가능한 사회경제 발전, 둘째 자기 문화의 보존과 진흥, 셋째 이웃·동물·자연의 행복까지 고려하는 생태계 보전, 넷째 대중의 참여와 요구를 잘 수용하고 책임지는 효율적이고도 투명한 거버넌스 구성이 그것이다. 여기에 생활 수준, 교육, 건강, 문화 다양성과 회복력, 공동체 활력, 시간 사용, 심리적 웰빙, 생태적 다양성과 굿 거버넌스 등 9개의 하위 영역과 그에 따른 33개 지표를 마련해두고 있다. 국토의 60퍼센트 이상이 숲으로 덮여 있어야 한다고 헌법에 명시해놓은 나라이기도 하다. 사람과 동식물, 자연의 연결을 귀히 여기고 법문에 밝혀놓은 선견지명이 지혜롭다. 자기만의 철학에 따라 느린 걸음을 걷는 나라, 사람들의 표정에 깃든 오묘한 행복감의 비밀을 엿볼 수 있는 대목이다.

빠르고 분주한 일상은 생각할 틈을 허락하지 않는다. 우리는 얼마만큼의 속도로 하루하루를 살아가고 있는가. 나는 그리고 우리는 지금 행복한가. 이 방향으로 나아가는 것이 내가 그리고 우리가 원하는 삶인가. 떨리는 지남철처럼 흔들리며 고민할 자유를 누리고 싶다. 내 삶의 길에 놓인 것들을 천천히 음미하며 조금 더 느리게.

북극을 가리키는 지남철은 무엇이 두려운지
항상 그 바늘 끝을 떨고 있다.
여윈 바늘 끝이 떨고 있는 한 그 지남철은…
자기에게 지니워진 사명을 완수하려는 의사를

잊지 않고 있음이 분명하며

바늘이 가리키는 방향을 믿어도 좋다.

만일 그 바늘 끝이 불안스러워 보이는 전율을 멈추고

어느 한쪽에 고정될 때

우리는 그것을 버려야 한다.

이미 지남철이 아니기 때문이다.

― 신영복, <떨리는 지남철>

이윤보다 생명

겨우내 빚어온 꽃잎을, 제 살갗 스스로 틔워 세상 밖으로 밀어 올리는 나무의 일은 얼마나 숭고하고 아름다운가. 연분홍 벚꽃이 가지마다 흐드러졌다가 스러지고 새 이파리가 돋아날 무렵은 상큼한 사과꽃의 시간이자 보드라운 연두의 시간이다. 여섯 해 전 봄, 4월 16일.

그날은 수요일이었다. 교무실에서 업무를 보는데 '진도 부근 해상에서 350명 태운 여객선 침몰 중'이라는 뉴스속보가 떴다. 그 배에 수학여행 가는 학생들이 타고 있다는 소식에 안타까움이 더했다. 안전하게 모두 구조되기를 바라며, 그럴 수 있을 거란 기대를 나누며 교사들은 교실로 향했다. 11시가 조금 넘었을까? '단원고 학생 350명 전원 구조' 소식이 들렸다. '다행이다, 다행이다, 정말 다행이다, 휴우우우.' 큰 숨을 내쉬며 가슴을 쓸어내렸다. 안도의 시간은 겨우 잠깐, 한 시간도 채 되지 않아 전원 구조 소식이 오보라는 기사를 확인했다. 믿을 수 없어 몇 번이나 눈을 비벼보았지만 원망스럽게도 활자는 그대로였다. 나라 전체가 커다란 충격을 받고 침몰하는 중이었다. 이것이 나라냐는 절망으로 주변이 온통 눈물바다였다. 아직 피어나지도

못한 꽃 같은 생명이 사라져갔고, 진상을 낱낱이 밝히지 못한 채 우리는 6
년이라는 시간을 흘려보냈다.

> 2009년 1월 새벽, 용산에서 망루가 불타는 영상을 보다가 나도 모르게 불쑥 중
> 얼거렸던 것을 기억한다. 저건 광주잖아. 그러니까 광주는 고립된 것, 힘으로 짓
> 밟힌 것, 훼손된 것, 훼손되지 말았어야 했던 것의 다른 이름이었다. 피폭이 아
> 직 끝나지 않았다. 광주가 수없이 되태어나 살해되었다. 덧나고 폭발하며 피투
> 성이로 재건되었다.
>
> ─ 한강, 『소년이 온다』 중에서

2009년 1월 20일, 서울 용산구 남일당 건물 옥상에서 여섯 명이 목숨을
잃었다. 재개발에 밀려 삶의 터전을 잃게 된 철거민들이 점거농성 중이었다.
이른 새벽 이들을 강제로 내몰기 위해 경찰특공대가 투입됐고, 철거민들이
세운 망루에는 불이 붙었다. 철거민 5명과 경찰특공대 1명이 희생됐고 23명
이 부상 당한 사건, 용산 참사다.

경찰은 과잉진압을 했다는 비판을 받았지만 형사책임에선 자유로웠다. 점
거농성을 벌인 세입자와 전국철거민연합회 회원, 진압 중 불법행위를 저지른
용역업체 직원 등 7명만 검찰에 기소되었다. 그 중 일부 세입자는 특수공무
집행방해치사·일반건조물방화·폭력행위 등 처벌에 관한 법률 위반 등의 혐
의로 징역 4~5년의 중형을 선고받았다. 사법부는 철거민들이 망루에 오를
수밖에 없었던 상황을 외면했고, 참사를 부른 경찰특공대의 무리한 진압작
전에는 면죄부를 주었다.

그들은 왜 망루에 올라갈 수밖에 없었을까? 보증금과 권리금 합해서 2억 5천만 원을 투자해 장사를 시작했다는 K아저씨. 정작 재개발로 받을 수 있는 보상금은 7천4백만 원이라 했다. 누구라도, 어느 날 갑자기 생계 수단을 빼앗기고 대책도 없이 내몰린다면, 자신과 가족의 내일이 암담한 상황이라면 무엇이라도 해야 하지 않을까. 사람은 결코 철거의 대상이 아니므로. 그로부터 11년이 지난 지금도 진상규명은 제자리라고 K아저씨는 말한다. 참사로 가족을 잃은 유족의 마음은 아직도 2009년 1월 20일 그날 그 자리에 머물러 있다.

컵라면과 나무젓가락, 그리고 손때 묻은 목장갑과 작업 공구들. 2016년 5월 28일, 서울 지하철 2호선 구의역 스크린도어를 홀로 정비하다 들어오는 열차에 치여 숨진 열아홉 청년 K씨의 가방 속에 담겨있던 소지품들이다. 그해 2월 고등학교를 졸업한 지 겨우 석 달 만의 일이다. 2018년 12월 10일 밤 10시, 태안 화력발전소에서는 석탄을 이송하는 컨베이어 벨트를 점검하고 떨어진 석탄을 치우다가 벨트에 끼인 채 숨진 사고가 발생했다. 어둡고 좁은 곳에서 20대 비정규직 K씨는 그렇게 한참이 지나서야 발견되었다. 구의역 청년 K와 태안 화력발전소 청년 K가 당한 사고는 너무도 닮아있어 소름이 돋았다. 예산절감과 인력감축을 이유로 홀로 일할 수밖에 없었던 하청노동자들의 참사는 장소를 바꾸어가며 반복되었다.

안전은 누구나 누려야 할 권리이다. 법이 규정하는 안전수칙보다 효율성이 우선인 기업 문화가 결국 죽음의 외주화를 초래했다. 하청노동자, 비정규직의 안전과 생명은 정규직의 안전과 생명보다 덜 중한 것인가.

2019년 11월 21일자 《경향신문》은 1,200명의 이름으로 첫 면을 가득 채웠다. '오늘도 3명이 퇴근하지 못했다'는 큼직한 헤드라인과 함께. 2018년과 2019년 9월까지 떨어짐, 끼임, 깔림·뒤집힘, 부딪힘, 물체에 맞음 등 주요 5대 원인으로 사망한 노동자 1,200명의 이름이었다.

죽음조차 두려움을 불러일으키지 못하고, 나와 내 자식이 그 자리에서 죽지 않은 행운에 감사할 뿐, 인간은 타인의 고통과 불행에 대한 감수성을 상실해간다.
— 김훈, 『빛과 어둠-김용균 노동자의 죽음에 부쳐』 중에서

살면서 수많은 죽음을 보고, 듣고, 마주한다. 어떤 죽음은 시퍼런 바다로 남는다. 마르지 않는 눈물, 아물지 않는 상처, 퇴색되지 않는 슬픔, 가슴팍에 꽂히는 대못으로 말이다.

세월호 참사 후 수완마을 주민들은 통행이 가장 많은 국민은행 사거리에서 매일 저녁 촛불을 들었다. 누군가의 엄마, 아빠이고 누군가의 이모, 삼촌인 평범한 이웃들이었다. 작은 집회로, 추모공연으로, 노란 리본이나 세월호 버튼 제작 나눔으로, 또 어느 날은 마을길 순례로 촛불 모임을 이어갔다. 소문을 듣고 여기저기서 제법 많은 사람이 합류했고, 어떤 사회에서 살고 싶은지 이야기를 나누기 시작했다. 북풍 매섭게 몰아치는 겨울날 행인들이 건네는 따뜻한 캔커피를 마시며, 붕어빵을 베어 삼키며 차마 말하지 못하는 그 마음들을 만지작거리기도 했다. 일종의 다짐이었다.

어떤 사회에서 살고 싶냐는 질문은 '어떤 삶을 살고 싶은가'를 묻는 것이 기도 하다. 익숙하지 않은 물음이었다. 새로 산 자동차 가격이 얼마인가, 휴대폰은 어느 브랜드, 어떤 기종으로 바꾸고 싶은가 하는 질문에 답하는 편이 훨씬 쉽고 익숙했다. 하지만 낯설더라도 누군가는 계속 질문을 던져야 한다. 나다운 삶, 내가 원하는 삶, 우리다운 삶, 우리가 원하는 삶이 무엇인지. 나는, 우리는 그런 삶을 살고 있는지. 본질을 앞에 두고 우회로만 빙빙 도는 대화는 얼마나 무료한가.

모든 비극의 시작에는 슬픔이 있다. 그것을 살피고 기억하는 일이 바로 희망을 만드는 첫걸음이다. 누군가는 어둠 속에서도 반짝이는 작은 표지물이 된다. 날마다 절망하면서도 다시 꿋꿋하게 일어서는 힘, '지금 여기'에 순응하지 않고 유토피아를 꿈꾸는 힘은 어디서 오는가. 우리에게 필요한 건 스스로 사랑스러운 존재가 되어 살아갈 용기다. 사람이 우선인 사회, 이윤보다 생명이 존중받는 사회를 위하여. 간절하게.

개발보다 보존

비가 내린다. 봄비다. 톡톡토도독 유리창에 부딪치는 빗방울 소리를 따라 오른쪽 창밖으로 살짝 고개를 돌렸다. 마지막 목련꽃 몇 송이가 점점이 하양을 그리고 있고, 잎사귀들은 연두에서 초록으로 건너가는 중이다. 스무날 내내 조금씩 화사해지며 보는 이의 마음을 설레게 하던 벚나무는 이제 꽃잎을 완전히 떨구었다. 발그레한 별모양 꽃받침만 남아 제가 꽃인 양 매달렸고, 겨드랑이엔 새잎이 돋아 푸릇푸릇하다. 머지않아 버찌 열매가 매달릴 것이다. 창문을 열면 잔디 놀이터다. 노란 민들레가 무수히 피어났다. 군데군데 토끼풀 무덤은 네잎클로버를 찾겠다며 웅크려 앉은 아이들로 둘러싸였다. 잔디밭 틈새에서 자란 말쑥한 쑥잎은 종종 바지런한 이의 손에 이끌려 어느 집 밥상에까지 올랐다.

앞 건물과 뒷 건물을 잇는 통로 한편엔 작은 정원이 있다. 정원 한가운데 등나무 그늘 아래엔 야외 탁자 두 개와 의자들이 놓였다. 그곳을 에워싸고 온갖 식물들이 번갈아가며 무성해졌다가 사그라든다. 이른 봄 날이 포근해지면 옥잠화 새 이파리가 돌돌 말린 채로 뾰족뾰족 올라오고, 겨우내 움츠

렸던 마삭줄기도 힘을 내어 달린다. 보드란 옥잠화 잎이 펼쳐질 즈음 넓은 이파리 아래 숨어 피는 꽃도 있다. 청보라빛 무스카리다. 쌀톨 만한 종 모양 꽃송이가 꽃대를 빙 둘러 서른 개쯤 층층이 매달렸는데, 금방이라도 방울 소리가 쏟아져 내릴 것만 같다. 철쭉과 자주달개비, 흰꽃나도샤프란도 철 따라 피고 진다. 지난해엔 시골집에서 분양해왔다며 정원석 사이에 진분홍 송엽국을 옮겨 심은 이도 있었다. 누가 부러 심지 않았대도 자리를 잡고 사는 식물들. 민들레, 고추냉이, 씀바귀, 꽃다지, 큰개불알풀, 광대나물, 제비꽃, 봄맞이꽃, 꽃마리……. 흙이 생명을 받아 안을 만큼 숙성되고, 허공을 떠다니던 홀씨가 바로 거기, 그 자리에 내려앉는 우연이 맞닿아야만 뿌리내릴 수 있는 풀꽃들이다.

막 개교한 학교에서 근무한 적이 있다. 세 번의 봄을 보냈지만 민들레, 제비꽃 한 송이 볼 수 없어 못내 아쉬웠다. 아무리 생명력이 강한 풀꽃이라도 터를 잡으려면 무르익은 흙밭이 필요하다는 것을 그때 알았다.

우리 학교[1]가 있는 신가마을은 정겹고 소박하다. 길가에는 서른 살이 넘는 은행나무 70여 그루가 길게 늘어서 있다. 마을이 형성되던 때 가로수로 심은 것인데, 지금은 우람하게 자라 마을길에 들어서면 은행나무만 보일 정도다. 굵은 가지를 중심으로 잔가지들이 오밀조밀 모여들어 커다란 타원형 모양을 이루고 있는데 은행잎이 물들어갈 즈음이면 장관이다. 고개를 살짝 들어 올리면 지붕 만한 높이에 노란 잎사귀를 기구처럼 풍성하게 매단 나무

---

1) 2020년 8월 31일까지 필자는 신가초등학교에서 근무했다.

들이 보인다. 같은 하늘을 머리에 이고 서른 해 넘도록 고락을 함께한 어깨동무들이다. 집채만 한 노랑이 구름처럼 둥실거리면 사람들 주고받는 말소리도 탱글탱글해진다. 여러 차례 잘릴 위기를 넘기면서 은행나무가 건재한 까닭이다. 길바닥을 구르다 발에 밟혀 터져 나오던 은행나무 열매의 구린 냄새도 웃음 섞인 추억이다.

　교문 맞은편엔 작은 공원이 있다. 학교를 오가며 산책 삼아 걷곤 하는데, 먼저 마음이 닿는 건 '나무의 시간'이다. 아이들의 엄마, 아빠, 할머니, 할아버지도 걸으며 우러렀을 나무들. 아이들과 같은 하늘 아래서, 햇살을 만지고, 바람과 놀며, 새의 노래를 듣는 나무들. 뿌리내린 날부터 마을 사람들의 생로병사와 희로애락, 마을의 흥망성쇠를 묵묵히 품어온 거인이다. 자두나무 집 아들 아무개의 걸음이 뒤꿈치가 먼저 닿는지 앞꿈치부터 닿는지, 왼쪽 어깨가 먼저 나가는지 혹은 오른쪽이 먼저인지, 웃을 땐 배시시 웃는지 깔깔깔 웃는지, 땅을 보고 걷는지 주변을 구경하며 걷는지, 빨리 걷는지 온갖 곤충들과 인사 나누며 걷는지, 붕어빵을 좋아하는지 아이스크림을 더 좋아하는지, 속상할 때 속마음을 털어놓을 친구가 있는지 혼자서 눈물을 흘리는지 누구보다도 잘 아는 나무다. 품 넓은 그들이 공원 안 산책길을 빙 둘러 서 있으니 그곳을 걸을 때면 우러러보지 않을 도리가 없다.

　아쉽게도 머지않아 신가마을은 재개발에 들어간다. 학교 건물, 마을 담장, 집과 도로가 뜯기고 헐리고 파헤쳐질 것이다. 아이들 뛰놀던 잔디놀이터도, 계절마다 꽃을 피우던 작은 정원과 거인들이 사는 공원, 우람한 은행나무도 사라진다. 30여 년 마을의 시간과 사람의 이야기를 품어온 생명, 자연, 사물들이 순식간에 무너져 내리고 부재(不在)의 시간, 무(無)의 공간으로 변한다. 그 자리에 넓은 도로가 생기고, 고층 아파트 단지가 들어설 예정이다.

무엇일까, 벌써부터 시작된 진한 상실감의 정체는? 나는 이 학교에 지난해 3월 옮겨와 겨우 한 해 반을 오갔을 뿐이다. 적어도 십 년 가까이 마을의 흙과 돌멩이, 나무와 길, 새와 곤충들을 사귀어 온 아이들에게 개발은 어떤 의미일까. 새로 들어서는 아파트에 입주하지 못하고 다른 마을로 떠나야 하는 이들에게는 또 어떤 의미일까. 때와 장소, 사람의 이야기가 어우러져 세월을 먹으며 켜켜이 쌓이지 않고서는 볼 수도, 들을 수도, 맛볼 수도, 냄새 맡을 수도, 만질 수도 없는 그 마을만의 독특한 정취가 사라지는 것이 못내 아쉽다.

지난 가을, 재개발 소식을 듣고 멀리 경기도에서 졸업생 자매가 찾아왔다.

"학교가 사라진다니 마지막으로 한 번 돌아보고 싶어서요."

몇 해 전 온 가족이 경기도로 이사를 갔고 자매는 대학을 다닌다 했다. 정들었던 모교, 유년 시절 십여 년의 기억을 고스란히 담고 있는 마을이 완전히 다른 모습으로 바뀐다니 안타까웠다고 한다. 추억이 깃든 장소를 찾아 눈인사로 이별을 고하며 새겨둘 이야기들을 찾아가고 싶었나 보다. 자매의 눈동자에 가득한 아쉬움의 기운이 내게로 흘러들어 마음 한편이 짠했다.

내가 다닌 초등학교 운동장 주변엔 커다란 나무 그늘이 있었다. 플라타너스며 왕버들, 전나무, 소나무가 띄엄띄엄 열두세 그루쯤 있었고 나무와 나무 사이사이에 벤치가 놓였다. 커다란 나무들이 만들어주는 그늘 덕분에 우리는 종종 그림 그리기나 리코더 연주 수업을 하러 밖으로 나가곤 했다. 쉬는 시간이나 학교 수업을 마친 뒤엔 공기놀이나 구슬치기, 사방치기나 딱지치기를 하며 노는 아이들로 붐볐다. 초등학생 몸집 하나는 충분히 가리고도 남는 우람한 나무 기둥에 기대어 술래잡기 놀이도 했다. 술래가 된 친구는 눈을 감고 얼굴을 묻은 후 열까지 세었고, 어떤 친구는 잽싸게 달려가 나무 뒤에 제 몸을 숨기기도 했다.

내가 쉰여덟 번째로 졸업했다. 그로부터 40년 가까이 지났으니 학교의 역사는 백 년이 넘는다. 가끔 고향집 다녀오는 길에 들르면 얼마나 듬직한지 나무 기둥에 얼굴을 묻고 옛 추억을 떠올리곤 했다. 그런데 지난해 모교 선생님들 초대로 학교를 찾았다가 크게 상심했다. 나무들이 흔적도 없이 사라졌다. 넓은 모래놀이장과 손바닥만 한 등나무 그늘이 그 자리를 대신하고 있었다. 어떻게 이런 일이 벌어질 수 있었을까. 누가 나무를 벨 권리를 주었을까. 수명이 짧은 나무는 어쩔 수 없다손 치더라도, 교정에서 뛰놀던 수많은 어린 영혼들과 교감했을, 나이가 백 살이 넘어 정령이 깃든 나무들을, 그대로 두어야 한다고 말린 이가 없었던 걸까. 어린 시절 추억을 송두리째 강탈당한 것만 같아 당혹스러웠다. 분하고 억울했다. 잠깐 머물다 가는 이들이 오래된 생명을 함부로 베거나 허무는 것은 부당하다. 적어도 백 살이 넘은 나무라면 나무와 긴 시간을 공유한 마을 사람들에게, 정중하게, 물어야 한다.

유년기와 청소년기를 보낸 마을에도 새 도로가 났다. 내가 살던 집도 도로를 낼 때 허물어져 지금은 집터의 흔적조차 찾기 어렵다. 집 뒤뜰 바로 위에는 당당하면서도 섬세하며 품위가 느껴지는 팽나무 한 그루가 수호신처럼 버티고 있었다. 두 사람이 양팔을 뻗어야 겨우 껴안을 수 있는 나무였다. 우직한 기둥, 기둥에서 점차 가늘게 뻗은 줄기들, 줄기에서 나와 섬세하고 우아한 선을 그리는 가지들, 그리고 그 사이로 비치는 푸른 하늘을 하루에도 몇 번씩 우러르며 나도 나무를 닮고 싶었다. 그 팽나무도 이제 기억 속에만 산다. 장독대를 돌아서 땅속에 깊고 단단하게 박힌 팽나무 뿌리들을 계단 삼아 열 걸음만 오르면 바로 뒷산이었다. 답답할 땐 그렇게 뒷산에 올라 진달래 피고 지는 모습도 보았고, 멀리 내려다보이는 들판을 향해 큰 숨 내쉬기도 했다. 골목 친구들 비밀 기지도 거기에 있었다. 나는 가끔 그때 그 장소가 그립다. 지금은 부재(不在)인 곳.

신가마을 사람들은 서른 해를 같이 보낸 은행나무와 조금씩 작별하는 중이다. 몇 해 전부터 은행잎이 곱게 물들어 절정에 다다를 즈음 마을 축제를 연다. '은행나무 축제'다. 뜻있는 마을 사람들과 주민단체, 학교와 지역아동센터, 신가동 주민센터 사람들이 한마음으로 준비하는 축제라 그야말로 온 마을잔치다. 어린이, 청소년이 스스로 하고 싶은 일을 기획하고 진행하니 축제의 거리는 생기가 넘친다. 은행나무 축제가 열리는 날에는 마을 도로에 차들이 다니지 않는다. 끝없이 펼쳐진 노란 풍광도 구경할 겸 축제를 즐기러 건너오는 이웃마을 사람들도 꽤 있다. 이제 노랑나무길도 올가을이 마지막이다. 기억의 두께가 두터워지면 조금은 위로가 될까? 휘황찬란한 도시를 꿈꾸는 이에게는 위로 따위 필요 없는 건지도 모른다. 여전히 나는, 상상만 해도 아프다.

소유보다 공유

 뒤떨어지는 공간 지각 능력을 보유한 탓에 첨단기술의 집약체인 내비게이션의 등장은 무척이나 반가웠다. 내비게이션이 아니었다면 이리저리 헤매며 시간을 길바닥에 쏟아붓는 일이 많았을 것이다. 못 말리는 길치인데도 운전 잘한다는 소리를 자주 들으니 아이러니다. 내가 운전하는 차를 타본 사람이면 거의 빼놓지 않고 '운전을 참 잘한다'고 칭찬하므로 운전대를 조작하는 감각은 썩 나쁘지 않은 듯하다. 속도를 내야 하는 순간에는 과감해지고, 주의해야 할 구간에서는 충분히 살피려 애쓴다. 멈추어 서거나 속도를 줄일 때는 함께 탄 이들이 안락한 승차감을 느끼도록 브레이크 페달을 밟는 빠르기와 깊이를 섬세하게 조절한다. S자로 굽은 길이나 왼쪽 혹은 오른쪽 길로 가야 할 때도 코너링이 좋다고들 한다. 군대에 갔더라면 운전병으로 발탁되는 행운을 누렸을지도 모른다. 속도나 방향을 머릿속으로 계산해서 조절한다기보다 몸에 밴 자연스러움에 가깝다. 팔불출 같은 자화자찬을 서슴지 않는 까닭은 '공유 장터'에 내놓을 만한 어쩌면 유일한 재능이기 때문이다.

다섯 해 전 우리 마을 사람들 몇몇은 재미있는 실험을 했다. 마을 화폐로 회원들의 재능과 물품을 거래하는 품앗이 활동이다. 지금은 '로컬'의 가치를 알고 다양한 정책을 펼쳐가는 지자체가 꽤 생겼지만 당시만 해도 드문 시도였다. 이웃과 이웃의 관계를 좀 더 따뜻하게 만들고 싶은 이들이 작당한 일이다.

수완 품앗이 활동은 쓰지 않는 물건을 서로 내어놓고 필요한 사람이 가져가자는 단순한 아이디어에서 비롯되었다. 갖고 있지만 필요하지 않은 물건이 어떤 이에게는 꼭 필요한 것이 되기도 한다. 쓸모를 잃은 물건은 버려지기 쉽고, 버리기 아깝다 여겨지는 물건은 집안 어딘가에 쌓인다. 누군가는 필요해서 구하려는 물건인데 소용되기를 기다리며 이웃집 창고에서 곱게 잠자고 있다면 어떻게 하는 것이 좋을까? 우리끼리 거래를 해보면 어떨까? 물건이 아닌 사람의 품도 거래할 수 있을까? 자원이나 노동을 사고팔려면 화폐 단위가 필요한데 우리 수완마을에서 통용할 수 있는 지역화폐를 만들어 써보는 건 어떨까?

한 번 시도해 보기로 했다. 원칙이 필요했다. 대전 원도심에서 활발하게 이루어지고 있는 지역품앗이 활동 방식에서 도움을 얻었다. 지역품앗이 활동은 지역 내에서 통용되는 지역 화폐로 회원들의 재능과 물품을 거래하는 교환제도다. 지역화폐는 사용할 때만 가치가 있으며, 축적하는 것은 의미가 없는 무이자 화폐이다. 마을주민들 사이의 약속과 신뢰를 바탕으로 사용되는 것으로 무엇이든 사고팔 수 있다.

여러 사람의 품과 자원이 거래될 때 지역화폐를 얼마로 하면 좋을 것인지 가늠할 기준이 필요하다. 수완품앗이 회원들은 '1시간=1만 숨('숨'은 수완마을 지역화폐 단위다. 회원들은 '동네책방 숨'을 중심으로 활동을 시작했는데 화폐의 단위인 '숨'

도 동네책방 이름에서 비롯되었다)'이라는 가치를 모든 품에 똑같이 적용하기로
했다. 모든 노동의 가치는 그 노동을 할 때 들이는 시간의 가치와 같다고
전제했다. 예를 들어 쪽파를 한 시간 다듬는 일이 1만 숨이라면 기타 연주법
을 한 시간 가르치는 것도 똑같이 1만 숨이다.

아, 이런 아름다움이라니! 중간에 합류해 이 원칙을 전해 듣는 순간 나는
전율했다. 우리 사회가 모든 노동의 가치를 평등하게 예우한다면 지금과 같
은 빈부의 격차는 해소될 것 같았다. 돈 많이 버는 일이 아니라 하고 싶은
일, 잘할 수 있는 일을 하며 살아도 좋다.

사람이 들인 품 외에 재료비가 별도로 사용된 경우에는 현금 거래를 병
행하기로 했다. 반찬 3종 세트를 준비하는 데 한 시간이 걸렸고, 재료비로
6,000원을 사용했다면 1만 숨에 재료비 6,000원을 현금으로 보태 거래하는
방식이다. 거래는 직접 만나서 하고, 거래할 품목을 개발하는 데에도 도움을
주고받기로 했다. 노동을 존중하고, 자기 안에 잠자는 재능을 개발하도록
부추기는 일이었다. 부자가 되는 수단이 아닌 교환의 수단으로 화폐를 활용
하며, 인격적으로 대등한 거래가 가능했다. 이웃 간의 관계를 돈독하게 하면
서 소비 대신 공유를, 소박하고 실용적인 삶을 권하는 일이었다.

회원들은 한자리에 모여 수완 품앗이 활동으로 거래하고 싶은 품목을 적
어보았다. 줄 수 있는 것은 아기 돌보기부터 반찬 만들기, 운전, 바느질·뜨
개 가르쳐주기, 밴드운동 함께 해주기, 네일아트, 시장 봐주기 등 끝이 없었
다. 식품건조기나 진드기청소기, 공구 같은 것도 필요한 사람에게 빌려줄 품

목이었다. 일상에 묻혀 엄두를 내지 못하던 주부들의 배움 욕구가 받고 싶은 품목의 대부분을 차지했다. 기타, 중국어, 제과제빵, 반찬 만들기, 뜨개나 바느질 배우기 등이 그것이다. 재봉틀이나 공구함 같은 것은 빌리고 싶은 품목이었다. 품앗이 장터를 열기로 한 날, 회원들은 집에서 사용하지 않는 물건이나 넉넉하게 만들어둔 천연비누, 반찬 등을 들고 나왔다. 물건마다 몇 숨인지 붙여놓고 필요가 맞닿은 사람들이 서로 교환하거나 거래했다. 필요하지 않았던 물건을 소용될 곳으로 보내고, 필요한 물건을 받아 집으로 돌아가는 길, 묘한 희망의 기운이 아지랑이처럼 피어올랐다. 생각을 바꾸자 무(無)에서 유(有)가 만들어졌다.

필요한 물건이 있을 때 사람들은 물건을 파는 가게에 들러 구입하거나 인터넷 시장에 주문한다. 물건은 공장에서 매일같이 대량으로 생산되고 있으니 필요한 순간 클릭만 하면 현관문 앞에 가져다준다. 오전에 주문해 오후나 저녁에 받아볼 수도 있으니 새로운 물건을 손에 넣는 일은 너무나도 쉽다. 돈만 있다면! 갖고 있는 물건이라도 기능이 추가되거나, 디자인이 바뀌어 우리를 시험에 들게 할 때가 많다. 신제품 출시 광고가 뜰 때마다 '이야, 진짜 편리하겠다', '지금 갖고 있는 건 사이즈가 너무 커서 자리만 차지하는데 저 사이즈 참 좋네', '색감이 너무 예쁘다. 우리집 식탁이랑 잘 어울리겠어', '디자인이 어쩜 저리도 세련됐을까' 감탄하며 살까와 말까 사이를 왔다 갔다 한다. 편리하고 실용적이어서, 사이즈가 적으니 보관하기 좋아서, 혹은 색상이나 모양이 너무 마음에 들어서 결국은 지갑을 열기도 하고 잠시 보류해 두기도 한다.

수완품앗이 회원들은 색다른 경험을 누렸다. 새것을 사는 소비의 기쁨보다 품앗이를 통한 다자간 거래가 흥미롭다는 것을 깨달았다. 다른 부분은 다 멀쩡한데 소매 단이 해져서 버리기는 아깝고 입히기엔 좀 꺼림칙한 아이 티셔츠가 있다면 어떻게 할까. 한 회원은 재봉틀을 다룰 줄 아는 다른 회원의 품을 얻어 아이 티셔츠를 새것으로 만들어 입혔다. 소풍날 도시락을 쌀 김밥 재료를 사놓고 밤늦게까지 수업을 해야 했던 B회원은 사정을 품앗이 카페에 알렸고, 마침 시간이 있던 Y회원이 재료들을 씻고 자르고 절이고 볶아 김에 말기만 하면 되는 정도까지 만들어주었다. 숨을 주고받으며 거래를 했는데 마음까지 푸근해지는 것이 신기했다. 품을 내어준 회원도 '내가 가진 재능을 소중하게 여기게 됐다', '이웃이 좋아하는 걸 보니 나도 덩달아 기분이 좋았다'며 생글거렸다.

어떤 모임에서 건조기 이야기에 압도된 적이 있었다. '나 아는 누구누구가 건조기를 샀는데 수건을 말렸더니 빳빳하지 않고 얼마나 뽀송뽀송하던지 정말 좋다더라, 하나 장만해볼까 하는데 누구 건조기 써본 사람 없느냐, 건조기 성능이 그렇게 좋으냐, 남들이 하도 좋다고 해서 나도 하나 장만했는데 진짜 좋더라, 세탁물에 먼지가 안 남는다, 요즘 가전제품 대세는 건조기라더라' 등 모두 당장 건조기 한 대씩은 집에 들여놓을 기세였다. 그 자리에 있던 사람들은 모두 아파트에 살고 있었다. 내 머릿속에 희한한 그림이 하나 그려졌다. 네모난 아파트 상자에 건조기 한 대, 그 옆에도, 그 옆과 옆의 옆에도, 위층에도, 위층의 위층에도 모두 건조기 한 대씩. 아파트 집집마다 세탁기 위에 건조기가 놓여있는 규격화된 풍경이었다. 생각해보라. 한 층이 열 가구인 25층 아파트 한 동의 모든 집에서 건조기를 산다면 250대, 한 아파트 단지가 열 개 동이라면 2,500대의 건조기가 있는 셈이 아닌가.

그때 공유부엌 이야기를 꺼냈다. 마침 첨단지구의 한 아파트 공동체에서 시도하고 있는 공유반찬 소식이 일간신문에 보도된 즈음이었다. 꼭 필요한 물건을 집집마다 구입해서 집안에 쌓아놓을 것이 아니라, 아파트 주민 전체가 공유하는 공간을 마련해서 함께 사용하는 방법을 시도해 볼 수 있지 않을까? 김치를 담거나 반찬을 만드는 일 역시 그렇다. '오늘은 열무김치 담가요' 방을 붙이고 필요한 사람이 모이는 것이다. 운전 잘하는 이는 맛있는 열무를 고를 줄 아는 이와 시장에 다녀오고, 손맛 좋은 이는 재료의 배합과 순서를 진두지휘하고. 각자가 잘 할 수 있는 방식으로 십시일반 재료비와 노동력을 보태 열무김치가 탄생한다면 아파트살이도 지금보다 훨씬 재미나지 않을까. 모두 고개를 끄덕였지만 자기 삶에 그런 일이 일어날 것이라는 기대는 하지 않는 듯했다. 그렇지, 그런 일은 절대로 일어나지 않는다. 누군가 시작하지 않으면.

자본주의 사회는 소유를 부추긴다. 소유를 부추겨온 시간의 더께만큼 가진 자와 그렇지 못한 자의 격차는 커지고 있다. 우리 사회는 더 많은 욕망을 실현하며 사는 사람이 잘 사는 사람으로 인식되었다. 남들보다 더 잘 살기 위해 돈 많이 버는 일을 최고의 직업으로 꼽을 만큼 돈은 중요한 가치가 되었다. 탐욕은 끝이 없어 사람과 생명에 대한 존중, 노동에 대한 예의를 하찮게 여기는 사건들이 사회 곳곳에서 터져 나왔다. 사람답게 살 최소한의 여건마저 갖추지 못해 주저앉은 이에게 손 내밀어 일으켜 세우는 온정을 베풀지 못한다.

　이제는 다른 꿈을 꾸어야 하지 않을까? 소유가 혼자서 꽉 움켜쥐는 것이라면 공유는 손 내밀어 함께 갖고 같이 나누는 것이다. 소유가 혼자서 움켜쥔 자만 권리를 행사한다면 공유는 나눠 가진 모두가 함께 하는 일이다. 소유가 아닌 공유로 더불어 행복할 수 있다. 나는 내 옆, 이웃과 함께 잘 살았으면 좋겠다.

경쟁보다 협력

어렸을 때 운동회는 온 마을 잔치였다. 부모님은 물론이고, 동네 어르신들까지 그날 하루는 농사일을 잠시 멈추고 학교로 모였다. 나무 그늘 아래 자리를 펴고 둘러앉아 음식을 나누며 웃음꽃을 피웠다. 모두가 신나는 운동회였지만 어떤 순간은 감당하기에 버겁기도 했다. 달리기 출발선에 서기만 하면 심장이 미칠 듯이 쿵쾅거렸다. 선생님이 화약총을 쥔 손을 높이 올렸다가 시커먼 검지를 살짝 당기면 화약 냄새와 함께 '딱' 소리가 크게 울렸다. 심장의 떨림을 한순간에 증폭시키는 소리였다. 어른들은 옆을 돌아보지 말고 무조건 앞만 보고 달리라고 가르쳤다. 정해진 레인을 벗어나면 실격이었다. 가장 빠른 속도로 앞만 보고 달리다 결승선에 닿을 즈음, 맥박질은 절정으로 치달았다.

달리기할 때마다 찾아드는 생각이 있었다. 이러다 심장이 터져버리는 게 아닐까. 무슨 연유로 내 심장은 미친 듯이 고동치는 것일까. 지켜보시는 부모님께 등위 안에 드는 모습을 보여주고 싶었을까? 그래서 상품으로 받은 연습장을 자랑스럽게 내밀고 싶었던 걸까? 그런 것들이 부럽기는 했다. 하지만 그보다 나는 꼴찌라는 낙인이 끔찍하게 두려웠던 것인지 모른다. 다행히 소심한 심장은 별 탈 없이 견뎌주었고, 선생이 되었다. 그 후에도 운동회는 해마다 이어졌고, 달리기는 빠지지 않는 종목이었다. 운동회가 열릴 때마다 나 같은 아이들이 있지는 않을까 마음이 쓰였다.

몇 해 전 꼴찌 없는 달리기 사진이 인터넷에 회자되었다. '눈물 나게 고마운 사진'이라는 제목으로 올라온 이 한 장의 사진은 세간에 큰 울림을 주었다. 경기도 용인 J초등학교 가을운동회 장면으로 다섯 명의 아이가 손을 잡고 나란히 달리는 모습이 담겨있었다. 먼저 달리던 아이들이 돌아보며 멈추더니 꼴찌로 달려오던 친구의 손을 잡고 같이 뛰었다. '연골 무형성증'을 앓고 있어 또래들보다 확연하게 키가 작은 아이는 달리기 꼴찌는 도맡아 해서 운동회 날이면 늘 어디론가 숨고 싶었다. 아이들은 초등학교 마지막 운동회를 꼴찌 없는, 모두 다 일등인 달리기로 마무리했다. 콧날이 시큰했다. 그렇다. 그런 것이다. 우리는 우열을 가리는 경쟁보다 서로 돕고 협력하는 모습을 보며 감동한다. 다른 사람도 함께 행복하기를 바라는 마음이 우리 안에 있기 때문이다.

남아프리카 공화국 반투인들에게는 '우분투(ubuntu)' 정신이 전해 내려온다. '우부(ubu-)'는 추상명사를 만드는 접두사이고, '은투(-ntu)'는 '사람'을 의미한다. 우분투는 사람다움, 인간성, 인생철학 정도로 풀이하지만 한 마디로 정의하기는 어려운 '정신'의 영역인 듯하다. 예닐곱 해 전 우리 사회에 소개돼 큰 반향을 불러온 '우분투'에 얽힌 일화가 있다.

아프리카 부족을 연구하던 한 인류학자가 원주민들의 생활 습관과 관습에 대한 조사를 마치고 공항까지 자신을 데려다 줄 차량을 기다리고 있었다. 언제나처럼 그는 원주민 부족 아이들에게 둘러싸였다. 떠나기 전 시간을 보내기 위해 아이들에게 한 가지 놀이를 제안했다. 그는 근처 도시에서 사온 맛있는 사탕을 바구니에 가득 담아 멀리 떨어진 나무에 매달아 놓은 뒤 아이들을 모이게 했다. 바닥에 금을 긋고 설명했다. 출발 신호를 하면 바구니 있는 곳까지 맨 먼저 뛰어간 사람에게 사탕을 모두 주겠다고. 출발 신호를 하자 전혀 예상치 못한 일이 일어났다. 아이들이 손에 손을 잡고 하나가 되어 바구니를 향해 달려갔다. 나무에 도착한 아이들은 둥글게 모여앉아 사탕을 나누어 먹었다. 뜻밖의 상황에 놀란 인류학자는 충분히 일등을 할 수 있는 체격 조건을 가진 아이에게 물었다. 그러자 아이가 대답했다.

"다른 아이들이 슬퍼하는데 어떻게 혼자서 행복할 수 있어요?"

그 말에 아이들 모두가 "우분투!"하고 외쳤다. 인류학자는 말문이 막혔다. 그는 몇 달 동안 현지에 머물면서 그 부족을 연구했지만 떠나는 순간에서야 진정한 우분투 정신을 이해했다.[2]

우분투는 '사람은 다른 사람과의 관계를 통해서 진정한 사람이 된다(umuntu ngumuntu ngabantu)', '당신이 있기에 내가 있고 우리가 있기에 당신이 있다(I am because you are because we are)'는 의미를 담고 있다. 남아공 영국성

---

2) 류시화 시인의 〈시로 납치하다〉에서 소개한 에드윈 마크햄의 시 '원' 편에 인용한 우분투 일화를 참고한 글입니다.

공회 주교이자 노벨평화상 수상자이기도 한 데스몬드 투투는 우분투 정신이 인간성의 근본이며 인간은 모두 연결되어 있음을 강조하는 것이라고 했다. 넬슨 만델라도 우분투 정신을 근간으로 평화운동을 펼쳤다.

우리는 우리가 다른 사람들과 연결되어 있다는 사실을 자주 잊고 지낸다. 지금 누리는 행복은 내 노력으로 이룬 것이니 당연하고 정당한 것으로 여기기도 한다. 그리하여 무엇인가를 누리고 싶으면 너희도 노력하여 경쟁에서 이기라고 쉽게 말한다. 비정규직 정규직화 문제만 제기되면 등장하는 흔한 반응이다. 경쟁에서 이긴 자가 훨씬 더 많이 갖는 구조에 익숙해졌다. 경쟁 사회는 사람들을 고립시키고 파편화한다. 협력하면 우열을 가리기 힘들어지기 때문이다. 특히 명료한 평가기준으로 점수와 등위를 가리는 것이 공정이라 믿는 사람들이 많다. 점수나 등위에 따라 획득한 성취를 객관적이고 합리적이며 받아들일 만한 것으로 여긴다.

"우리 반 학생에게 한 방 얻어맞고 반성 중입니다."

몇 해 전 이야기다. 같은 학교에서 근무하다 다른 학교로 전근 가신 김 선생님이 문자메시지를 보내왔다. 학년 초 진단평가를 치른 날이라고 했다. 수학 진단평가 시간인데 한 학생이 자꾸 뒤에 앉은 학생의 시험지를 보더라는 것이다. 친절로 말하자면 둘째가기 서러웠던 김 선생님은 부드러운 목소리로 말했다.

"민우(가명), 시험 중에 다른 사람 시험지 보면 안돼요."

선생님 말씀을 듣고 민우가 설명했다.

"선생님, 지수(가명)는 뺄셈을 어려워해서 제가 도와주고 있어요."

아홉 살 민우의 한 마디는 매우 강력해서, 김 선생님은 진단평가의 본질까지 되짚어보게 되더란다. 진단평가는 학생의 출발점을 고르기 위한 것이니 어떤 문제는 잘 해결하고 어떤 문제는 어려워하는지 살피는 것이 중요했다. 민우가 자꾸 뒤를 돌아보니 혼자서 해결하기가 어려워 뒤에 앉은 친구의 시험지를 베끼는 줄 알았다. 지수가 어려워해서 돕고 있다는 민우의 말은 김 선생님의 기존 생각과 완전히 다른 방향이었다. 아이들이 옳았다. 평가가 배움을 위한 것이라면 민우가 지수를 돕는 행위는 너무나도 바람직하지 않은가. 평가의 과정이나 내용, 방법보다 평가결과의 공정성을 최우선으로 여기는 어른들의 패러다임에 민우는 가볍게 일침을 놓았다.

지난 겨울 김누리 교수의 〈차이나는 클라스〉 강연은 뜨거운 반응을 불러일으켰다. 강연 서두에 우리나라에서 몇 해 살며 한국인의 삶을 지켜본 이탈리아 철학자 프랑코 베라르디의 말을 인용했다. '한국은 강력한 현대 허무주의에 순응해버린 나라'라는 것이다. 몇 년 동안 세계에서 청년 자살률이 가장 높은 나라라는 통계가 그 말을 뒷받침한다. 프랑코 베라르디는 한국사회의 특징을 네 가지로 요약했는데 끝없는 경쟁, 극단적인 개인주의, 사막같은 삶, 초가속화된 생활리듬이 그것이다.

김누리 교수가 경험한 독일사회에서 경쟁은 야만이다. 시험 스트레스를 주지 않으려는 교육 방침에 따라 시험 날짜조차 알려주지 않는다고 한다.

고등학교를 졸업하는 학생의 90퍼센트 이상이 원하는 대학, 원하는 학과를 원하는 때에 갈 수 있다. 김 교수는 우리 사회를 경쟁하지 않으면 정의롭지 않다고 여기는 경쟁 중독 사회라고 지적했다. 경쟁 이데올로기 아래에서는 모든 사람들이 위계화된다. 경쟁을 자연의 섭리처럼 당연하게 받아들이지만, 이것은 '자본주의'라는 사회지배체제가 만들어 놓은 독특한 현상이다.

김 교수는 독일 중학교 3학년 국어 교과서의 첫 장 제목이 '올바른 해석은 가능한가?'라며, 모든 수업의 기본방향은 교사의 가르침을 비판적으로 반박하는 것이라고 소개했다. 아이히만처럼 생각하지 않는 성실함이 얼마나 끔찍한 일을 초래할 수 있는지 뼈아프게 체험한 독일의 교육방식이다. 다시는 잘못을 번복하지 않겠다는 굳은 의지가 학교교육에 탄탄하게 녹아들었다. 학교교육은 모든 지식의 배후를 읽고 살피는 통찰력과 비판적 사고를 길러주는 게 먼저여야 한다. 대학 입시를 준비하느라 초등학생 학습 시간이 대학생보다 더 많다는 통계는 슬픈 아이러니다. 어른들이 짜놓은 경쟁 구도에서 사력을 다하는 아이들의 삶을 조금 다르게 열어줄 수는 없을까.

소외 아닌 환대

찻잔을 볼 때마다 그 소년의 얼굴이 떠오르곤 한다. 세상에서 가장 맛있는 차를 내어주었던 4학년 아이. 기억은 30년 가까이 거슬러 오른다. 처음 발령받은 학교는 해남 황산면에 있는 작은 시골학교였다. 해남군은 전남에서 면적이 가장 넓은 지역으로 우리나라 서남쪽 땅끝에 자리잡고 있다. 읍내에서 내가 근무하던 학교까지는 30분이 걸렸고, 하루 세 번 군내버스가 오갔다. 바닷가 매부리 마을 아이들이 가장 먼 길을 오갔는데 학교에서 6킬로미터 쯤 떨어진 곳이었다.

그곳에서 맞이한 두 번째 봄, 가정방문 주간이었다. 학교 밖에서 아이들을 만나는 일은 특별한 설렘이 있다. 날마다 그날 방문할 마을을 정한 후 누구 집에 먼저 갔다가 다음엔 누구 집으로 가면 좋은지 아이들과 함께 코스를 짰다. 마을에 관한 한 아이들이 스승이었으니까. 아이들도 나도 봄나들이마냥 들뜬 기분이었다. 오순도순 손잡고 걷는 이가 둘이었다가 셋이었다가 넷으로 불어나는 식으로 우리는 함께 다녔다.

매부리 초입에 사는 아이 집에 갔을 때였다. 말수가 적고 수줍음 많던 아이가 조심조심 찻잔을 들고 와 슬며시 내밀었다. 이름없는 차라 했다. 마알간 우유빛 차 한 모금을 맛보고는 고개를 갸우뚱했고, 한 모금 더 삼켜보니 알 것 같았다. 세상 어디에도 없던 아이의 마음 맛. 커피크리머 한 스푼에 설탕 두 스푼쯤 넣어 밍밍하고 느끼하면서 살짝 단맛이었다. 내 반응을 살피던 아이의 천진스런 눈빛이 아침이슬처럼 반짝거리며 온몸을 휘감았다. 환대의 마음이었다. '그래, 네 마음이 이랬구나. 조심조심 찻숟가락에 마음을 담아 내게 자리를 내어준 거구나.' 그때 마신 차 한 잔이 살아가는 내내 세상에서 가장 맛있는 차로 기억될 줄이야.

　무수히 많은 사람들의 이야기와 세월의 흔적을 품고 오랜 시간 한자리를 지켜왔을 낡은 구멍가게가 부드러운 표정으로 말을 걸어왔다. 이미경 작가의 『동전 하나로도 행복했던 구멍가게의 날들』이라는 책 표지 그림이다. 화답하듯 자리를 잡고 앉아 책장을 넘기는데 몇십 년 전 기억을 소환하는 사진 한 장이 있었다. 밥공기 두 개를 안고 있는 두터운 솜이불. 모란꽃을 수놓은 진분홍 이불 홑청은 단정하게 포개어 접힌 모양 때문에 붉은 입술처럼 강렬했다.
　아버지는 열네 살 여름에 돌아가셨다. 아버지가 떠나시기 전까지 우리 집에는 사람들 발걸음이 유난히 잦았다. 억울한 일을 당하거나 어려운 일이 생겨 상의하러 오는 이들이 많았다. 막걸리를 함께 마시며 세상 돌아가는 이야기를 나누러 오는 이도 적지 않았다. 엄마는 아침 밥상을 차릴 때마다 밥공기 두 개를 따로 담아 건네며 진분홍 솜이불 속에 묻어두라고 하셨다. 나는 매일같이 따끈한 밥공기를 두 손으로 감싸 두터운 솜이불 맞접힌 사이에 넣어두었다. 손님이 집을 찾아오는 시간은 일정치 않았다. 어떤 이는 들일을 나가기 전에 찾아왔다. 어떤 이는 일을 마치고 난 저녁에 찾아왔고, 어쩌다 한가한 날이면 낮에 오는 이도 있었다. 가족이 식사 중일 때는 물론 그렇지 않을 때라도 아버지는 식사를 하였는지 꼭 물었고 엄마는 솜이불 속에 넣어 둔 밥공기를 꺼내 밥상을 차려 내실 때가 많았다.

따뜻한 솜이불 속에서 누군가를 기다리던 공기밥은 그냥 기다림으로 끝나기도 했다. 엄마는 그 밥을 모아 단술을 만들었다. 아버지가 돌아가신 후에는 오빠 친구들이, 오빠가 고등학교를 간 후에는 남동생 친구들이 자주 집에 와서 밥을 먹었다. 한창 성장기에 있었던 오빠나 동생 친구들을 엄마는 늘 반갑게 맞이하시고 내어주셨다. 집안 살림이 넉넉했던 것은 아니다. 내 집을 찾는 사람이 누구든 배를 곯아서는 안된다는 마음이었다.

나는 월간 토종잡지 〈전라도닷컴〉 애독자다. 〈전라도닷컴〉을 아끼고 사랑하는 마음은 거의 존경이나 예찬에 가깝다. 아흔 쪽 분량의 잡지 한 권이 이렇게 다정할 수 있을까. 어느 쪽을 펼치든 여지없이 넉넉한 웃음 한 다발 피어나게 한다. 전라도가 탯자리요 삶터인 할머니, 할아버지들, 그리고 그들이 사는 마을 이야기가 담겼다. 산, 들, 강, 바다, 갯벌, 풀, 꽃, 나무숲 같은 우리네 자연 풍광이 그득하다. 돌담길, 동네 우물, 오일장에서 건져올린 자부심 넘치는 촌스러움-나는 이 촌스러움을 한없이 경외한다-과 존엄한 문화가 넘실거린다. 순정한 전라도 이야기가 '눈 밝고 맘 따순' 이의 통찰에 담겨 '호들갑스럽지 않고 웅숭깊은' 맛으로 잡지 안에 살포시 내려앉았다. 눈 밝고 맘 따순 이에게 포착된 마을 어르신들의 삶은 그 자체가 칸트 못지않은 철학적 사유의 과정이요 결과다. 하여 그분들의 한 말씀 한 말씀은 꽉 차게 영근 씨알처럼 버릴 것 하나 없이 야물고 튼실하다. 풋풋하고 생명력 넘치는, 사람을 살리는 말들인 것이다.

《전라도닷컴》은 자주 '환대'의 느낌을 선사한다. '이 세상 모든 살아있는 것들 때문에 가슴 아프고, 손님이 오면 먼저 밥부터 차리며, 남에게 못 줘서 환장하는' 이들의 이야기가 숱하게 흘러넘친다. 전라도 어느 마을을 가든 우리네 엄니들 마음은 환대, 바로 그것이다.

> "들와. 들와. 기양 가문 서운허제. 내한테 못씰 일이여. 내 앞으로 지내간디 커피 한 그륵이라도 대접해야제."
> — 192호(2019년 4월), 장흥 안양군 해창리 김금례 할매(89)

> "나는 사람한테 차게 안해. 뭐더게 나쁘게 해. 따숩게 해줘야제. 놈 따숩게 해주문 내 가심이 몬야 따숩고, 놈한테 차게 하문 내 가심이 깡깡 얼고."
> — 211호(2019년 11월), 화순 동복면 읍애리 이형례 할매(79)

문화인류학자 김현경 교수는 환대란 타인에게 자리를 주는 것 혹은 그의 자리를 인정하는 것, 그가 편안하게 '사람'으로 연기할 수 있도록 돕는 것, 그리하여 그를 다시 한 번 '사람'으로 만들어주는 것이라고 했다. 내 집 앞을 지나가는데 그냥 가면 서운하니 결국 나한테 몹쓸 일이란다. 지나가는 이에게 '내 집에 당신이 머물 자리가 늘 있다' 전하는 말이 아닌가. 살아가며 만나는 '사람'을 귀히 여기고 정성으로 대하는 마음이다. 여기에 소외란 있을 수 없다. 엘리베이터에서 마주치는 이웃과 인사 나누는 것조차 어색해하며 익명으로 살아가는 도시인의 삶과는 사뭇 다르다. 남한테 차갑게 대하면 내 가슴이 먼저 싸늘하게 얼어붙고, 남한테 따듯하게 해줘야 내 가슴이 먼저 따듯해진다는 말씀은 또 어떤가. 마음밭에 타인의 자리 넉넉하게 내어주고 살았던 어르신의 삶을 간명하게 보여준다. 꾸밈없이 담백한 할매들의 말씀이 시간의 더께에 얹혀 가슴으로 파고든다.

"계세요?"라는 부름에 문이 벌컥 열린다. "춘께 얼릉 들와." 통성명 따위 생략하는 환대. 낯선 손을 잘 아는 사이로 착각하시는가 싶은 생각이 들 만치, 따순 방안으로 성큼 들이는 할매의 재촉은 천연스럽다.

— 201호(2019년 1월호), 영광군 묘량면 삼호리 몽강마을 이맹임(85)

예고 없이 방문한 이방인을 위한 환대, 보답을 기대하지 않으며 심지어 상대방이 누구인지조차 확인하지 않는 환대는 가능할까? 프랑스 철학자 자크 데리다(Jacques Derrida)는 순수한 혹은 절대적인 환대는 불가능한 이상이라고 했다. 하지만 보라. 이름도 얼굴도 모르는 낯선 이를 성큼 따듯한 방안으로 들이는 어르신의 천연스러움을. 추운 겨울 오들오들 떨며 길을 나서본 기억으로, 부르는 이가 이웃이든 이방인이든, 차갑게 얼어있는 몸을 따숩게 풀어줘야 한다는 마음이 맨 앞이었다.

두세 해 전 우리를 부끄럽게 만든 한 장의 사진이 신문에 실렸다. 장애 아이의 부모들이 강당 바닥에 무릎을 꿇고 앉아 특수학교 설립을 눈물로 호소하는 장면이었다. 서울 강서구 특수학교 설립 관련 토론회장에서 벌어진 일이다. 해당 지역 주민자치위원회를 비롯한 일부 주민들이 혐오시설, 집값 하락 등을 이유로 내세워 특수학교 설립 반대를 주장했다. 지상파 방송으로 마주한 영상은 더욱더 충격적이었다. 엄마들을 무릎 꿇게 한 우리들의 자화상이 몹시도 부끄러웠다. 그들의 오열을 듣자니 심장이 쥐어뜯기는 듯 참담했다. 우리가 어쩌다 여기까지 왔을까? 죄인처럼 무릎을 꿇고서도 머리를 조아리는 부모들 모습이 목구멍에 걸려 화병에 걸린 듯 며칠 동안 심사가 편치 않았다. 우여곡절 끝에 학교를 세우기로 합의했다는 소식이 들렸고, 지난 해에 개교했다고 한다. 다행이다.

사람은 누구나 태어나면서부터 동등하게 존엄하다. 어떤 차이도 존재의 가치를 더 우월하게 혹은 덜 소중하게 만들도록 허락해서는 안된다. 우리에게는 나 개인은 물론이거니와 내 옆에서 살아가는 사람 누구라도 똑같이 존엄한 삶을 누리도록 지켜낼 책임도 함께 있는 것이 아닐까?

사람이 온다는 건
실은 어마어마한 일이다.

그는
그의 과거와 현재와
그리고
그의 미래와 함께 오기 때문이다.
한 사람의 일생이 오기 때문이다.

부서지기 쉬운

그래서 부서지기도 했을

마음이 오는 것이다―그 갈피를

아마 바람은 더듬어볼 수 있을

마음,

내 마음이 그런 바람을 흉내 낸다면

필경 환대가 될 것이다.

— 정현종, 〈방문객〉

　정현종 시인의 〈방문객〉은 내가 가장 좋아하는 시 중 한 편이다. 환대의 마음을 이만큼 잘 표현한 시를 찾지 못했다. 우리는 누구나 지금 이 자리에 이 모습으로 존재하기까지, 다른 이들이 짐작조차 할 수 없는 무수히 많은 과거를 살아냈다. 그 유장한 서사는 '과거'라는 두 글자로 퉁치기엔 복잡다단하기 그지없는 다차원적 시간의 합이다. '그가 아니고서는' 누구도 헤아릴 수 없는 눈물과 웃음, 정성과 땀방울, 고통과 기쁨, 좌절과 희망의 순간들, 온갖 감정의 고갱이들이 쌓이고 뒤섞이며 비로소 지금 여기 내 앞에 오게 되었다. 굳이 억겁의 인연을 되짚지 않더라도 지금 앞에 선 이에게 내 마음 가장 환한 자리를 내어줄 이유가 충분하지 않은가.

인터넷서점보다 동네책방

"오전 10시까지 주문하고 오늘 오후 6시 전에 바로 받아보세요!"

한 친구가 거의 찬양에 가까운 극찬을 하기에 쿠팡 사이트를 둘러보았다. 화면에 떠 있는 문구를 눈을 비비고 다시 읽었다. 로켓프레시 회원이 되면 매일 아침 7시까지 신선식품을 현관문 앞까지 배달해주는 서비스도 있단다. 신선도가 생명인 딸기부터 대형 가전제품까지 다양하다. 클릭 한 번으로 원하는 물건을 장바구니에 담아 구매하기를 누르면 당일 혹은 다음날, 늦어도 이삼일 안에 받아볼 수 있다. 발품 팔지 않고 내 집에서 말이다. 빠르고 편리한 세상이다.

1993년 11월 서울 창동에 우리나라 최초의 대형마트인 이마트가 들어선 이래 중소 유통업체는 쇠락을 거듭했다. 동네 구멍가게가 하나둘씩 문을 닫기 시작한 지도 삼십 년이 가까웠다. 계속해서 몸집을 불리며 인터넷 쇼핑몰을 함께 운영하던 대형마트는 이제 오프라인 매장 수를 줄이고 온라인에 주력하는 추세다. 로켓 배송 같은 빠르고 친절한 서비스를 내세우며 급속도로

시장을 키워가고 있는 쿠팡의 존재가 대형마트에게 새로운 위협으로 다가왔다. 불과 몇 년 전 그들이 동네슈퍼의 생존을 위협했듯이 말이다.

속도와 편리성 때문에 나도 가끔은 인터넷 쇼핑몰을 찾는다. 검색만 하면 수두룩하게 많은 물건들이 내 앞으로 달려와 줄을 선다. 최신형부터 줄을 서기도 하고 순식간에 헤쳐모여 가격이나 인기순서로 정렬하기도 한다. 마트까지 걸어서 혹은 차를 타고 가는 수고를 하지 않아도 되고, 구입한 물건을 무겁게 들고 나를 필요도 없다. 사람과 자동차가 붐비는 거리에서 주차할 공간을 찾지 못해 같은 자리를 빙빙 돌며 진땀 빼는 수고를 하지 않아도 된다. 아침 일찍 출근하고 퇴근 후에도 회의, 출장이나 연수, 이런저런 모임이 이어지는 분주한 날들의 연속일 때는 적잖은 도움이 된다. 자주 만나기 어려운 사람에게 뭔가를 전하고 싶을 때는 더욱 그렇다.

어느 주말 오후 낮잠에 빠져들었다 깨어나 창밖으로 고개를 돌렸다. 보이는 건물 벽면이 햇살을 받아 환했다. 십여 년째 같은 곳에 살고 있지만 빛이 그쪽 벽면을 비추어 환한 풍경은 처음이었다. 바라다 보이는 벽면의 맞은편 서쪽 하늘 어딘가에 태양이 떠 있으리라. 모습을 직접 보여주지는 않으면서도 '나 여기 있음'을 분명하게 말한다. 하여 내가 바라본 곳은 '해가 가리키는 방향'이었지만 동시에 '해를 가리키는 방향'이기도 했다. 사람이든 사물이든 어떤 현상이든 때로는 그것을 보는 것보다 그것이 가리키는 방향을 보는 것이 더 잘 이해하는 방법임을 새삼 깨달았다.

빠른 속도로 진화하는 디지털 세계, 그 치명적인 유혹에 빠져들 때 우리는 편리함을 얻는 대신 무엇을 버렸을까. 동네 구멍가게가 하나둘 문을 닫을 때 우리가 잃은 것은 없을까. 편리함이 가리키는 방향, 그 세계엔 어떤 것들이 번성할까. 동네 구멍가게가 사라져가고 있을 때 지역의 서점들도 하나둘 문을 닫거나 근근히 버티고 있었다. 한 권만 주문해도 무료배송에 할인까지 해주는 대형 인터넷서점이 있으니 지역 서점들의 고군분투를 말해 무엇하겠는가.

19세기 근대 부르주아에서 20세기 산업자본주의로 넘어가는 격동기를 살아온 헝가리 정치경제학자 칼 폴라니는 이렇게 말했다.

"진리는 만유인력의 법칙이 아니라 만유인력에도 불구하고 새가 하늘 높이 솟아오른다는 것이다."

칼 폴라니의 말대로 다수가 거역할 수 없는 진리라며 만유인력의 법칙을 이야기하고 순응할 때, '만유인력의 법칙에도 불구하고 하늘 높이 날아오르는 새'에게서 진리를 찾으려 드는 이들이 있다. 거대한 문명의 흐름, 신자유주의의 물결 속에서도 인간의 자유의지와 도덕적 결단에서 가능성을 찾는 사람들. 그것만이 이 세상에 따듯한 변화를 만들어낼 수 있다고 믿는 사람들. 대형 인터넷서점이 달콤한 유혹으로 소비자를 싹쓸이할 때 마을 골목에 자리를 잡고 책방 문을 여는 이들이 생겨나기 시작했으니, 그들 역시 만유인력의 법칙에 개의치 않고 높이 날아오르려 무모한 날갯짓을 시작한 새들이 아니고 무엇이랴.

여섯 해 전 충북 괴산의 '숲속작은책방'을 시작으로 경남 통영의 '남해의봄날' 등 동네책방이 전국적으로 서서히 생겨나기 시작했다. 이들은 기존의 지역서점들과 달리, 책을 사고파는 단순한 기능을 넘어 복합문화공간으로서 다양한 기능을 표방했다. 서울과 중앙에 집중된 문화 서비스에 딴지를 걸고 지역과 마을의 문화사랑방을 자처했다. 주민의 삶에 뿌리를 두고 양질의 문화 컨텐츠를 함께 향유하며 경험을 공유하자는 의미다. 책을 매개로 이웃의 삶을 더 풍요롭게 하고 가치 있는 이야기를 만들어 나아가겠다는 의지다.

우리 마을에도 동네책방이 있다. 십 년 전 새로운 택지지구가 만들어질 때 '북카페 숨'이라는 이름으로 들어섰다가 다섯 해 전 고심 끝에 '동네책방 숨'으로 다시 태어난 곳이다. 북카페 시절에도 카페 한편에 누구나 읽을 수 있는 책들이 꽂혀 있었다. 건물 한 층 절반의 공간은 작은도서관으로 만들어 마을주민 누구나 책을 읽을 수 있도록 열어두었다. 당시에도 이웃과 공동체의 삶을 이롭게 하는 일들에 앞장서 온 터이지만, '동네책방 숨'으로 이름을 바꾼 것은 책방이라는 정체성을 분명히 하고 '책을 매개로' 경험을 공유하는 일에 더 무게를 두겠다는 선언이었다.

내가 이곳을 누군가에게 소개할 때 책을 파는 곳이라는 설명은 맨 나중에 붙는다. 한 마디로 소개해야 할 경우 참새방앗간 혹은 아지트라고 했다. 특별한 일이 없어도 오가는 길에 자주 들러 숨의 주인인 숨지기가 정성껏 골라 놓은 책 구경도 하고, 지역의 소식도 주고받으며 학교와 마을 이야기도 나눈다. 함께 할 일을 의논하기도 한다. '동네책방 숨'을 가장 잘 소개하는 방법은 아예 그곳에서 만나거나 그곳으로 함께 가는 것이다. 책방에 들어서면 공간이 주는 특별한 따스함을 느낄 수 있다. 그림책, 세월호 관련 책이나 아이템, 지역 관련 책이나 잡지, 마을교육과 필사 관련 코너 등을 따로 마련해두어 차근차근 둘러보는 재미가 쏠쏠하다. 주인장 이진숙 님이 골라 진열하고 배치해놓은 책들을 보면 책방이 지켜가고 싶은 가치가 무엇인지 어렵지 않게 알게 된다. 어떤 책을 읽어야 할지 망설여질 때 조곤조곤 가만한 목소리로 도움을 주는 숨지기의 맞춤형 서비스도 받을 수 있다.

동네책방 숨을 제집처럼 드나들며 누린 가장 큰 축복은 좋은 사람들을 만난 일이다. 동네책방이 표방하는 가치에 공감하는 사람들, 따듯한 마을살이를 지향하는 사람들, 지역의 정체성을 지켜가려는 사람들이 숨을 자주 찾았다. 숨에서 마주치는 사람들은 자연스럽게 서로를 반기고 응원했다. 오가며 만난 이들 중 유독 자주 만나게 되는 사람들이 있었다. 하는 일은 제각각 다르지만 살아온 세월도 엇비슷하고 지향이 같으니 이심전심 통하는 데가 많았다. 더구나 같은 마을에 살고 있으니 함께 작당해볼 만한 일들도 있었다. 동네책방이 자연스럽게 마을 플랫폼 역할을 했다. 이곳은 우리들 이야기가 모이는 공간이 되었고, 마을공동체를 꿈꾸는 마을활동가도 마을교육공동체를 꿈꾸는 교육활동가도 문화예술로 사회변화를 꿈꾸는 예술활동가도 자주 들러 경험을 공유했다. 우리 사회의 건강한 변화에 관심이 많은 이들이니 이야기를 나누다 보면 시간 가는 줄을 몰랐다.

지난 4월 마지막 주 수요일. 퇴근 후 신창동 학교시설지원단 힐링마루로 향했다. 광주 5·18 민중항쟁 40주기를 맞아 동네 절친 추현경 작가가 진행하는 오월시민행진 〈그날 後, 그날 WHO〉 프로젝트에 동네 친구들과 함께 손을 보태고 싶어서였다. 40년 전 그날 꽃잎처럼 스러져간 시민들을, 오늘을 살고 있는 시민들이 큰 인형으로 만드는 작업이다. 두상 하나로도 6인용

테이블을 가득 채울 정도의 크기니 거인을 빚는 작업이라 해도 좋겠다. 사람들은 구체적 실재(實在)에 근거해 큰 인형으로 만들고 싶은 사람을 선택했다. 5·18희생자로 통칭되었던 그들은 누군가의 가족이었고 누군가의 친구이자 이웃이었다. 구체성을 지닌 사람이었다.

어떤 이야기든 실존 인물이 경험한 일상의 한 부분을 구체적으로 조명할 때 쉽고 깊이 있게 공감한다. 5·18 37주기를 맞아 망월묘역을 찾은 대통령 기념사가 그랬다. 기념사의 중심에 사람이 있었다. 유가족의 한 맺힌 슬픔과 외로움을 구체적 언어와 몸짓으로 끌어안았다. 오월의 죽음과 광주의 아픔을 자신의 것으로 받아안고 세상에 알리려 희생하고 헌신했던 젊음들까지 호명했다. 구체적 사실은 약자와 희생자의 편에서 아픔과 고통을 헤아리려 다가서는 이에게만 그 모습을 드러낸다. 진정성 있는 기념사였기에 광주정신을 기억하는 온 나라 사람들의 가슴을 출렁이게 했고, 오래도록 읽고 또 읽게 만들었다.

추현경 작가, 그녀의 〈그날 後, 그날 WHO〉 프로젝트도 그렇다. 어쩌면 너일 수도 있었고, 나일 수도 있었으며, 우리 언니, 오빠, 이모, 삼촌, 어머니, 아버지였을 수도 있었던 평범한 이웃의 이야기로 시작했다. 그날 후 봉인된 역사 속에서 자식과 가족, 친구와 이웃을 잃고 심장이 뜯겨나가는 처절한 고통의 세월을 살아낸 이들은, 큰 인형으로 되살아난 그날 그 사람과 재회의 시간을 갖게 되었다. 그날 사라져간 내 자식이, 내 아버지 어머니가, 내 친구와 이웃이 오늘을 살아가는 시민들에게 생생하게 기억되고 있음을 확인시켜 주었다. 더불어 그날의 희생이 덧없이 묻혀버린 것이 아님을, 그날의 정신을 이어받아 지금 여기까지 민주주의를 지키고 키워왔음을 목도한 오월시민행

진은 감동의 물결 자체였다.

　뜬금없이 오월항쟁 40주년 기념 프로젝트를 소개하려던 것은 아니다. 추 작가와의 인연이 '동네책방 숨'에서 시작되었음을 말하고 싶어서다. 우리는 숨을 오가며 알게 됐고, 그곳에서 친구가 되었다. 일터가 겹치지 않으니, 참새 방앗간처럼 숨에 자주 드나들지 않았더라면 가까운 친구로 만나는 일은 가능하지 않았을지도 모른다. 이렇게 만난 벗이 너댓은 된다. 각자의 영역에서 정성스레 제 역할을 하는 친구들이라 만나는 시간을 맞추지 못할까 걱정하다가, 최근엔 책 모임을 만들어 우리 스스로를 결박했다. 이웃하는 친구의 아픔을 어루만지고, 슬픔에 눈물 보태며 사는 것이 좋다. 삶의 고뇌에 물음표를 함께 얹어 만지작거리고, 기쁜 소식에 웃음을 포개며 사는 것이 좋다. 아니 그냥 보고만 있어도 든든하다. 이웃이고 친구며 동지(同志)이기 때문이다.

　오늘 주문하면 배송료도 지불하지 않고 하루만에 받아볼 수 있는 인터넷 서점 서비스를 가끔은 이용한다. 급하게 참고해야 할 책이 있을 때는 인터넷 서점에 주문하기도 한다. 책값을 10퍼센트 정도 할인을 받으니 언뜻 독자에게는 이득만 있는 것처럼 느껴진다. 하지만 동네책방에서 누리는 기쁨에 비할 수 있으랴. 숨지기의 안목으로 골라놓은 책들은 특별한 향기를 내뿜는다. 이 책 저 책 펼쳐보며 어떤 맛일까 시식도 해보고, 마을이나 지역 소식도 듣는다. 때로는 좋아하는 작가의 북토크 행사 안내도 미리 받고, 반가운 책방 손님들과 만나 안부도 서로 주고받고, 포장재도 아끼고.
　할인된 가격과 끼워주는 선물 공세는 '쓰고 만들고 나누고 읽는 자 모두를 정당하고 행복하게 만드는' 시스템일까? 인터넷서점을 이용하는 독자들이 늘어난다면 겨우 버티고 있는 동네책방들이 다시 하나둘 문을 닫게 될 것이다. 나는 지금 이 마을에서 '동네책방 숨'이 없는 일상을 상상하기가 쉽지 않다. 책을 조금 늦게 받아보아도 좋고, 10퍼센트 할인을 받지 않더라도 좋으니 동네책방이 오래오래 곁에 있었으면 좋겠다. 그곳에서 이웃하는 사람들이 서로 만나 어우러질 수 있다면 세상은 조금 더 살만하지 않을까? 자유의지와 도덕적 결단으로 스스로의 길을 만들어가는 단 하나의 족속이 인간이니까. 세상에서 가장 경쾌하고 아름다운 걸음을 찾는다면, 동네책방 가는 길을 보라.

공산품보다 핸드메이드

물건에도 서사가 있다. 나는 시간을 깊게 누린 물건을 아낀다. 물건이 만들어지기까지의 시간이든 세상에서 제 역할을 하면서부터의 흔적이든 긴 시간을 품은 것들은 다 소중하다. 공장에서 뚝딱 만들어진 매끈한 것들보다 살짝 거칠어도 어떤 이가 공들여 만든 유일무이한 것이 더 사랑스럽다.

매일 사용하는 그릇도 그렇다. 가볍고 잘 깨지지 않는 그릇이 살림하는 이에겐 최고라 여기시는 엄마는 묵직한 질그릇이 우리집 식탁에 오르내릴 때마다 혀를 끌끌 차며 걱정하신다. 손목 상하면 어쩌려고 그러느냐는 것이다. 특별히 모양이 멋스럽거나 빛깔이 고운 것도 아닌데 나는 그 그릇들이 좋다. 이유는 오직 하나, 내 손으로 만든 까닭이다. 도에 흙을 잘라 넓적한 판으로 바닥을 만들고 옆을 세워 붙인 후 손으로 수백 번을 주무르고, 문지르고, 다듬었다. 작은 꽃잎 도장을 찍어 무늬를 새기기도 했다.

그릇 가게에 가면 아름다운 것들을 얼마든지 구하겠지만 내가 만든 접시만큼 다정한 것은 없다. 세상에 단 하나뿐인 그것은 어디에서도 살 수 없는 물건이다. 다시 만들려고 아무리 애를 써도 조금은 다른 모양, 오묘하게 다른 빛깔일 수밖에 없다. 거기엔 서너 시간 집중해 흙을 매만지던 진지하고 정성스런 나의 손길과 고요하고 맑은 날 그 시간의 호흡이 담겼다. 그늘에서 완전히 마르길 기다리며 불어오는 바람을 맞고 나뭇가지의 흔들림을 느끼고 지저귀는 새 소리도 들었을 것이다. 700~800도의 가마에서 스무 시간가량을 견뎌낸 후, 유약을 바르는 도공의 손길을 거쳐 다시 1200도 이상의 가마에서 꼬박 하루가 넘는 시간을 버티며 단단해진다. 꼼짝없이 가마 불을 지키던 도공의 하품 소리도, 타닥타닥 장작 타는 소리도 품고 있다. 그래서 근사하다. 근사함은 물건의 서사와 함께 흘러온 시간만큼 깊어지는가 보다.

누구나 그렇듯 내 손으로 뭔가를 만드는 일에 정성을 쏟는 때가 있다. 어쩌다 한 번은 쉬웠지만 지속하려면 번번이 실패했다. 서른이 되고도 한참을 지난 어느 해인가 생활 소품을 직접 만들어 쓰고 싶다는 생각에 문화센터 홈패션 반에 딱 한 번 등록한 적이 있다. 재봉틀 실 꿰는 순서는 고등학교 가사 시간에 책으로 배웠고, 시험 점수를 올리는 데 보탬은 되었지만 기억나는 것은 '북통'이라는 존재뿐이었다. 요즘 나오는 재봉틀은 사용하기도 간편해졌다. 문화센터에서 8주 정도 옷감을 고르고 재봉하여 만든 소품을 보며 '나도 쓸모 있는 사람이구나' 위안을 받았더랬다. 앞치마도 만들어야겠다는 다짐을 십몇 년이 지난 지금까지 잊고 살았다. 돈만 있으면 간편하게 구해 쓰는 세상이다. 다른 일로도 눈코 뜰 새 없이 지내면서 앞치마 만들자고 재봉틀을 집에 들여놓는 것은 그야말로 배보다 배꼽이 더 큰 격이라는 옆지기의 말이 백 번 옳았다.

아이들 어렸을 때는 조끼나 스웨터, 카디건, 망토 같은 것을 뜨개실로 떠서 입히기도 했다. 내가 만든 옷이 아이들 몸을 포근하게 감싸는 느낌이 참 좋았다. 손가락과 어깨, 등 근육은 날마다 먹먹하고 뻐근했다. 아이들은 쑥쑥 자랐다. 내가 시간과 정성을 들여 뜨개질하고 있을 때도 아이들은 자라는 중이었고 완성해서 입히는 순간에도 성장하고 있었다. 몇 해가 지났을까. '잘 만들어져 나오는 옷들이 시장에 넘쳐나는데 굳이 시간을 들여 뜨개실로 짤 일이 아니다, 더구나 넌 일하느라 시간도 많지 않고'라는 주변의 조언에 기다렸다는 듯 아주 간단히 백기를 들었다. 시장에는 값싸고 품질 좋은 상품들이 널려 있었다. 회사들은 어떻게 하면 좀 더 싼 가격에 질 좋은 상품을 생산할 수 있을까 궁리하고 또 연구했을 것이다. 그래야만 살아남을 수 있을 테니까. 공장에서 대량으로 만들어지는 상품에 쉽게 굴복해버린 탓에 '과정'만이 품을 수 있는 긴 시간의 맛과 향기는 입혀주지 못했다.

두세 해 전에는 캘리그래피를 연습해 보기도 했다. 손으로 쓰는 그림문자라고도 했다. 전통적인 서예와 겹치는 부분이 있지만 판에 박힌 듯 정형화되지 않고 개성이 넘치는 느낌이 좋았다. 붓이 만들어내는 길과 먹물의 농도에 따라 달라지는 느낌, 그리고 여백이 주는 여유가 멋스러웠다. 필요한 재료들을 구입해 퇴근 후 틈틈이 습작을 했다. 그해 여름엔 민무늬 한지부채를 여러 개 준비해 캘리그래피를 써넣었다. 여백엔 바다를 표현해보기도 했고 잔 꽃들을 그려 넣기도 했다. 완성하고 나니 바람을 일으키는 손부채 역할은 할 것 같았다. 근사한 작품은 아니라도 내 손이 한 일이니 이웃과 나누고 싶었다. 거칠고 덜 세련된 솜씨라 부끄러웠지만 허물없는 사이에서는 그런 부끄러움이야 견딜 만한 것이 된다. 수줍게 내밀어 전하는 마음이 기뻤다. 다음 해엔 스무 개를 만들어 나누었다. 손으로 만들어내는 모든 것에는 공들인 시간만큼의 향이 절로 스미는 법이라 여겼지만 일상은 내게 붓 쥘 틈을 좀처럼 허락하지 않았다.

유자청이나 매실청 담는 일도 그렇다. 열매 하나하나를 깨끗하게 씻고 물기를 말끔히 없애는 것만으로도 손이 많이 가는 일이다. 유자나 청귤을 얇게 저미듯 칼질을 할 때마다 손에 물집이 잡혔다. 마트에서는 커피 두어 잔 값이면 얻는 것들이다. 내 손으로 정성을 들여 만들기보다 시간을 버는 쪽을 선택하는 것이 훨씬 쉽고 간편하다. '손쉽게'라는 말의 의미를 이제야 제대로 알겠다. 찬찬하고 가만한 시간들을 가끔은 맛보았으되 빠르게 스쳐지나간 풍경으로 머물게 한 이는 결국 나 자신이다. 내가 누렸던 효율 대신 포기해버린 '손'의 일은 어쩌면 '사람'의 일이었던 게 아닐까? 번번이 실패하면서도 다시 꿈꾸는 모순을 사는 이유다.

"저 좀 만나요. 아주 잠깐만요."

셋째를 낳고 육아휴직 중인 후배가 연락을 했다. 복직을 한 달쯤 앞두고 있었고, 코로나19 지역 확진자가 생겨 병원 한 군데가 코호트(cohort) 격리에 들어갈 즈음이었다. 후배가 사는 곳 부근으로 갔다. 액자 하나를 건넨다. 조심히 받아들고 살펴보니 이럴 수가! 베이지색 천 바탕에 곱디고운 연보라와 아이보리, 은은한 청보라 빛 색실로 수를 놓은 사랑스럽고도 정갈한 십자수 작품이었다. 아, 세 아이 돌보느라 몸이 둘이라도 부족했을 사람이! 주먹만 한 뜨거운 뭉치가 가슴께에서 일렁였다.

"석 달 걸렸어요. 매일 9시에 아이들 재워놓고 한 땀 한 땀 수를 놓은 건데 제가 십자수는 좀 잘하나 봐요. 헤헤. 남편이 '선생님이라면 동의!'라고 하더라고요."

"세상에……."

할 말을 찾지 못했다. 아이들도 성인이 되어 돌봐줄 손길을 기다리는 식솔이 없으니 자유로운 쪽은 오히려 나였다. 그런데도 바쁘다고 제 손으로 생산하는 일에 정성을 쏟지 못하는 스스로가 부끄러웠다. 강도 높은 노동의 연속인 세 아이 엄마로 사는 중에도 틈틈이 바늘과 실을 찾아들고 집중했을 그녀의 시간과 공력에 황송하기 그지없었다. 종일 조곤조곤 아이들과 눈 맞추고 이야기 나누며 뒷바라지도 하고 집안일까지 마치면 툭 쓰러져 잠들기 마련인 게 엄마의 일이다. 고단했을 몸 누이지 않고 눈이 시리도록 천 바탕의 씨실과 날실을 헤아렸을 터였다. 섬세하게 모양과 색깔을 맞추어가며 몇 만 번을 오갔을 손놀림을 상상했다. 손을 따라 함께 오갔을 눈길을 떠올렸다. 마음은 이렇게 전하는 것이로구나! 모란꽃 자수에서 꽃내음이 풍기는 것 같았다. 연보라빛 비단향꽃무에서도 향기가 우러나오는 듯했다. 그녀를 처음 만났을 때부터 감지했던 은근하면서도 변하지 않는 깊이로. 이런 귀한 작품을 받을 자격이 내게 있는가 돌아보게 만든 순간이었다. 나는 이토록 정성스런 물건을 받을만한 사람이 못되었다. 오히려 그녀가 부족한 나를 껴안을 만큼 깊고 너른 품을 가진 사람이었다.

편리함으로 둔갑한 자본주의 사회의 욕망은 배움의 공간까지 그 영역이 확장되었다. 교육활동 맞춤형 키트를 마주칠 때면 속상할 때가 많다. 품격 없는 상술에 분노하기도 한다. 간편하지만 그뿐이다. 아이들이 만나는 모든 사물에는 마음이 담겨있어야 한다. 씨앗 한 톨도 눈에 보이는 것이 전부가 아니다. 눈에 보이지 않지만 그 안에 온전하게 새로운 생명이 깃들어 있음을 마음으로 읽도록 돕는 것이 어른의 일이다. 존재의 신비로움을 전해야 한다.

우리는 오감을 통해 사물을 인지하고, 사물과 관계를 맺는다. 특히, 어린 아이들에게 손과 발은 가장 민감하게 깨어 있는 부분이다. 손과 발로 바깥 세계의 사물을 만나고 상호작용하는 것은 아이의 영혼과 정신을 일깨우는 무척 중요한 과정이다. 오감을 통해 아이들과 소통하기에 꼼꼼하게 따져가며 물건을 만들어야 한다. 품질 문제도 난감했지만 한 번 사용하고 나면 가차없이 쓰레기로 버려지는 무용함이 더 불편했다. 사람과 생명에만 지켜야 할 예의가 있는 것이 아니다. 물건에도 지켜야 할 예의가 있다. 한 번 쓰고 버리는 물건들과의 만남에 익숙한 아이들은 무엇을 배우고 느낄까.

물건이 넘쳐나는 시대에 살고 있다. 대량 생산을 넘어 공급 과잉의 시대다. 이렇게 만들어진 물건들은 어디에서 어떻게 머물다가 어디로 사라져갈까. 쉽게 구하고 편리할 대로 사용하다가 너무나 간단히 쓰레기통에 버려지는 물건들의 아우성이 줄을 잇는다.

만들어진 물건에는 사람과 정성이 담긴다. 내 손으로 만든 도자기 그릇이 그토록 소중한 것도, 후배가 건넨 십자수 작품을 받아들고 가슴이 먹먹해졌던 것도 그런 까닭이다. 억지스럽지 않은 소박한 그릇에 음식을 담아 식탁에 올릴 때마다 내게 흙 다루는 법, 도자기 빚는 법을 가르쳐 주었던 편안한 웃음과 가만한 목소리를 함께 보고 듣는다. 곱고 부드러운 색실로 수놓은 고아한 작품은 내 방 눈에 가장 잘 띄는 벽면에 두었다. 순해진 눈길, 꽃같이 어여쁜 마음이고서야 색실로 어우러진 세상을 마주할 수 있게 된다. 손의 일이란 그런 것이다. 마하트마 간디의 말처럼 '선한 것은 달팽이처럼 천천히 나아간다'는 의미를 알겠다. 달팽이처럼 천천히 나아가는 것이 선한 것이라는 진리도 알겠다.

Ⅱ부

마을을 향하여
한 걸음

교사,
마을을 발견하다

어쩌다 마을?

장면 하나. 저는 지금 문제를 풀고 있는 중입니다

무슨 일이 있었던 걸까.

오른뺨에 다섯 손가락 모양이 선명했다. 열한 살 아이의 얼굴을 정확하게 덮친 자줏빛 손의 정체를 알아야 했다. 교실 문을 열고 들어오는 현우(가명)와 눈인사를 하는 순간 아릿한 고통이 느껴졌다.

"다른 학교 6학년 형이랑 싸우다 한 대 맞았어요."

말없이 손을 잡고 빈 교실로 향했다. 초등학생 손자국이 아니었다.

"아팠겠구나. 무슨 일이 있었던 거야?"

현우는 머뭇거리다 대답했다.

"엄마한테 맞았어요. 집에 늦게 들어가서……."

별일 아니라는 듯 툭 내뱉는다. 아이의 덤덤한 표정에 가슴이 더 쓰렸다. 얼굴에 선명한 다섯 손가락 피멍을 입고도 학교에 온 현우를 위로할 말 한 마디를 찾지 못했다.

"그래. 그랬구나……."

수업을 마치고 어렵게 수화기를 들었다.

"안녕하세요, 현우 담임이에요. 요즘 많이 힘드시지요?"

"지 아버지는 일하느라 멀리 떨어져 지내고, 갓난애기가 있어서 혼자서는 종일 아무 것도 못해요. 학교 끝나면 일찍 와서 도와주면 좋은데 싸돌아다니다 저녁에야 들어오고. 저도 힘들어서 손이 올라갔어요."

원망만 할 수는 없었다. 한두 해 전 현우 엄마가 된 그녀도 삶이 무척 고단하였다. 현우 엄마에게 죄송하다는 말을 듣는 기분이 묘하게 편치 않았다. '엄마'는 세상에서 가장 따뜻한 단어지만 누군가에겐 그렇지 않을 수도 있다. '집'은 몸과 마음을 편안하게 누일 곳이라는 통념이 현우에겐 '헛소리'에 불과하겠구나 싶었다. 씩씩하고 야무진 아이, 경험한 세상이 많이 버거웠을 현우는 그해 나의 든든한 친구가 되었다.

종업식 전날 밤 나는 잠을 이루지 못했다. 4학년 담임이던 나와 나누었던 숱한 이야기들을, 현우는 5학년이 되더라도 또다시 반복재생하며 지낼 것이다. 비좁은 아홉 평 아파트, 떨어져 지내며 가끔 생활비를 보내는 아버지, 호의적이지 않은 새엄마 얘기도 다시 하게 되겠지. 그 다음해도 그럴 것이다. 중학교에 진학하면 어떨까? 또 그 후에는? 드러내고 싶지 않은 자신의 불행을 해마다 거듭 이야기하는 동안 아이의 성장판엔 어떤 무늬가 새겨질까?

교사는 학생의 뼛속 깊이 각인되는 존재가 아니어도 좋다. 사방을 따뜻하게 감싸며 요란하지 않게 조금씩 스며들어 형체도 없이 사라져도 괜찮다. 콩나물시루의 물처럼. 아이들이 배움과 성장의 주체로 우뚝 설 수 있도록 맑은 물 한 바가지 되어 아이들 몸과 마음을 통과하는 것, 그것이 교사의 일이라 여겼다. 그날은 달랐다. 흐르는 물을 제 힘으로 취할 만큼 아이들의 뿌리가 튼튼하지 못하다면 교사인 나는 무엇이 되어야 할까. 무엇을 할 수 있을까. 학교는 어떤 곳이어야 할까. 어떤 역할을 할 수 있을까.

마을이어야 했다. 한 사람이 살아온 시간을 종횡으로 오롯이 담고 있는 공간. 마을일 수밖에 없었다. 초등학교가 6년, 중학교와 고등학교가 각각 3년씩의 시간을 축적할 수 있는 곳이라면 마을은 달랐다. 떠나가지 않는다면 한 사람의 삶 전체를 품을 수 있는 곳이 마을이다. 사회 시스템이 한 아이의 성장을 충분히 뒷받침하지 못한다면, 가정의 결핍을 메우기에 적당한 곳은 학교라기보다 마을이었다. 학교의 호흡이 짧은 반면, 마을은 오랫동안 사람을 품을 수 있었다. 마을은 한 아이의 온 삶이 담긴 그릇이다.

나는 열한 살 아이가 낸 문제를 명쾌하게 풀지 못해 아홉 해 넘도록 고심 중이다. 아이가 온 삶으로 낸 문제기에 나 역시 온 삶으로 풀어야만 한다. 제대로 풀고 있는 건지 자신하지는 못한다. 마음이 향하는 쪽으로 소소한 일들을 담담하게 해나갈 뿐이다. 마음이 향하는 곳, 그곳에 마을이 있다는 것만은 분명하다.

장면 둘. 학교 문턱을 낮춰야 지역도 살고 학교도 삽니다

2010년은 광주의 교육에 새로운 흐름이 생겨난 해이다. 11월 광주의 모든 초등학교에서 무상으로 의무급식을 시작하였고 2012년에는 중학교까지 확대되었다. 2011년은 제1기 빛고을 혁신학교 운영이 시작된 해이기도 하다. 나는 2011년 1학기에 H초등학교로 부임했다. 교육복지투자우선지원사업 대상

학교인 이 학교에는 경제적으로 어렵거나 돌봄이 여의치 않은 가정이 많았다.

그즈음 내게도 중요한 질문이 찾아왔다. 1997년부터 초등학교 영어가 정식 교과로 채택된 이후, 영어수업 연구와 실천에 각별히 애쓴 지 열다섯 해가 지난 시점이었다. 교사로서 영어교육을 내 삶의 화두로 삼아 계속 나아가도 좋을까 하는 질문이 고개를 들었다. 삶을 나누고 싶었다. 삶을 학생들과 더 깊이 나누기에 외국어는 적당하지 않았다. 더욱이 초등학교에서 다루는 영어 문장들이야 두어 번 주고받으면 금방 바닥나는 것들 아닌가.

'교사는 수업으로 말한다'는 주장은 옳다. 하지만 방법이나 테크닉으로 수업을 해석하려는 경향에는 동의할 수 없다. 사람과 사람의 만남은 그렇게 단순한 것이 아니다. 교육의 본질을 다시 되짚어보았다. 학교가 존재하는 이유는 더불어 행복한 삶을 이루기 위해서다. '삶을 위한 교육', '삶과 배움이 하나되는 교육'이라는 화두가 무겁게 몸과 마음을 눌렀다.

나는 2012년 9월 시교육청에서 처음으로 공모한 교육복지선도학교 운영을 맡게 되었다. 많지 않은 예산이지만 어떤 일을 계획하고 실천할 기회였다. 동료 교사들과 함께 아이들이 처한 삶의 조건을 꼼꼼히 점검했다. 학습 부진 현상이 특히 두드러진다고 입을 모았다. 가족의 생계 해결이 시급했던 많은 부모들은 자녀의 배움을 깊이 들여다볼 여유가 없었다. 지원 방안을 의논했다. 누적된 학습 부진을 메우는 일도 좋지만 처음부터 부진이 생기지 않도록 예방하는 것이 더욱 중요했다.

선도학교 프로젝트는 저학년에 우선 집중하기로 했다. 1학년부터 3학년까지 여덟 개의 반이 있었다. 나는 2학년 담임이었다. 아이들이 능동적 배움의 주체로, 자기 삶의 주인으로 살아가려면 교사는 무엇을 해야 할까 궁리했다. 아이들이 스스로 배우는 기쁨을 맛보고 익히는 게 중요했다. 읽기, 쓰기, 셈하기를 튼튼하게 다지는 것은 필수였다. 심리·정서적 지원도 소홀히할 수 없었다. 주변의 작은 동식물을 만나 교감하며 생태 감수성을 키우도록 산책과 숲 체험을 했다. 놀이는 아이들에게 삶의 본질에 가장 가까이 다가갈 수 있는 활동이다. 우유 급식과 실내 체조로 채워졌던 중간놀이 시간을 30분으로 늘리고 온전하게 놀이를 즐기도록 보장했다. 또래와 어울리며 공동체 의식을 싹틔우도록 했다. 1~3학년 모든 학급에서 아침 5분 한자, 국어·수학 밑다짐학습, 영어 그림책 읽기, 생태 감수성 함양을 위한 숲 체험과 산책, 놀이 활동 등의 프로그램을 기획하고 실행했다.

그런데 난제가 생겼다. 학습부진 예방도 타이밍이 중요했다. 학생 개개인의 배움의 속도를 면밀히 살펴 너무 늦거나 이르지 않는 적절한 순간 그 학생을 지원해야 한다. 또래 친구들보다 더 친절한 안내가 필요한 학생도 있다. 그런 학생들은 평범한 수업도 따라오기 힘들다. 그렇다고 대다수 학생들을 두고 한두 학생에게만 집중하기엔 시간이 절대적으로 모자랐다. 담임교사 혼자만의 힘으로는 역부족이었다. 특히 성취기준 사이의 계열성이 긴밀한 국어, 수학 시간에는 학습 속도가 느린 학생을 돕기 위한 보조교사가 필요했다. 예산은 부족했고 손길은 턱없이 모자랐다.

당시 시교육청 교육복지 업무를 담당하던 정종문 장학사는 적극적인 해법 찾기에 나섰다. 방과 후 돌봄이 필요한 아이들이 많은 탓에 학교 주변에는 지역아동센터가 여러 군데 있었는데, 그곳에 도움의 손길을 요청하고 협력을 이끌어냈다. 1~3학년 모든 교실에 지역아동센터장이 한 명씩 들어와 담임교사와 팀티칭을 하였다. 교실 문을 열어 학교 밖 사람들과 팀티칭을 한 전국 첫 사례였다.

나를 포함한 여덟 명의 1~3학년 담임 교사는 지역아동센터장들과의 팀티칭을 결정하기에 앞서 진지한 논의과정을 몇 차례 거쳤다. '외부인'에게 교실 문을 여는 것에 대한 부담과 우려가 컸다. 아침 등교부터 담임 교사의 모든 행동이 '외부인'에게 노출될 것이다. 한순간도 흐트러져서는 안 된다는 강박이 교사들을 망설이게 했다. 더구나 팀티칭을 할 지역아동센터장들의 경험은 상대적으로 많았고, 학교에는 경력이 짧은 교사가 여럿이었다.

하지만 위축될 필요가 없었다. 내가 알고 있는 동료 교사들은 하나같이 열정이 넘쳤다. 누구라도 학교 안으로 들어와 아이들과 함께하는 동료들의 모습을 본다면, 학생들을 향한 교사들의 노력과 진정성을 있는 그대로 이해해줄 것이다. 그것은 동료 교사들에 대한 믿음이었으며 아직 만나지 못한 학교 밖 '외부인'들에 대한 신뢰이기도 했다. 아이들에게 필요한 일이니 걱정을 앞세우기보다 우리 스스로를 믿고 하자는 쪽으로 결론이 났다. 나는 그날의 감동을 두고두고 잊지 못한다. 두려움이 큰 데도 학생들을 위해 '그래, 해보겠어!' 하는 용기를 내는 것이 어디 쉬운 일인가.

담임 교사들의 일과는 분주했다. 날마다 조금씩 읽기, 쓰기, 셈하기를 연습시키고 개인별로 그 추이를 관찰하여 기록하는 일은 지극한 정성이 아니고선 쉽지 않다. 여덟 개 반 담임 선생님들은 아이들 성장 과정을 개인별 카드에 매일매일 기록했다. 기록이 쌓이니 어느 부분에서 얼마만큼 배우고 성장하는지, 어느 부분에서 성장이 더딘지 한눈에 파악할 수 있었다. 여덟 곳 지역아동센터에서 한 반에 한 명씩 들어와선 매일 아침 등교시간부터 12시 무렵까지 함께 생활했다. 수업 시간에는 학습 속도가 느려 어려움을 겪는 학생들에게 집중하여 많은 도움을 주었다. 아침 활동, 중간놀이 시간에도 학생들과 함께했다. 그렇게 넉 달을 봉사하고 떠나는 날 간담회 자리에서 지역아동센터장들은 '학교생활 4개월의 소회'를 이렇게 이야기했다.

"그간 학교와 선생님들에 대해 정말 잘 알지 못했구나 생각했어요. 편견이나 선입견이 있었어요. 넉 달 팀티칭을 하는 동안 힘들기도 했지만 보람도 컸습니다. 천방지축 말썽꾸러기 한 명도 챙기기 힘들던데요. 담임 선생님은 빛깔도 성향도 다른 서른 명 아이들이 조화롭게 지내도록 적절히 격려하고 보살피더라고요. 절로 고개가 숙여졌습니다. 선생님들, 정말 존경스럽습니다!"

교실 문을 연 보람을 느낀 순간이었다. 지역아동센터장과의 팀티칭 경험으로 나는 값진 교훈을 얻었다. 학교 문턱을 낮추고 지역사회와 끊임없이 소통해야 한다는 것, 교실 문을 활짝 여는 것이야말로 학교를 살리는 길이요, 지역도 함께 사는 길이라는 것.

장면 셋, 학부모는 교육 수요자가 아닙니다

학부모는 교육 수요자일까? 시장논리를 교육현장에 그대로 대입해 놓은 '공급'과 '수요'라는 표현이 마뜩잖다. 공급자는 교사와 학교이며, 수요자는 학생과 학부모라는 것이다. 두 편으로 분명하게 나뉘었다. 공급 대 수요, 교사와 학교 대 학생과 학부모. 공급자에겐 수요자의 요구에 따를 의무가 암묵적으로 고지되었다. 권위적이고 폐쇄적인 기존 학교에 대한 비판은 옳았다. 하지만 아이들을 중심에 두고 협력할 주체들을 한 쪽은 요구하는 고객으로, 다른 쪽은 수요자의 요구에 충실할 의무가 있는 서비스 공급자로 인식하는 오류를 범했다.

이 어긋난 자리매김이 교육계 특히 학교현장에 가져온 파장은 컸다. 학부모는 민원인, 교사는 교실의 제왕이라는 불신의 시선에 동의하지 않는다. 학부모와 교사가 협력할 수 없다면 양자 모두 통렬히 반성해야 한다. 하루 중 가장 많은 시간을 아이들과 보내는 어른들이 부모이고, 교사다. 내 아이는 물론 다른 아이도 중심에 두고 더 좋은 방향이 무엇인지 의논하고 협력해야 한다. 그렇지 않으면 그 피해는 고스란히 아이들에게로 가는 것 아니겠는가.

그즈음 진행한 프로그램이 '영어랑 친해지기'였다. 일주일에 두 번 정규 수업을 마친 후 20분씩 운영했다. 파닉스와 영어 노래 혹은 영어 이야기를 소재로 삼았다. 지금 생각해보면 뭘 그렇게까지 했을까 싶기도 하지만 사교육 없이도 아이들이 주눅들지 않고 스스로 공부할 힘을 기르려면 영어와 친해지도록 돕는 것이 최선이라고 생각했다. 영어와 친해지려면 20분이라는 시간 동안 놀이하듯 즐겁게 보낼 수 있어야 했다. 그러기 위해서는 이해를 돕는 그림과 놀이활동 자료가 필요했다. 동료 교사들은 아침부터 쉴 틈 없이 움직이면서도 시간이 부족해 허덕였다. 어떤 자료를 어떤 크기로 어떻게 만들지, 그리고 그렇게 만들어진 자료를 어떻게 활용할 것인지 구체적인 목록을 작성하면 누구라도 제작할 수 있을 듯했다.

누구에게 도움을 요청할까. 학부모회에 요청하고 싶었다. 아이들을 위해 꼭 필요한 일이니 시간이 허락하는 한 기꺼이 해주리라 제멋대로 믿었다. 당시 학부모회 담당자, 교감 선생님과 상의했지만 살짝 난감한 표정이 읽혔다. 뭔가 해보겠다는 의도는 알겠는데 우려스러운 부분도 있는 듯했다. 교실 문을 열자고 할 때의 두려움과 비슷한 것이었으리라. 이상할 것 없는 반응이었다. 그런데 나는 웬일인지 자신이 있었다. 교사들이 최선을 다하고 있다면, 꼭 필요한 일이라면, 함께 해주십사 손 내미는 일에 망설일 이유가 없었다. 돌아보면 이 자신감 역시 동료 교사에 대한 단단한 믿음에서 비롯되었다. 동시에 아직 겪어보지 않은 학부모, 아직 만나보지 않은 '사람'에 대한 조건 없는 신뢰에서 기인했다. 전제 없는 신뢰가 가능했다는 사실에 스스로도 놀란다. 생각해보면 이전의 만남이 쌓이고 쌓여 가능하지 않았겠는가. 그러니 나는 상당히 운이 좋은 사람이었다.

전체 학부모회가 아니라면 학년 학부모님께 요청해도 좋다고 생각했다. 우리 학교 아이들 상황을 살펴보니 이렇다, 하여 이러이러한 교육 프로그램을 운영하고 있다, 담임 선생님들의 하루는 이렇다, 자료 제작은 꼭 필요한 일인데 선생님들은 거기까지 할 여력이 없다 설명 드리고 아이들을 위해 학부모님들이 도움을 주실 수 있겠느냐 여쭈었다. 조금의 망설임도 없이 기꺼이 하겠다는 답이 돌아왔다. 나는 열여섯 권의 영어 이야기책에서 선생님들이 뽑아낸 자료 목록을 만들었다. 필요한 자료를 구입한 후 손을 보낼 학부모님들과 다시 만나 자료 제작 방법을 설명했다. 열아홉 분의 어머니가 오셨다. 모두 깜짝 놀랐다. 그림책을 스캔해서 적당한 크기로 컬러 출력한 후 오리고 붙이는 일이 대부분이었다. 코팅 후 찍찍이를 달아 조작이 가능하도록 만들어야 하는 것도 있었다. 선생님들은 학부모님들이 완성한 자료를 열심히 활용했다. 아이들을 위해 협력할 존재가 학부모라는 사실을 새삼 깨닫는 과정이었다.

작업 후반기에 들어서자 놀라운 일이 벌어졌다. 만드는 과정이 까다로우면 힘들 것 같아 가능한 단순하게 요청을 했다. 그런데 활용 의도와 방법에 맞는 아이디어를 더하여 역제안을 했다. 집에 있는 좀 더 나은 재료를 사용해 만들어 건네기도 했다. 손을 보태는 것만도 감사한데 '이렇게 만들면 더 유용하지 않을까?' 이리저리 생각을 뒤집어보았을 따듯한 가슴을 떠올리니 벅차올랐다.

마음을 움직여 정성을 쏟게 한 것은 무엇이었을까. 진정성, 그것이면 충분하다는 사실을 다시 한 번 깨달았다. 교사들의 진정성은 치열하게 고민하고 최선을 다하는 것으로 넉넉히 전해졌다. 작은 성공의 경험은 이후 줄곧 내게 영감을 주었고, 상상으로만 그쳤을 적잖은 일들을 가능하게 했다. 학부모는 교육 수요자가 아니다. 교육의 주체다. 더 나은 교육을 위한 훌륭한 파트너로서 충분하다. 민원인이 아닌 교육의 주체가 되어 훌륭한 동반자로 활약할 때까지, 학교교육의 주도권을 움켜쥐고 있는 교사가 먼저 '마음 열고 몸 낮춰 손 내밀기'를 계속할 일이다.

장면 넷 반복은 힘이 셉니다

"날마다 학교에 뭐 볼 것이 있다고 그렇게 돌아요?"

다 알면서 던진 질문인지도 모른다. 그 해 2학년 아이들과 점심식사 후 날마다 교정을 한 바퀴씩 돌았다. 급식소에서 나와 화단을 따라 쭈욱 걸었고, 계단을 내려와 다시 아래쪽 건물 화단을 거닐었다. 아이들과 도란도란 이야기도 나누며 아주 천천히 걸음을 옮겼다. 학교 안에서 살고 있는 모든 생물과 눈 맞추고 인사 나누며 아주 느리게.

봄엔 민들레부터 고개를 내밀었다. 제비꽃도 예쁘게 피어났다. 날이 따듯해지니 쥐며느리도 나왔다. 처음엔 '어? 민들레가 피었네? 이쁘다!', '이 꽃은 이름이 뭐예요?', '응, 제비꽃이란다', '보라색이 정말 예뻐요', '이건 하양이네요? 하양 제비꽃도 있어요?', '엇, 공벌레가 나왔어요!' 같은 말을 주고받았다.

어느 순간 아이들의 시선이 달라졌다. '여기 봐, 어젠 세 송이 피었었는데 얘가 오늘 새로 피었어.' '어제 해질 무렵에는 얼굴을 닫고 있었어요.' '어라? 씨가 생겼네? 여기에 있던 꽃이 지고 씨앗이 되었나 봐요.' 반가웠다. 학교 공간이 제한적이므로 매일 보는 것이 그게 그거라는 생각은 맞지 않다. 오히려 보이는 것이 그게 그거라서 더 깊게, 더 자세히 들여다보는 마음이 생긴다. 어제까지 그 자리에 없던 꽃 한 송이가 오늘은 이만큼 봉오리를 열었고, 그 자리를 지키던 꽃 한 송이가 둥그런 홀씨로 모습을 바꾸었다는 사실을 알아채는 시선은 얼마나 아름다운가! 꽃 한 송이 한 송이의 미세하고 오묘한 변화도 허투루 보지 않는 따뜻한 눈이다. 그런 눈으로 작은 풀꽃 하나도 조심조심 다루고 환대한다면 옆에 있는 친구, 세상을 함께 살아가는 어떤 생명에게도 비슷한 마음을 내어주지 않을까?

그때 알았다. 반복의 의미를! 어쩌다 한 번 스치는 만남으론 존재를 깊이 들여다보기 어렵다. 어제 보았던 것들을 오늘도 보고 오늘 본 것들을 내일도 볼 수 있어야 미묘한 변화를 알아챌 수 있다. 날마다 걷던 길을 걷고 또 걸어야만 그 길을 깊이 생각하게 된다. 어떤 반복은 간절한 기다림을 낳는다. 벚나무에 맺힌 꽃눈을 발견하고선 하루에도 몇 번씩 나무를 올려다보며 화사한 꽃송이가 피어나기를 기다리는 마음이 그랬다. 수국 꽃대가 올라온 걸 보고선 봉오리마다 순정한 꽃망울 터트리길 기다리는 마음이 그랬다. 날마다 만나는 것들을 받아들이고 변화하는 모습을 오감으로 체험하며 이치를 터득하는 과정은 자체로 커다란 배움이다. 누구도 강요할 수 없는 자발적 앎이며 성장이다.

작은 생명에 남다른 관심을 보이던 아이가 있었다. 다른 국적 다른 문화적 배경을 가진 엄마를 두었고, 또래 친구들과 어울림에는 별다른 흥미가 없어 보였다. 점심식사 후 산책을 할 때면 무척 즐거워하며 말수도 많아졌다. 친구들의 관심을 쥐며느리까지 확장해 준 아이이기도 했다. 비라도 내려 산책을 못 하면 가장 아쉬워했던 친구도 그 친구였다. 하교 후 교실에 남아 조곤조곤 이야기 나누기를 특별히 좋아했다.

수업을 마친 후 긴 화분 몇 개에 나팔꽃 씨앗을 함께 심었다. 교실 창가에 두고 싹이 트면 줄기를 올려 친구들과 함께 보기로 했다. 강낭콩 씨앗도 심었다. 아이는 매일 자기가 물을 주겠다고 했다. 날마다 정성을 기울일 일이 그 아이에게도 생기면 좋을 것이다. 아침마다 일찍 학교에 와서 화분을 살폈다. 새싹이 흙을 힘차게 밀고 올라오는 것을 제일 먼저 발견하고선 '애들아, 강낭콩 싹이 났어. 이리 와서 봐봐'라고 들뜬 목소리로 얘기했다. 아이는 우리 반 식물 박사로 통하기 시작했다. 학년을 마칠 무렵 나는 아홉 살 아이가 키우던 화분에서 미니알로에 하나를 선물로 분양받았다. 미니알로에는 둘, 셋, 넷으로 늘어났다가 지금은 열세 촉이 되었다. 그때가 아홉 살이었으니 지금쯤 고등학생이겠다. 미니알로에에 그 아이의 삶이 담겼으니 앞으로도 정성껏 키워야만 한다.

교정엔 커다란 나무 세 그루가 있었다. 한 그루는 오른편에 늠름하게 선 태산목이고 다른 두 그루는 왼편에 우람한 벚나무였다. 벚나무 가지는 짙은 흑갈색이다가 꽃망울을 내어놓을 때쯤 분홍빛이 오르기 시작했다. 흑갈색 가지 위에 조금씩 늘어가는 분홍빛을 날마다 같은 때에 바라본 적이 있는가. 가지를 점령해가는 분홍빛의 성실함에 감동한 적이 있는가. 벚나무 사이 사이에서 팝콘처럼 팡팡 터지는 화사한 꽃망울 소리를 들어본 적이 있는가. 있다면 흐드러지게 피었다가 흩어져 내리는 꽃눈을 맞으며 소원 하나 빌 자격을 얻은 것이다. 아이들은 매일 산책을 하며 벚나무를 우러러보았다. 나뭇 가지에 분홍빛이 올라왔다며, 조금씩 늘어간다며, 꽃망울이 맺혔다며, 점점 커지고 있다며, 곧 꽃으로 피어나겠다며, 여기 한 송이 피었다며, 저기도 피 었다며, 이제 가지가 온통 연분홍이 되었다며 즐겁게 이야기했다. 그렇게 절 정을 보내고 살랑 바람이 불어 꽃비가 내릴 즈음 나는 말했다.

"얘들아, 떨어지는 벚꽃 잎 열 장을 잡고 소원을 빌면 소원이 이루어진대."

순전히 지어낸 이야기였다. 떨어지는 애기손톱 만한 벚꽃 잎 한 장에 마음을 집중하고 살랑거리는 꽃잎의 유희를 눈동자로도 놓치지 말 것. 꽃잎을 따라 몸도 함께 사뿐사뿐 움직이다가 땅바닥에 닿기 전 두 손으로 살포시 받아 안을 것. 눈동자와 걸음, 몸짓과 손짓을 마음 하나에 포개어 열 번을 반복해야 하니 중간에 포기하기 십상이다. 바라는 마음이 간절해야 비로소 떨어지는 벚꽃잎 열 장을 잡을 수 있으니, 그렇게 마음을 먹는다면 어떤 소원이든 이루어질 때까지 부지런히 반복하지 않겠는가. 아이들은 떨어지는 벚꽃잎을 잡느라 온 정신을 모으고 나풀거리는 꽃잎을 따라 조심스럽게 춤을 추었다. 그 몸짓이 고왔다. 소원이 무엇인지 묻진 않았다.

그해 12월, 한 해를 돌아보며 가장 인상 깊었던 순간을 이야기하는 시간을 가졌다. 1년 동안 진행한 프로젝트 수업들이 꽤 있었기에 아이들이 어떤 순간을 고를까 궁금했다. 결과는 예상 밖이었다. 아이들이 꼽은 1위는 '떨어지는 벚꽃 잎 잡고 소원 빌기'였다. 왕성한 호기심을 발휘하며 문제를 해결해 펄쩍펄쩍 뛰었던 순간도, 엉뚱한 질문에 대한 해법을 찾아 친구들과 함께 고군분투했던 순간도 살랑거리는 벚꽃 잎 앞에선 모두 힘을 잃었다.

그 마음을 한참이나 만지작거렸다. 아이들에게 벚나무는 삶 속에 파고든 반복된 일상이었다. 눈 쌓인 흑갈색 가지를 보았고, 연분홍 물이 조금씩 차오르는 것을 보았다. 꽃봉오리가 터져 환하게 피어나는 모습을 나무 아래서도 도서실 창가에서도 보았다. 등하굣길에서, 친구들과 함께하는 산책길에서 친숙하게 벚나무를 만났다. 꽃비가 내리던 날 나무 아래서 정성스러운 몸짓과 마음을 모아 소원을 빌었고, 벚꽃이 완전히 질 때까지 그 몸짓은 반복되었다. 파릇한 잎새가 돋아나 푸른 신록으로 가지가 뒤덮인 후에도 봄날의 기억은 되새김질 되었으리라. 생각하고 또 생각하다 벚나무 앞에만 서면 절로 떠오르는 기억은 얼마나 소중한가.

반복은 힘이 세다. 지극한 아름다움은 바로 지금 여기, 내 삶터, 우리의 삶터에서 발견하고 만들어가는 것이다. 반백이 넘은 나이에도 꽃비가 내리면 벚꽃 잎을 담아보려 두 손을 내민다. 세월이 흘렀지만 아이들의 작은 몸짓을 나는 또 선명하게 되풀이한다.

교사, 마을시민이 되다

나는 어쩌다 교감이 되었다. 소양이 탁월해서도 아니고, 교육이라는 과업을 남들보다 잘 수행해서도 아니니 어쩌다 교감이라는 표현이 적당하다. 교사로 살아온 날들은 축복이었다. 스무 해가 넘도록 초등학교에서 아이들을 가르치면서 학교를 떠나고 싶던 때는 딱 한 차례였다. 길다면 길고 짧다면 짧은 고뇌의 시간도 선생 노릇 제대로 해보고 싶은 자의 처절한 몸부림이었으니 그마저 행복이었을까. 삶의 순간순간을 싱그러움 가득한 아이들 속에서 기뻐하고 슬퍼하며 꿈을 꾸듯 살았으니 내세울 것 하나 없는 내게 그보다 더한 축복이 있으랴.

나는 '하루살이처럼 산다'는 말을 자주 하곤 했다. 티 없이 맑고 자기표현이 당당한 아이들이 마냥 좋아서, 뾰족하게 날이 서 있거나 힘들어하는 아이들이 너무 아파서, 아이들 이야기에 귀 기울이며 지내니 하루가 갔고 시간은 흘렀다. 그날 그날 해야 할 일에 집중하다 보면 한 달이 지나고 한 해가 금방이었다. 그러던 어느 해 교감 자격 연수를 받게 되었다. 연수를 앞두고 고민이 깊었다. 두려움이 컸다고 해야 할까? 도망치고 싶은 마음도 있었다. 결국 자연스럽게 받아들이자는 쉬운 선택을 했다. 더 나은 학교를 만들기 위한 교감의 역할이 있으리라 자위했다. 교사든 교감이든 교장이든 지위는 내 삶의 기준이 되지 못한다. 중요한 것은 '무엇'이라기보다 '어떻게'였고 지위보다 역할이었다. 그렇게 교감 8년차를 보내고 있다.[3]

2013년 교감으로 처음 근무한 곳은 막 생겨난 택지 지구의 신설학교였다. 2월 중순 소식을 받자마자 떠날 학교와 옮겨갈 학교를 오가며 연구부장과 교감 업무를 병행했다. 신설학교 첫 해의 몇 달은 정말 빠르게 흘러갔다. 시설이나 비품도 완비되지 않은 상황에서 학교 교육활동의 큰 틀을 협의하고 실행할 민주적인 의사결정 구조부터 마련했다. 학년과 업무 희망서를 받아 조율하고 협의하는 것을 시작으로 동료들과 함께한 야근이며 주말 특근은 5월 중순 무렵까지 계속되었다. 모든 것이 부족한 상태에서 민주적인 학교 운영의 틀과 따뜻한 교육공동체 문화를 만드는 일은 고단하지만 즐거웠다. 눈코 뜰 새 없이 분주한 상황은 아이들과 한 걸음 멀찍이 떨어져 지내야 하는 교감의 공허함을 잠시 지연시켰다.

교육활동을 막힘없이 펼치기 위한 여건들이 안착되었을 때, 깊은 상실감과 회의감이 나를 무겁게 짓누르기 시작했다. 아이들과 부대끼며 누려왔던 일상의 행복을 스스로 놓아버렸구나 자책했다. 날마다 함께 웃고 떠들며 마음을 나누던 아이들과의 생활로부터 이제는 영영 멀어졌다는 사실을 인정하는 일은 참으로 쓸쓸했다. 나름의 교육철학과 소중하게 여기는 가치를 좇아 교실에서 아이들과 함께 했던 만남과 배움의 순간들이 그리웠다. 상상하고

---

3) 교감 8년차를 보내다 지난 9월 역할이 바뀌었다.

그려왔던 '교감'의 역할을 잘 해낼 자신도 없었다. 학교문화는 짧은 시간에 바뀌지 않았다.

어떻게든 출구를 찾아야 했다. 잔잔한 신뢰와 연대의 마음으로 촘촘하게 연결된 교육공동체의 일원이고 싶었고, 열린 생각으로 함께 소통하고 협의하는 구조이길 바랐다. 선생님과 아이들의 만남도 그러하기를 소원했고 그것이 가능하도록 모든 것을 지원하고 싶었다. 지나치게 규칙이나 규율 중심으로 학교생활이 이루어지는 것을 경계했다. 아이들도 선생님도 나도 모두 자신이 누구이며 어떤 사람으로 살아가고 싶은지 계속 생각하기를 바랐다. 깨어 있는 대부분의 시간을 보내는 '학교'에서 아이들도 선생님도 나도 생동감 있게 살아 숨쉬기를 원했다. 아이들도 선생님도 부모님도 재미있는 작당을 일삼는 학교이길 열망했다. 혁신학교를 꿈꾸며 설명회도 열어보았으나 우여곡절 끝에 무산되었다. 생기 잃은 교감으로, 이대로 밋밋하게 살아야 한다면 차라리 학교를 떠나는 편이 낫지 않을까. 긴 호흡이 필요했다. 들숨과 날숨을 가다듬으며 꼬박 반년은 고뇌했던가 보다. 어쩌다 교감의 첫해는 혼돈과 흔들림, 바로 그것이었다.

장면 둘. '3의 법칙'을 아시나요?

위기는 기회라고 했던가. 혼돈은 소멸로 향하기도 하지만 새로운 시작을 이끌기도 한다. 갈망이 깊을수록 흔들림은 요란해지고, 흔들림이 요란할수록 새로움을 향한 에너지는 커지기 마련이다. 햇살을 받아 부드럽게 반짝이는 오후 3시의 윤슬처럼 어느 날 '셋'이라는 글자가 내 안에서 반짝 빛났다. 차갑고 깨끗한 공기를 가르며 낯선 숲길을 걷다가 갑작스레 만난 호수 위

영롱한 반짝임이었다. 부드럽지만 집요한 빛 말이다. 프랑스 파리에서는 둘이 만나면 사랑을 하고 셋이 모이면 혁명을 한다고 했던가? 나를 포함해 뜻이 같은 사람 셋만 있으면 뭔가 할 수 있겠다는 생각이 들었다. 절망의 그래프가 바닥을 치고 올라가기 시작한 순간이었다.

셋이라는 숫자는 특별하다. 두 발 자전거는 불안하지만 세발자전거는 안전하다. 가위바위보도 승패를 가리려면 삼세판이 기본이다. 한 번은 비정하고 두 번은 애매하며 세 번은 진 사람도 고개를 끄덕이기 때문이다. 카메라를 들고 셔터를 누를 때도 둘이나 넷까지 세지 않고 언제나 셋을 센다. 삼위일체, 삼권분립, '성부와 성자와 성령의 이름으로' 같은 표현이 하필 3이라는 숫자를 안고 있는 것도 우연은 아니다.

심리학자들도 '3의 법칙'을 말한다. 인간이 상황을 바꾼다는 것이다. EBS 다큐프라임 〈인간의 두 얼굴 I-상황의 힘〉 편에서 상황을 바꾸는 실험 장면을 본 적이 있다. 하늘을 올려다보는 사람이 한 사람일 때, 두 사람일 때, 그리고 세 사람일 때 상황이 어떻게 달라지는지 살핀 것이다. 처음엔 딱 한 사람만 횡단보도에 나서 하늘을 가리킨다. 아무도 관심을 보이지 않는다. 두 번째 사람이 등장하여 하늘을 함께 가리킨다. 하지만 이번에도 별 반응이 없다. 드디어 세 번째 사람이 등장한다. 그리고 하늘을 가리키며 올려다본다. 두 명까지는 반응을 보이지 않던 사람들이 웅성거리며 하늘을 올려다보기 시작한다. 세 명이 되니 '전환점'이 만들어진 것이다.

세 명에는 상황을 바꾸는 힘이 숨어 있다. 한 명이나 두 명일 때는 관심을 끌지 못하지만 세 사람이 함께하면 힘이 생긴다. 이것이 바로 3의 법칙이다. 상황이 사람을 바꾼다고 흔히 주장하지만 사람이 상황을 바꾸기도 한다. 상황에 빠져 허우적대는 인간으로 살기보다 3의 법칙 중 한 명이 되자는 용기가 샘솟았다. 셋. 그래, 셋이라면 기운을 내어 해 볼 수 있겠어! 무엇부터 할까?

장면 셋 책 모임에서 동력을 얻었습니다

첫 번째 프러포즈는 책 모임이었다. 책을 매개로 삶을 나누고 싶었다. 삶을 나눈다는 건 희로애락을 공유하는 과정이다. 긍정과 부정을 그대로 받아들이는 일이 무엇보다 필요한 현장, 순응이나 묵인이 아니어야 할 곳, 그곳이 바로 학교였다. 우선 함께 셋이 될 사람을 찾아 만났다. 반드시 무언가 시작해야 했으므로. 그리고 모든 동료들에게 교감이 아닌 자연인으로 제안했다. 격주에 한 번 퇴근 후 책 모임 회원을 모집한다는 안내 문자였다. 그렇게 여섯이 되었다.

책 모임의 방식은 함께 의논하면 될 일이었고 나는 함께 읽기의 첫 책을 무엇으로 할지 잠시 고민했다. 내가 아끼는 책을 소개하고 싶은 마음이 연기처럼 피어오르기도 했다. 결국 혼자서는 아무것도 정하지 않겠다고 마음먹었다. 읽기는 스스로 즐거워야 하고, 나눔의 자리도 무엇보다 함께 그러해야 했다. 누구도 소외되거나 독점하지 않는 수평적 모임이길 바랐다. 나는 여럿의 힘을 신뢰하기로 했다. 첫 만남에서 책 모임의 틀을 정하고 각자 함께 읽고 싶은 책을 추천받아 리스트를 만들었다. 첫 번째 책은 김 선생님이 추천한 『덕혜옹주』로 결정되었다.

『덕혜옹주』를 읽고 책 모임을 하던 첫날, 나는 그들이 왜 선생인가를 새삼 깨달았다. 조급함을 버리고 여럿의 힘을 더 신뢰하기로 마음먹은 것은 얼마나 잘한 일인가. 가장 고귀한 신분으로 태어났지만 가장 외롭게 생을 마감한 덕혜옹주의 비극적 삶에 대한 분노와 안타까움은 우리 아이들의 삶과 배움의 자리로 자연스럽게 흘러들었다. 고개를 크게 끄덕이며 듣게 되는 이야기도 좋았다. 미처 생각하지 못했거나 다른 의견을 들으면서는 사고의 폭이 넓어졌다. 누구도 꽁꽁 닫혀있지 않았다. 마음을 열어 스스럼없이 자기 생각을 꺼내어 나누다 보니 두세 시간이 훌쩍 지나갔다. 모두 지금까지 학교 사회에서 경험해보지 못한 새로운 세계를 맛보았다고 했다. 나도 마찬가지였다. 겨울 방학이 시작될 때까지 지속했던 책 모임을 다음 해에 되살리지 못한 것은 아쉬움으로 남지만, 책 모임을 하면서 무엇인가를 새로 시작할 동력을 얻었다. 나는 지금도 참된 시작을 고민하는 이들에게 책 모임부터 권한다.

장면 넷. 마을 속으로 들어갔습니다

1999년부터 광산구에서 살았지만, 광산구에 있는 학교에 근무한 것은 2013년이 처음이었다. 출퇴근 시간도 단축되었고, 늦은 시각까지 학교에 있어도 온종일 마을에서 지내는 셈이다. 마을도 학교도 자연스럽게 내 삶의 공간으로 통합되었고 아이들과 나의 삶터가 포개어졌다. 아이들이 사는 마을을 좀 더 잘 이해하게 되었다는 뜻이기도 하고, 삶과 배움을 연결하기에 더없이 좋은 상황이기도 했다.

돌아보면 그러했다. 처음 교사가 되어 아이들 앞에 섰을 때는 수업 시간 40분 동안 가르쳐야 할 내용, 그러니까 '무엇'에 해당하는 것을 목표한 만큼 아이들이 잘 얻을 수 있도록 돕는 것이 무엇보다 큰 과제였다. 한두 해가 지나자 '무엇'에 해당하는 내용을 '어떻게' 하면 보다 즐겁고 의미 있게 가르칠 것인가 궁리하게 되었다. 열다섯 해가 되자 한 사람 한 사람의 삶과 배움에 집중하게 되었고, 각자의 고유하고도 다양한 의지와 자발성을 살폈다. 스무 해가 되니 교육은 온 삶의 문제라는 생각이 들었다. 삶은 도덕, 국어, 사회, 수학, 과학, 체육, 음악, 미술, 실과 같은 교과목으로 나눌 수 있는 것이 아니다. 모든 교과는 연결되어 있으며 삶의 순간순간은 통합적으로 일어난다. 삶을 위한 배움이 화두로 자리잡은 이유다.

학교 안에서의 삶은 반쪽에 불과했다. 한 아이를 둘러싼 세계, 한 아이의 온 삶을 살피려면 학교와 마을이 유기적으로 연결되어야 마땅했다. 교사인 내게 중요했던 질문의 화두는 한 시간 수업을 해낼 수 있을까에서 어떻게 하면 물고기 낚는 방법을 잘 가르칠 수 있을까로 옮겨갔다. 배움의 속도가 제각각인 이들에게 집중하게 되었다가, 끝내 그들 모두가 행복하려면 좋은 사회를 만드는 길에 함께 서야 한다는 믿음으로 확장되었다. 지역사회와 학교를 한 울타리로 바라봤다. 나아가 마을에서 펼쳐지는 일들에 더욱 관심을 갖게 되었다. 그곳이 바로 우리 아이들의 삶터이자 배움터인 까닭이다.

마을에서는 주민들의 참여를 바탕으로 다양한 일들이 벌어졌다. 더불어락 노인복지관, 투게더광산나눔문화재단, 공익활동지원센터 등을 중심으로 직접민주주의를 실험하고 따뜻한 공동체 복지 모델을 만들어가며 주민 참여와 자치를 지원하는 활동이 한창이었다. 노인복지관이라 불리던 곳의 간판을 '더불어樂'으로 내세운 것부터 신선했다. 복지의 수혜자, 돌봄의 대상으로 여겼던 어르신들이 능동적 주체로 나서서 북카페며 협동조합, 노년유니온까지 만들어냈다. 마을 주민들은 옹기종기 모여 주민모임을 시작하고 예산을 지원받아 각 마을의 실정에 맞는 사업들을 재미나게 꾸렸다. 마을 속 작은 도서관 수도 눈에 띄게 늘었고, 작은도서관들은 마을의 플랫폼이 되어 다양한 공익 프로그램들을 진행했다. 정신이 번쩍 들었다.

'아! 마을은, 지역은 이렇게 다이내믹하게 살아 움직이는구나. 새로운 삶의 길을 만들어가는구나. 학교현장에서도 뭔가 신나는 일을 벌여야 하지 않을까? 마을의 흐름과 변화의 기운을 학교 안으로 들여오자!'

마을과 지역을 깊이 파고들어 연구하고 내가 선 자리를 돌아보니 해야 할 일과 가야 할 방향이 선명해졌다.

장면 다섯. 마을주민으로 살기로 했습니다

학교교육을 통해 만들어가고 싶은 세상과 마을공동체가 추구하는 세상은 결국 같다. 교육공동체로 마을을 복원하려면 학교와 마을, 기관과 단체의 협력은 당연한 이치다. 학교와 마을, 지역을 넘나들며 활동하는 교육활동가로 살 수 있다면 가치 있는 일이다. 그러기 위해선 먼저 좋은 마을주민이 되어야 한다고 생각했다. 시간적 제약 등으로 마을의 변화를 주도하긴 어렵지만 좋은 마을주민이 될 수는 있다. 마을 사람들을 만나고, 마을 일에 참여하고, 의미 있는 자리엔 다른 이들에게도 함께 하자 권하고, 나눔이 필요할 때 가능한 만큼 나누는 일들 말이다.

자주적인 개개인이 나눔을 통해 스스로 인격적 관계를 강화하고 문제를 해결해 나가는, 이른바 마을중심 '공동체복지'가 투게더광산나눔문화재단의 이상입니다. 공공복지의 중심인 행정(광산구청과 주민자치센터)과 지역복지 설계를 위한 법정 조직인 지역사회복지협의체를 바탕으로 긴밀하게 상호보완하고, 이에 주민들의 나눔문화, 십시일반 협동을 기반으로 주민이 참여하고 주도하는 광산형 복지모델, 대안적 공동체복지 모델의 새로운 완성이 바로 투게더광산 나눔문화재단의 궁극적 지향입니다.

2014년 투게더광산나눔문화재단 5기 광산복지학당 자료집 『복지, 자치와 공존하다』에 실린 부분이다. 나는 마을주민으로 살기 위해 우선 투게더광산나눔문화재단의 회원이 되었다. 매월 내는 후원금이 가까운 이웃을 위해 쓰이는 것도 마음에 들었다. 무엇보다 재단이 내세운 철학이 감동적이었다.

마하트마 간디는 『마을이 세계를 구한다』(1962)에서 '인도를 살리기 위해선 70만 개의 마을공화국이 필요하다'고 역설했다. 마을을 살려야 나라가 산다는 수준이 아니라 마을이 한 나라의 미래를 좌우하는 현장이라는 뜻이다. 나눔과 배려를 통해 복지와 마을이 만나고 공동체 복지와 공동체 문화, 나아가 공동체 경제와 교육이 이어지는 '마을공화국'의 완성, 투게더광산은 이 새롭고 놀라운 내일을 꿈꾸었다.

재단의 투명성과 공정성을 확보하기 위해 직능별, 연령별로 각계각층의 참여이사 100명을 모집한다는 공고를 접했을 때 더욱 놀랐다. 신선한 시도였다. 학교에도 어려움을 겪는 아이들이 많으니 그들의 상황도 알리고 도움을 줄 방법도 찾아보면 좋겠다는 생각에 지원서를 작성했다. 지금까지 투게더광산나눔문화재단의 참여이사로 활동하고 있다.

그들은 정말이지 신명 나게 일한다. 어디서도 보기 힘든 획기적이고도 따스한 방안을 고민해낸다. 만민공동회 같은 직접민주주의 참여 방식의 총회를 진행하기도 한다. 공식적인 행사의 절차나 과정에는 한 사람 한 사람을 배려하고 소중히 여기는 복지와 존중의 마인드가 깃들어 있다. 값진 배움, 커다란 울림이 있는 만남이다.

2016년 '볍씨 한 톨' 첫 공모사업 원탁 심사 때의 일이다. 준비된 지원금의 두 배가 넘는 신청이 접수되었고 신청한 주체는 열아홉 곳이었다. 재단의 희망투자위원장으로서 원탁 심사를 진행해야 했던 터라 사전 신청서를 검토할 때부터 아득했다. 사연은 절절했고 곳곳마다 어려움이 많았다. 어느 곳을 떨어뜨린단 말인가. 모두를 인정하고 존중하면서도 사업비 범위 안에서 가닥을 쳐내야만 했다. 어떤 지원자도 상처를 입어서는 안 된다. 볍씨 한 톨 공모 심사의 방식은 남달랐다. 서류 심사를 최대한 간략하게 하고 신청한 주체들이 모두 모여 함께 이야기 나누며 묻고 궁리하는 방식이었다. 존중하고 경청하며 지혜를 발휘하도록 요청하는 것 말고는 다른 방도가 없었다.

무거운 책임감으로 바짝 긴장하여 회의를 진행했다. 우리 앞에 놓인 쉽지 않은 상황을 솔직하게 공유하며 서로 서로 위하는 마음으로 지혜를 모아주십사 부탁했다. 몇 푼 안 되는 지원금 가지고 이렇게 많은 단체들이 신청하게 만들어 시간을 낭비하게 하느냐며 불만을 터뜨린 사람도 있었지만 곧 놀라운 일이 벌어졌다. 사연을 듣던 지원자들이 이런 이야기를 하는 것 아닌가.

"여기 와서 들어보니 저희보다 더 시급하게 지원금을 필요로 하는 곳들이 많은 것 같아요. 저희도 필요해서 신청했지만 올해는 양보하고 싶습니다."

"○○에서 필요하다고 하시는 부분은 저희가 갖고 있는 자원으로 돕겠습니다. 저희는 신청 금액의 절반만 지원 요청하는 것으로 수정하겠습니다."

다른 단체를 위해 스스로 지원 신청을 거두어들이거나 지원 신청액을 줄이겠다고 했다. 같은 공모에 지원한 상대 신청자를 배려하는 마음은 쉽게 낼 수 있는 것이 아니다. 별빛처럼 곱디고운 마음들이 그날 그 자리를 휘감았다. 향기로웠다. 보드랍고 따듯했다. 잔뜩 긴장한 상태로 꼬박 세 시간이나 회의를 진행하고서도 오히려 큰 힘을 얻고 돌아왔다. 그날을 떠올릴 때마다 아직도 심장이 뛴다. 상대를 대상화하지 않고 주체로 세울 것, 끝까지 경청하고, 공동체의 지혜를 신뢰할 것, 진정으로 소통할 것. 경험에서 얻은 값진 깨달음이다.

광산복지학당은 투게더광산나눔문화재단이 주관하여 꾸려나갔다. 복지사회의 길을 공부하는 집단지성의 장이자 시민이 즐기는 공동체 대학이다. 나는 매주 목요일 저녁 강좌에 참여했다. 당시 기초자치단체의 장이었던 민형배 광산구청장의 구정 철학에 매료되었다. 주민과 함께 만들어가는 '더불어 따뜻한 자치공동체'의 비전과 더 나은 세상을 향한 열정에 공감했다. 오마이뉴스 오연호 대표의 이야기를 통해 덴마크 행복 사회의 비밀과 교육 시스템을 파악할 수 있었다. 강의를 들으며 우리 교육에서 어떤 변화를 이끌어내야 하는지 더욱 깊이 고민했다. 유창복 당시 서울시 마을공동체종합지원센터장은 모범적인 도심 생태공동체, 성미산마을을 만들어온 분이다. 공동육아에 대한 고민에서 출발하여 성미산 학교를 세웠다. 생협, 동네부엌, 성미산차병원, 마을극장 등과 함께 돌봄과 배움이 있는 공동체로서, 마을이 곧 학교라는 것을 증명했다. '관' 주도가 아닌 '주민' 주도형으로 마을 곳곳에서, 마을 사람들에 의해 마을 만들기가 이루어져야 동력을 잃지 않는다는 것을 새삼 확인했다.

그들의 이야기는 마을과 지역자치에 한정되는 이야기만은 아니다. 주제가 무엇이든 학교와 학교교육, 학교살이와 연결되며 직접 적용이 가능한 것들이다. 마을 강좌지만 교사인 내게도 무척이나 유용했다. 나는 마을의 이야기를 교무실에 퍼 날랐다. 학교 밖에서 일어나는 일들에 관심을 가지자고 전했지만 교사들이 그럴 여유를 갖기란 쉽지 않다. 서른 명이 되는 아이들과 아침부터 만나 하교 인사를 마칠 때까지 초집중 상태를 유지하며 하루를 사는 일은 짐작 이상의 에너지를 필요로 한다. 교감이 되어 교실을 떠난 후 가장 경계해 온 지점도 바로 이것이다. 교실 현장의 감각을 놓치지 말 것. 같은 학교 안에 살아도 교실에서 오가는 아이들의 몸짓과 언어를 전부 알아챌 수는 없다. 어떨 때 그런 눈빛을 하고, 언제 그런 손짓과 몸짓을 하는지, 어떤 때 수줍게 웃고 또 어떤 경우 표정이 일그러지는지는, 아이들 곁에 딱 붙어 사는 사람만이 안다. 그러니 교실 현장의 감각을 놓치지 않고 싶거든 들어야 한다. 그렇지만 또 한편으론 사회 현실을 살피는 것도 중요하다. 학생도 교사도 우리 사회의 오늘을 살아가는 한 사람이므로. 마을과 지역에서 벌어지고 있는 일들을 보고 듣고 퍼 나른 까닭이다.

"교감 선생님, 정치하실 거예요?"

어느 날 한 교사가 내게 물었다. '정치에는 아무런 관심도 두지 않는 게 상책이다, 교사는 오직 교육에만 신경 써야 한다'는 의식이 학교 현장에 지

배적이었던 때다. 교원의 정치적 중립 운운하며 교육부에서도 여러 차례 공문을 보내 점잖은 협박을 일삼았으니 그런 질문이 어색할 것도 없었다. 아직도 정치적 기본권 보장을 유보하고 있지 않은가. 자연인이라면 누구나 가져야 할 기본적인 권리인데도 말이다.

나는 대답했다. 우리 삶에 직접 영향을 미치는 힘이 정치에서 나온다고. 교육도 마찬가지라고. 그러니 교육현장을 가장 잘 아는 교사들이 목소리를 내야 우리 교육도, 우리 삶도 좀 더 나아진다고. 생활 정치엔 관심이 있지만 정치인이 될 생각은 조금도 없다고. 개인의 자유와 맞바꾸기에는 정치의 영역이 너무나 비정하다고, 나는 소소한 내 삶을 지키고 싶은 이기적인 사람이라고.

마을 사람들과 좀 더 깊게 교류하기 시작했다. 만나다 보니 저절로 깊어졌다고 해야 옳겠다. 신자유주의가 불러온 사회적 병폐를 어디서부터 고쳐야 할지 막막할 때, 그들은 '바로 지금, 여기'서부터 새로운 사회적 관계를 일구어보자 꼼지락거렸다. 그들과 함께 생각을 나누고, 마을 길을 걷고, 세월호시민상주 마을촛불을 밝히고, 여러 가지 일도 도모했다. 그렇게 나는 마을주민으로 살기로 했다. 같은 꿈을 꾸는 사람과 만나 어깨 겯고 함께 나아가는 일이었다. 가끔 고단했지만 자주 행복했다.

학교,
마을로 향하다
'재미난 작당'

'달빛 타고 우리 함께 걸어요' <달빛 걷기>

연결은 또 다른 연결을 부르고 재미난 작당을 가능하게 했다. 새로운 판을 벌이고 싶은 이가 있었고, 예산을 지원받을 기회가 있었다. 눈동자를 반짝거리며 함께 해보겠다 나섰고 그렇게 해보라 고개를 끄덕인 이도 있었다. 이 모든 분위기를 함께 자아낸 이들이 있었다. 2014년 은빛초등학교 달빛 걷기는 그렇게 시작되었다.

아이들과 부모님, 선생님이 하루 일을 마치고 마을 길을 함께 걷는다면 어떨까? 홀가분한 마음으로 소통할 수 있지 않을까? 친구들과 학교에서는 나누지 못했던 이야기도 하고, 밤공기를 마시며 같은 길을 걷는 것만으로도 친밀함이 싹트지 않을까? 생각만 해도 설레는 일이었다. 은빛초등학교는 이런 상상을 현실로 만들기에 좋은 여건을 갖추고 있었다. 학교를 품은 수완 마을에는 세로로 길게 흐르는 풍영정천이 있고 그 천을 따라 산책로가 만들어졌다. 야트막한 언덕 같은 원당산 꼭대기에는 마을 전경을 내려다볼 전망대도 있었다. 작은 근린공원도 군데군데 자리 잡았다. 가볍게 산책하며 도란도란 이야기 나누기에 좋은 환경을 갖춘 셈이다.

달빛걷기는 '공감과 소통의 시간'이었다. 바람이 좋은 계절 어둑해질 무렵부터 한 시간 반 정도 진행한 달빛 걷기에는 200명이 넘는 학생, 학부모, 교사가 늘 참여했다. 유모차에 어린 아이를 태우고, 이웃에 사는 자녀의 친구들을 모아 참여하는 학부모도 있었다. 마을 길 산책은 처음이라는 학부모도 여럿이었다. 사춘기에 접어든 아이와 나란히 걸으며 오순도순 긴 이야기를 나눈 것도 처음이라 했다. 이런 기회를 마련해주어서 고맙다 했다. 교육에 대한 관심이 많아도 자녀와 소통하는 시간을 충분히 갖지 못했고, 어떻게 소통해야 할지도 몰랐다는 것이다.

학교에서 준비할 일은 그리 많지 않았다. 달빛걷기 하는 날을 알리고, 신청서를 받아 참여 인원을 파악한 후 작은 생수만 하나씩 준비했다. 당일 저녁 운동장에 모여 산책할 코스와 안전수칙을 설명한 후 길을 안내하며 걸었다. 그뿐이었다. 나머지는 참여하는 사람들이 채웠다. 누구랑 어떤 이야기를 나누건 자유다. 달빛 걷기가 끝나면 가족이나 가까운 이웃끼리 삼삼오오 모여 귀가했다.

저녁 길을 걷는 아이들의 표정에는 즐거움이 넘쳤다. 특별한 일을 벌이지 않아도 친구와 선생님, 부모님과 함께 걷는 그 시간 그들은 행복했다. 아이들은 언제 또 달빛 걷기를 하는지 자꾸 물어왔고, 더 자주 하자고도 했다. 학부모와 교사들도 격식 없이 만날 수 있어 좋았고, 그렇게 만나니 신뢰가 더 쉽게 쌓였다. 참여하는 학부모들의 눈빛이 특별히 따스했다. 그렇게 우리는 일 년에 네 차례를 함께 걸었다. 그 중 어느 날의 단상이다.

가을바람이 선선하다. 걷기에 딱 좋은 날씨다. 하루 일과를 마치고 저녁식사를 마친 아이들이 학교 안 '다소곳(다함께 소통하는 곳, 원형 마루)'으로 하나둘 모여들었다. 금세 다소곳 주변은 아이들로 가득 찼다. 표정들이 환하게 밝았다. 좋은 사람들과 함께 밤마실 갈 생각에 무척 설레던 모양이다. 해가 사방을 밝게 비추는 낮은 해야 할 일도, 지켜야 할 규칙도 많은 시간이다. 어스름한 초저녁에 만나는 친구, 옆집 아저씨, 아주머니, 선생님 모습은 또 다른 느낌으로 다가온다. 홀가분한 마음으로 만나게 되는 까닭이다. 모든 '의무'로부터 자유롭다. 걸어야 해서 모이는 것이 아니라 함께 걷고 싶어 모여드는 것이다. 이때 학교는 자유로운 해방 공간이 된다.

저녁 6시 30분. 주변이 어두워졌다. 300명은 족히 모인 듯하다. 마을주민들 모습도 보인다. 이제 슬슬 출발해볼까? 이번 달빛 걷기 코스는 고래실 공원 쪽이다. 길잡이 선생님이 앞장서고, 중간중간 함께 걷는 어른들은 아이들 안전을 챙겨주신다. 왁자지껄 도로는 정겨운 사람 소리로 가득하다. 아이들은 친구들과 못다 나눈 이야기 쏟아내느라 열심이고 엄마들도 또래 엄마들과의 이야기로 정겹다. 지나는 길에 생기가 넘친다. 횡단보도 신호를 훌쩍 넘어 길게 이어지는 인파에 성이 나기도 하련만, 느긋하게 기다려주는 운전자들의 모습에서도 훈훈함이 느껴진다.

고래실 공원을 지나 완동 공원 놀이터에 닿았다. 반환점이자 잠시 쉬어갈 시간이다. 아이들은 놀이기구를 오르락내리락 쉴 틈이 없다. 조용한 밤에 느닷없이 큰 손님을 맞은 놀이터가 깜짝 놀란다.

소풍 나온 기분으로 햇밤을 삶아 오신 한 어머니가 주변 아이들과 어른들에게 권한다. 아직 따뜻하다. 밤 맛이 꿀맛이다. 다시 돌아 고래실 공원 배드민턴장에 닿았다. 달빛 걷기 코스 중간에 작은 음악회나 무용극 같은 문화공연을 관람하며 즐기곤 했는데 이번에는 긴 줄넘기 대회를 한다. 홈런볼, 세수비누, 치약 등 재미있는 상품들이 걸려있다.

은빛초등학교 아이들의 긴줄넘기 실력은 남다르다. 평소 놀이를 즐겨온 아이들이라 여럿이 함께하는 긴 줄넘기도 서른 개씩은 거뜬히 해낸다. 덕분에 한 시간 가까이 줄을 돌려야 했던 어른들의 어깨가 살짝 삐걱거린다. 언니, 엄마와 함께 도전한 2학년 친구는, 일흔을 세는 순간 풀썩 주저앉고 만 엄마 때문에 우승을 못했다며 섭섭해한다. 한바탕 신나는 놀이 시간이 이어진다.

학교로 돌아가는 길, 시곗바늘은 밤 9시를 향해 달려간다. 행복해하는 아이들 모습을 바라보는 어른들의 표정도 함께 즐겁다. 혹자는 묻는다. 하루 종일 근무하고 피곤한데 무엇하러 저녁까지 그런 일을 벌이느냐고. 달빛 걷기 행사를 마련하고 함께 참여하는 은빛초등학교 선생님들은 답한다. 아이들의 환한 웃음에 중독되었기 때문이라고. 아이들도, 부모님도 그 중독의 기미를 눈치챘다. 돈독한 신뢰 관계가 만들어질 수밖에 없다. 달빛 걷기는 즐거운 '소통'의 자리인 것이다. 아름다운 만남의 장이 계속되기를 기대한다.

— 송경애, 《광산구보》, 2015년 가을호

달빛 걷기가 마을을 오가는 학부모 입에 오르내리더니 학교 밖까지 알려졌다. 한해 전 수완마을 인권문화공동체에서 손전등 산책을 이끈 마을주민이 이번 해에는 함께 진행하고 싶다는 뜻을 전해왔다. 먼저 이야기를 건네주니 무척 기쁘고 반가웠다. 담당 선생님과 함께 만나 달빛 걷기의 취지와 방향, 손전등 산책 계획을 공유했다. 무엇을, 언제, 어떻게 연계할지도 의논했다. 남은 학기 달빛 걷기를 같이 꾸리기로 했다. 함께 걷던 날 마을주민들은 참가하는 아이들 모두에게 조그만 손전등을 나눠줬고 걷기 행렬을 안전하게 돌봤다. 학교와 마을이 함께 걷는 길이 따스하고 든든했다.

달빛 걷기에 소망 하나를 숨겼다. 마을에 대한 애정이 싹트길 바랐던 것이다. 아이들도, 선생님도, 학부모도 마을을 잘 알지 못했다. 아이들은 집, 학교, 학원을 쳇바퀴처럼 오갔고, 어른들도 집, 직장, 마트를 바쁘게 다녔다. 우리 삶을 품고 있는 마을을 서로 연결된 입체적 공간으로 인식하기에는 일상이 너무 분주했다. 학교, 학원, 마트, 제과점, 병원, 식당처럼 자주 가는 곳도 다만 길 위의 점일 뿐이었다. 오순도순 이야기 나누며 걷는 길을 좋아하게 되면 우리 마을에 대한 애틋함도 함께 싹트지 않을까? 걷는다는 건 좀 더 가까이, 좀 더 깊게 만난다는 말이니.

달빛 걷기를 하며 아이들과 더욱 친해졌다. 머리칼이 살랑 바람에 흩날리는 기분 좋은 봄날이었다. 6학년 아이들과 이야기를 나누며 걷는 중이었다. 수완의 거리를 지나 원당산 전망대로 향하는데 여기저기 제멋대로 버려진 쓰레기가 마음에 걸렸다.

"저런, 우리 마을에 쓰레기가 이렇게 많구나."
혼잣말처럼 중얼거리는데 한 아이가 말을 이었다.
"선생님, 저희가 주말에 모여 쓰레기를 주워볼게요."
"그래? 고마운 생각이네! 선생님도 같이 움직여볼까?"

"저희끼리 의논해서 한 번 해볼게요!"

문제를 발견했다고 누구나 해결하려 들지는 않는다. 문제라고 지적하긴 쉽지만 개선하려 나서기는 어렵다. 친구들과 의논하고 해보겠다는 마음이 참 근사하다고 칭찬했지만 바로 행동으로 옮길 것이라는 기대는 솔직히 하지 않았다. 달빛 걷기를 마치고 주말을 보낸 월요일 아침, 세 친구가 뿌듯한 표정으로 편지 세 통을 건넸다. 지난 주말 반 친구들 다섯 명과 함께 학교 주변과 은빛 공원의 쓰레기를 줍고 느낀 것이 많았단다. 대단한 실천력이다. 다음 주말에는 수완 육교 근처 쓰레기를 줍기 위해 친구들을 모으는 중이라고 했고, 아이들은 그 일을 또 해냈다. 삶 속에서 느낀 바를 행할 줄 아는 훌륭한 아이들이었다. 그들에게서 큰 배움을 얻었고, 희망을 보았다.

마을 속 배움터를 찾아서

사람만이 희망이다. 꿈틀거리는 사람들을 만났다. 민간과 공공이 함께 하는 지점에 불쏘시개 역할을 자처하는 사람들이었다. 광산구는 그들을 공무활동가라 불렀다. 곳곳에서 삶을 조금 더 평화롭고 따뜻하게 만들기 위해 애쓰는 사람들을, 아이들도 만나게 해주고 싶었다. 아이들이 우리 지역에서, 우리 지역의 사람에게서 빛을 발견하고, 스스로 길을 찾아 당당하게 나아가기를 바랐다.

광산구에는 운남동 더불어락노인복지관, 원당산 광산구공익활동지원센터, 송정역과 광산구청, 고봉 기대승 선생의 유지를 모신 월봉서원과 천동마을에 있는 오월시민군 윤상원 열사 생가 등 찾아 배우기 좋은 곳이 많다. 뜻을 모으자 그다음은 저절로 해결되었다. 내민 손을 기꺼이 맞잡는 이들이 나타났다. 지역의 배움터에서 아이들을 반갑게 맞이했다. 4학년 사회과 교육과정에 '민주주의와 주민자치'를 공부하는 단원이 있다. '민주주의'와 '자치'의 개념을 4학년 아이들이 이해하기란 여간 어려운 일이 아니다. 마침 『광주의 생활』이라는 지역교과서에 광산구의 주민자치와 주민 참여 사례가 실려 있었다. 4학년 교사들과 협의한 결과 더불어락노인복지관과 광산구청을 탐방하기로 하고 가능성을 타진했다. 두 곳 모두 흔쾌히 시간을 내겠다 했다. 하루 한 반씩 나흘 동안 탐방을 진행했다. 깊게 만나려면 한 학년 전체보다 한 반씩 차분하게 다녀오는 편이 좋았다.

더불어락 노인복지관에서는 '노인 문제를 지혜롭게 해결한 우리 지역 이야기'를 주제로 주민자치와 주민 참여의 소중함을 배웠다. 김광란 당시 사무국장이 '혼자서는 아무것도 할 수 없다'며 협동으로 피어난 꽃, 작은도서관, 더불어락 카페, 협동조합 등을 만든 과정을 설명했다. 협동과 나눔, 배려의 가치를 강조했다. 그녀는 '민주주의와 주민자치는 스스로 참여하고 책임질 때 가능'하다며 '어르신들은 스스로 협동조합을 만들고, 노년 유니온을 만들어 자기 인생의 진정한 주인으로 나섰고, 복지관을 민주적으로 운영하고 있다'고 소개했다. 그곳에서 구현되고 있는 가치가 놀라웠고 십시일반의 정신으로 가꾸어낸 터전과 어르신들의 저력이 존경스러웠다.

광산구청에서는 '나눔문화의 중요성'을 주제로 '나눔만이 나눔을 막을 수 있다', '나눔은 단순히 어려운 이웃을 돕는 것에서 나아가 함께 하는 삶의 즐거움을 맛볼 수 있게 해준다'고 힘주어 말하는 이가 있었다. 엄미현 당시 희망복지지원단 복지연계팀장이다. 아이들은 광산구청이 무슨 일을 하는지, 주민 참여를 돕기 위해 광산구가 시행하는 정책들은 어떤 것인지 배웠다. 배움의 내용뿐만 아니라 아이들을 대하는 형식과 태도 역시 감동적이었다. 4학년 스물일곱 아이를 맞이하기 위해 얼마나 정성을 들였는지……. 환영 메시지며, 흥미와 관심을 자극하는 슬라이드와 수업 자료, 아이들이 앉는 자리와 간식까지. 아이들의 구청 탐방 소식을 듣고 만나겠다며 바쁜 짬을 낸 당시 구청장의 모습도 인상 깊었다. 계획에 없던 깜짝 면담 소식에 구청장실로 우르르 몰려간 아이들 한 명 한 명을 사람 좋은 웃음으로 반기는 것이 아닌가. 스스로를 '구청장 아저씨'라고 소개하더니 아이들 눈높이에 맞춰 하는 일을 간단히 설명했다. 질문이 있으면 해보라 하니 아이들의 질문이 그랬다.

"키가 몇이에요? 몸무게는요?"
"월급은 얼마예요?"
"전화번호 주세요. 사인해주세요."

당혹스러웠지만 처음 만난 아이들까지도 완전히 무장해제시키는 친근하고 격의 없는 모습에 구민의 한 사람으로 기쁜 마음이 컸다. 어린이와 약자들이 존중받는 세상, '사람 사는 세상'의 출발점이 거기에 있었다.

삶과 배움이 하나 되는 교육을 꿈꿨다. 종이 위에 활자로 누운 지식이나 정보로는 배움의 맛도 향기도 제대로 느낄 수 없었다. 생생한 현장을 찾아 직접 보고 들으며 고개를 끄덕이던 경험, 오감으로 받아 안은 깨달음은 쉽게 사라지지 않는다. 그 배움의 조각들이 사람의 웃음과 목소리, 따뜻한 손길과 환대의 눈길로 버무려져 고유한 풍미를 내는 것이리라.

벤치학 개론

책 모임부터 달빛 걷기, 친구랑 1박 2일 캠프 같은 색다른 활동에 팔 걷어붙이고 함께 하던 교사들이 이번엔 먼저 꿈을 말했다. 학교 옆 은빛공원의 낡은 벤치를 아이들과 함께 단장하고 싶다는 것. 시민은 권리와 책임을 동시에 갖는다. 아이들도 시민이니 누릴 권리도 중요하지만 마을을 위해 뭔가 해보는 경험도 필요하다. '벤치학 개론'이라는 6학년 동아리 활동 프로젝트를 진행하고 싶단다. 교문을 나서 몇 걸음만 걸으면 은빛공원인데 빙 둘러놓은 벤치가 앉기 싫을 만큼 낡았다. 아이들이 꾸며놓은 벤치에 앉을 때마다 마을 주민들은 흐뭇할 것이다. 제 손으로 멋지게 손질한 벤치를 볼 때마다, 그곳에 앉아 쉬고 있는 마을 사람들을 볼 때마다 아이들도 기쁠 것이다. 근사했다.

한 가지 생각을 공유했다. 벤치학 개론의 '의미 찾기'부터 시작할 것. 공원 관리는 구청에서 하는 일이니 먼저 광산구청 공원녹지과에 연락해 동의를 구해야 한다고 조언했다. 담당 공무원은 방수 페인트를 칠하면 간단한데 학교에서 그림을 그린다니 매년 책임질 것이 아니라면 곤란하다며 난색을 보였다. 해마다 하겠다는 답을 듣고서야 담당자는 안심했다. 마을을 위한 일인데도 어렵게 허락을 얻었다.

벤치학 개론 동아리 학생 모집은 순조로웠다. 세밀한 작업의 순서와 방법, 벤치를 꾸미기에 적합한 재료 등을 조언할 전문가가 필요했다. 마을활동가들과 교사들이 '너른 마실'이라는 모임을 만들어 활동 중이었다. 벤치학 개론 동아리의 뜻을 설명하고 도움을 요청했다. 벽화와 벤치 작업 경험이 있는 전문가 두 분이 선뜻 도움을 주겠다며 나섰다. 처음부터 마무리까지 전체 과정을 아이들과 함께 하기로 했다. 벤치학 개론 담당 교사는 아이들과 학부모 협업 작업으로 동아리 활동을 기획했다.

벤치학 개론은 두 시간씩 여섯 번 두 달에 걸쳐 진행된 프로젝트였다. 첫 번째 모임에선 벤치학 개론 프로젝트의 의미를 찾고, 그룹을 나눈 다음 각 그룹이 맡은 벤치에 덧입힐 외양을 디자인했다. 아이들과 어른이 공원 잔디밭에 모여앉아 오순도순 의견을 나누는 모습이 보기 좋았다. 전문가 두 분은 벤치 채색 작업의 전 과정을 안내한 후 아이들의 기획대로 프로젝트를 순조롭게 진행할 수 있는지, 아이들 힘으로 작업하는 데 무리가 없는지 챙겼다.

두 번째 모임 때는 표면을 살짝 벗기는 샌딩 작업을 했다. 벤치에 칠해놓은 짙은 갈색 방수 페인트를 나무색이 나올 때까지 사포로 구석구석 문질렀다. 두 시간 내내 힘주어 문지르니 팔이 빠질 듯 아프다며 투덜대는 아이도 있었다. 어른들은 힘들다는 내색도 못 하고 이마에 송글송글 맺힌 땀방울만 훔쳐내며 아이들을 살폈다. 쉽게 되는 일은 없었다. 공원 관리팀이 페인트칠 업체에 맡겨 의뢰하면 될 일을 왜 이렇게 힘들게 하고 있는가? 벤치학 개론 프로젝트의 의미를 공유하긴 했지만 몸을 움직여 해볼 만한 것인가? 수천 번은 족히 넘는 사포질을 반복하며 묻고 또 물었다. 시간이 답해줄 것이었다.

다음 차례는 젯소 작업이었다. 아이들이 기획한 대로 색을 내기 위해서는 바탕칠을 해야 했다. 페인트의 접착력을 높이고 원래의 나무색을 가리기 위함이다. 젯소를 칠한 다음에는 적어도 이틀은 말려야 했다. 뒤이어 벤치에 밑그림을 그렸고, 조심조심 페인트를 칠했다. 글자를 써넣기도 했다. 한결같이 마음을 토닥이는 문구들이었다.

"날마다 행복"

"오늘도 꿋꿋하게"

"당신은 보물"

"행복이란 하늘이 파랗다는 걸 발견하는 것만큼이나 쉬운 일이다"

"마음의 여유"

"괜찮아! 괜찮아! 괜찮아질 거야!"

바니쉬로 마감 작업을 했다. 페인트칠 위에 투명하게 덧입혀 긁힘도 방지하고 비, 바람, 자외선으로 인한 변색을 막기 위해서였다. 벤치학 개론 동아리 활동 마지막 시간이 가까워졌다. 담당 교사는 감사와 기념의 시간으로 마지막을 기획했다. 벤치학 개론 프로젝트 실행 과정이 담긴 사진과 당일 즉석 기념사진을 전시하고 감상한 후, 활동 소감을 나누며 그동안 애쓴 모두에게 박수를 보내는 것으로 계획을 짰다. 경험을 한 차원 더 높은 배움으로 끌어올릴 줄 아는 이의 지혜가 아닌가. 나는 그런 동료를 만날 때 교사라는 자부심이 차올랐다. 그들이 동료라서 감사했다.

마지막 수업이 있던 날, SNS로 처음 소식을 접한 민형배 구청장 일행이 은빛 공원으로 찾아왔다. 구청장은 전시된 사진과 멋지게 변신한 벤치들을 하나하나 살펴보고 공원 맨바닥에 둘러앉았다. 아이들 한 사람 한 사람 눈을 맞추며 그들이 한 일이 얼마나 아름답고 근사한지, 시민 정신과 민주주의가 무엇인지 힘주어 이야기했다. 벤치학 개론 프로젝트가 바로 살아있는 시민 정신이라고 했다. 동아리 활동을 마무리 짓기에, 더할 나위 없이 좋은 수업이었다.

아이들이 꾸민 벤치는 마을의 포토존으로 주민들의 사랑을 받았고, 학교와 공원을 둘러싼 마을 공기는 한층 훈훈해졌다. 삶과 배움을 통합하고 이웃과 이웃의 관계를 회복하려는 작은 걸음이었다.

학교 울타리를 마을로 확장하고 더 넓은 삶터로 향하려는 노력이 이뿐이었으랴. 여러 학교에서 오래전부터 다양한 시도를 하고 경험을 쌓아가고 있었다. 어떤 학교는 질적으로 도약할 채비를 마쳤고, 어떤 학교는 한 걸음 나아갈 실마리를 찾느라 끙끙댔다. 무르익어 만날 날을 기다리며 각자의 몫을 사는 중이었다.

"영화에서 중요한 것이 있다면 그건 성취하지 않는 거예요. 끝내지 않는 것, 언제나 생략하는 것, 인물들에게 문을 닫아버리지 않는 것, 틀에 가두지 않는 것, 영화 바깥에서도 무언가가 계속 존재하는 것……"
— 아녜스 바르다

마을,
학교를 품다

문산마을, 모두를 위한 마을교육

장면 하나. 도서관에 오지 않는 손님

북구 삼각산 아랫마을에 옛 이름으로 마을교육공동체를 일궈가는 이들이 있다. 문산마을공동체다. 마을 길과 하천, 논과 밭이었던 곳은 이제 행정구역 상 문흥1동, 문흥2동, 오치1동으로 바뀌었고 광주시민들은 그곳을 문흥지구라 부른다. 행정동 셋으로 나뉜 지 스물다섯 해가 되었지만 그들은 '문산마을'이라는 이름을 지키고 있다. 한 울타리에서 살아온 내력이 골목골목에 켜켜이 쌓여있는 까닭이다. 이야기를 품고 있는 시간과 장소를 아우르며 공동체를 꿈꾸기에 문산마을은 더없이 좋은 이름이다.

문산마을공동체의 시작은 2010년 작은도서관 준비모임으로 거슬러 올라간다. 우연한 자리에서 마을에 도서관을 만들면 좋겠다고 소망을 이야기한 부부가 있었고, 사람들은 하나둘 그 소망의 편에 섰다. 풍암마을 아이숲 도서관, 용봉마을 바람개비도서관이 개관했다는 소식을 접하며 복합문화공간을 겸하는 어린이도서관을 꿈꿨다. 마을사랑방이자, 건강한 지역 문화를 만들어가는 문화운동의 거점으로 마을도서관이 필요했다. 아름다운 마을공동체를 꿈꾸는 젊은 엄마들이 작은도서관 준비모임을 결성했다. 이들은 무엇보다 아이들이 건강해야 어른도 건강해진다고 입을 모았다. 아이들을 누르거나 가두지 않고 자유롭게 피어나도록 돕고 싶었다. 경쟁이 만연한 교실에서 아이들이 얼마나 상처받는지, 억압적인 교육 현실이 아이들의 삶을 얼마나 피폐하게 하는지 안타까워하며 '우리 마을부터' 바로잡자고 했다.

그해 5월 문산마을 주민들은 첫 모임을 가졌다. 매달 한 권의 책을 함께 읽고 토론하기로 했다. 생각의 좌표, 내 아이가 책을 읽는다, 나부터 교육혁명, 우야라스도서관, 꼴찌도 행복한 교실, 핀란드 교육 혁명 같은 책을 읽으며 아이들 교육과 우리 지역의 문제에 대한 의견을 나누었다. 먼저 개관한 작은도서관을 찾아가서 배우며 나아갈 방향을 고민했다. 다른 이의 의견을 경청하며 생각이 다를 수 있음을 알았다. 만남이 거듭되면서 '소통하는 마을 공동체'를 만들려는 목표가 같다는 것도 확인했다. 작은도서관 준비모임은 차근차근 주민들의 공감과 참여를 끌어냈다. 드디어 햇살마루작은도서관이 2013년 3월 북구 청소년문화의 집 1층에 문을 열었다.

주민들의 관심과 열정으로 세워진 햇살마루작은도서관은 책과 함께하는 문화예술공간이자 마을 사랑방이 되었다. 그런데 이상하게도 도서관에 좀처럼 오지 않는 손님이 있었다. 청소년들이었다. 어떻게 하면 그들을 오게 할 수 있을까. 도서관 옆에 청소년문화의집도 있는데 그들은 왜 오지 않는 것일까. 아이들도 어른들도 오며가며 안부를 묻거나, 작은도서관을 구경하거나, 자리를 잡고 앉아 책도 읽는데, 우리 마을 청소년들은 왜 오지 않는 것일까. 책 읽을 여유가 없어서인가 책 읽는 재미를 몰라서인가 혹은 동네 이모 삼촌이 어려워서인가. 여러가지 이유를 짐작해 보았다. 어쨌든 그들이 도서관에 오지 않는 데는 그럴 만한 이유가 있을 것이다. 작은도서관이 먼저 변해야 한다고 생각했다. 청소년이 오고 싶도록 무엇을 할까 생각했다. 중학교 교사들을 만나서 함께 해결 방법을 의논했다. 문산마을 주민들은 중학교 여름방학과 겨울방학에 맞추어 햇살만화방을 운영해 보기로 했다. 만화라는 형식을 빌려 청소년들을 도서관으로 오게 하고, 그들이 진짜 원하는 것이 무엇인지 들어보기로 했다.

첫술에 배부를 수는 없다. 집에서도 학교에서도 학생의 할 일은 공부라는 소리를 귀에 딱지가 앉도록 들으며 사는 이들이다. 그런데 그 공부란 게 무엇이란 말인가. 아이들이 책상에 진득하게 앉아 교과서나 문제집을 파헤치며 낑낑대는 모습을 보고서야 안심되는 때가 내게도 있었다. 신영복 선생은 공부란 살아가는 것 그 자체, 세계를 변화시키고 자기를 변화시키는 일이라고 했다. '머리'가 아닌 '가슴'으로 하는 것이며, '가슴에서 끝나는 여행'이 아니라 '가슴에서 발까지의 여행'이라 했다. 머리에서 가슴까지, 다시 가슴에서 발까지의 여행이 공부라면 책상에 틀어박혀 하는 공부란 얼마나 많은 한계를 갖고 있는가.

골목길을 쏘다닌다, 어슬렁거린다, 친구들과 패거리로 몰려다니며 시시덕거린다, 만화책만 뒤적거린다, 놀고 있다 같은 표현은 청소년의 삶을 비틀고 옥죄는 말들이다. 한가롭게 마을 길을 거닐며 사색을 즐기는 것도, 좋은 사람과 만나 웃고 떠드는 것도 얼마나 아름답고 신나는 일인가. 자연스러운 일상을 있는 그대로 인정하지 못하고 아이들을 책상 앞에 가두려 했던 우리는 얼마나 어리석었던가. 학교나 학원, 독서실 그리고 그곳을 오가는 길 위를 조금이라도 벗어나면 미심쩍게 바라보곤 했던 우리부터 스스로를 비춰봐야 한다. 자신의 존재를 왜곡하고 부정하는 이를 만나는 것은 얼마나 끔찍한 고통인가.

장면 둘. 마을 이모, 삼촌이 가르쳐주는 생활의 기술

햇살만화방으로 꽤 많은 청소년이 왔지만 여전히 오지 않는 아이들이 있었다. 만화방에 온 아이들도 자유를 누리는 데 익숙하지 않았다. 문산마을 주민들은 친근한 이모나 삼촌 같은 존재가 되고 싶었다. 다시 궁리를 시작했다. 학교에 다니는 자녀를 둔 부모가 대부분이었기에 어린이와 청소년의 삶과 교육을 더욱 치열하게 고민했다.

청소년들이 단추가 떨어진 셔츠는 버려야 한다고 여기거나 누군가 밥상을 차려주지 않으면 스스로 끼니를 해결 못 해 굶는다는 얘기를 종종 들었다. 이 무슨 기형적인 삶인가. 문산마을 주민들은 '청소년 생활의 기술'을 생각해냈다. 마을 사람들이 가장 잘하는 일이기도 했고 아이들이 살아가는 데 꼭 필요한 삶의 기술이기도 했다. 이모, 삼촌 같은 친근한 존재로 다가가기에 더없이 좋은 기회로 즐거운 배움의 소재이기도 했다.

2014년 학교에 가지 않는 토요일, '청소년 생활의 기술' 프로그램 문을 열었다. 구두 닦기, 바느질, 다림질, 응급처치, 요리, 수납, 사진 찍기, 지압과 손마사지, 자연에서 살아남기, 기후변화와 적정기술, 마음을 얻는 포장법 등 생활에 필요한 기술은 무엇이든 배울 거리가 되었다. 머리로만 배우는 것이 아니라 몸으로 직접 하며 감각을 익혔다. 문산마을 사람들은 누구나 평범한 삶의 기술로 아이들을 만날 수 있었다.

바느질 기술의 수업 목표는 '단추 정도는 내가 달 수 있어, 어쩌다 찢어진 옷 정도는 내가 꿰매보지 뭐' 하는 마음길을 내는 것이다. 친절한 K이모가 마을 선생님으로 나섰다. 단추와 비즈를 달고 두 개의 천을 연결해서 하트 모양 장식을 만들었다. 터프하기로 이름난 중3 동건이도 작은 바늘구멍에 실을 꿰어 손톱만 한 단추를 달고 한 땀 한 땀 바느질해서 하트 모양을 완성했다. 바느질 이모는 아이들과 바느질 이야기만 나눈 것이 아니었다. 그들의 이야기에 귀를 기울였고, 마을에서 살아가는 이야기도 들려주었다. 그러는 사이 서로의 일상이 오가고 섞이며 버무려졌다.

법무사 사무실에 다니는 삼촌은 다림질 기술을 가르쳤다. 삼촌도 처음엔 세탁소에 옷을 맡겼다. 매일 갈아입는 셔츠니 세탁비도 아끼고 제 손으로 해보고 싶어 시작한 다림질 솜씨가 어느새 전문가 수준이 되었다. 법무사 삼촌에게 다림질 기술을 배운 친구는, 쉬워 보였는데 어렵다 했고, 직접 해보니 부모님의 수고가 느껴진다고도 했다. 어떤 친구는 아빠 양복을 다려 드리면 좋아하실 것이라며 생글거렸다.

피부미용 전문가 이모는 손과 발 마사지, 피곤할 때 혈을 자극하는 얼굴 마사지와 눈 마사지 방법을 알려주었다.

"마사지하는 방법과 혈 자리를 아는 것도 중요하지만 무엇보다 중요한 건 마음이야. 사람을 위하는 마음을 담아야 해."

엄마, 아빠에게 손 마사지를 해 드린 후 인증사진을 대화방에 올리면 핸드크림을 주겠다는 깜짝 이벤트도 준비했다. 누군가의 손을 만져준다는 것은 어떤 의미일까? 토닥토닥 두드리고 꾹꾹 눌러주고 문질문질 달래주는 것이 마음을 어루만지는 일이라는 것도 알게 되었다.

"사진은 빛으로 그리는 그림입니다."

스마트폰 사진 찍는 기술을 가르쳐준 사진관 이모의 첫 설명이다. 휴대폰의 카메라 기능 설정과 빛의 종류에 관한 간단한 이론 수업을 마친 후 마을 산책을 나섰다. 마을길이 달라 보였다. 사방이 온통 초록인데 보랏빛 맥문동 진 자리에 꽃무릇 붉은빛이 환하다. 네모난 사진틀에 마을길을 넣어 줌을 당기기도 하고 밀기도 하며 이곳저곳 자세히 들여다보았다. 사진 속에서 마을길은 배경도 되고 주인공도 되었다. 근사했다. 아, 우리 마을 길이 이렇게 아름다웠구나! 하늘 향해 곧게 뻗은 메타세쿼이아 나무의 성정과 낮은 곳을 환하게 밝히는 꽃무릇의 조화가 마을님들을 보는 듯했다. 친구들도 기꺼이 다정한 피사체가 되어 환한 웃음을 지었다.

장면 셋. 모두를 위한 마을교육

존재는 본질적으로 관계를 전제한다. '무엇'이라고 규정되는 순간 '다른 무엇'과 구분되는 특성이 있다. 홀로 있기보다는 '다른 무엇'들 속에 있다는 뜻이다. 사람도 그러하다. 일찍이 아리스토텔레스는 '인간은 사회적 동물'이라 했다. 나는 그것을 옆에 있는 이들이 행복해야 비로소 자신도 행복할 수 있는 생명체로 풀이한다. 우리는 동시대를 사는 이들의 행복을 바라며, 함께 행복해지기 위해 무엇이라도 하고 싶은, 해야만 하는 존재이다.

배움도 마찬가지다. 무언가를 배웠다거나 안다고 할 때, 심지어 스스로 깨달았을 때조차 우리의 배움은 홀로 일어난 게 아니다. 우리가 뿌리를 내린 공동체의 보편적 합의 위에서 배움은 시작되는 법이다. 배움의 주체와 대상은 상호작용을 통해 더 깊어지기도 하고 다른 배움으로 전이되기도 한다. 안다는 것은 알고 있는 대상에 영향을 미칠 수 있다는 뜻이다. 또 그것으로부터 영향을 받는 살아있는 관계를 갖는다는 것을 의미한다. 파커 파머는 앎과 배움이란 '전에는 도달하지 못했던 것들과 우리를 연결시켜주는 일, 삶의 위대한 공동체를 다시 엮어주는 일'이라고 했다. 머리-가슴-발로 이어지는 여행이 바로 공부라는 신영복 선생의 말과 서로 통하지 않는가.

아이들이 초등학교에 다닐 때부터 자주 만나 얘기를 나눠왔던 문산마을 사람들은 어린이·청소년의 삶과 배움에 고민이 깊었다. 마을에서 아이들 모습을 보기 힘들었다. 햇살만화방을 열어 청소년을 만났고, 청소년 생활의 기술 프로젝트를 함께 하며 그들의 목소리를 들었다. 삶을 엿보았고 그들의 내면을 더 잘 이해하게 되었다. 혹독한 경쟁사회에서 입시라는 관문을 거치지 않고서는 사회의 낙오자로 전락한다는 우리 사회의 강고한 인식이 그들의 삶을 얼마나 무겁게 짓누르는지 실감했다.

2012년 경향신문과 어린이잡지 《고래가 그랬어》가 함께 펼친 5월의 교육 캠페인이 떠올랐다. '아이를 살리는 7가지 약속'으로 '지금 행복해야 한다, 최고의 공부는 놀기다, 하고 싶은 일 하는 게 성공이다, 남의 아이 행복이 내 아이 행복이다, 성적이 아니라 배움이다, 대학은 선택이어야 한다, 아이 인생의 주인은 아이다'를 정했다. 배움도 삶도 지금, 여기와 연결될 수 없다면 의미가 없다. 과거를 박제하거나 내일을 꿈꾸기만 한다면 우리가 살아가는 현재는 어떻게 꾸려나갈 수 있을까. 우리는 다만 '오늘'을 살아가는 존재일 뿐인데도 말이다.

문산마을 사람들은 '관계'와 '연결'을 귀히 여긴다. 따듯하고 풍요로운 만남을 지속하는 근원적 힘이 '관계'와 '연결'이다. 마을에 살지만 만날 수 없는 청소년들이 기다려졌다. 마을에도 그들의 삶을 응원하고 지지하는 어른들이 있다는 것을 알려주고 싶었다. 언제든 기꺼이 기댈 언덕이 되고자 했다.

학교 수업으로 만나보기로 했다. 마을과 복지를 연계한 작은 사업도 근처에 있는 다섯 개 학교 교육복지 선생님들과 해오던 터였다. 마을길 생태미술여행, 영산강 소풍, 청소년 생활의 기술, 인권과 사진, 솜씨언니, 마을축제와 같은 주제로 학교와 협업을 시작했다. 쉽지 않았다. 학교는 나름의 규율과 의사결정 방식이 있었고, 1년 동안의 교육활동 계획이 촘촘하게 짜여 있었다. 마을공동체를 향한 정성과 노력을 존중받지 못해 어렵고 불편한 적도 있었다. 하지만 학교도 그럴 만한 사정이 있을 터다. 살아보지 않은 삶을 제멋대로 규정하고 판단하는 것이야말로 경계할 일이다. 그럴수록 존중과 경청의 태도를 놓지 않으려 했고, 마을이 품은 뜻을 더 잘 전하기 위해 노력했다. 학교와 마을은 서서히 경계를 허물고 서로를 넘나드는 중이었다.

평촌마을, 학교가 살아야 마을이 산다

장면 하나. 작은 학교 폐교의 위기

"학교가 살아야 마을이 삽니다. 마을교육공동체는 선택의 문제가 아니라 우리 마을의 생존과 관련된 문제예요."

평촌마을을 떠올릴 때마다 그녀의 절박한 목소리가 귓가에 울린다. 2016년 봄 광주광역시 북구 충효동 121-7번지, 무등산국립공원에 자리 잡은 평촌마을 무돌길 쉼터를 찾았다. 화장기 하나 없는 얼굴로 방문객을 맞는 첫인상이 다부졌다. 평촌마을교육공동체 공은주 대표다. 마을교육공동체 정책이 시행되기 전 이미 학교를 품은 마을이다. 시작은 아이들이 다니는 충효분교가 폐교 위기를 맞았던 2011년으로 거슬러 올라간다.

무등산 자락 충효마을에 위치한 도심 속 자연학교 충효분교는 교육과정에 자연의 참된 가치를 포함하여 여러 차례 세상의 주목을 받았다. 그럼에도 도심에서 멀리 떨어진 탓에 학생 수는 점점 줄어갔다. 농촌 마을에 들어와 터 잡고 사는 젊은이들은 사라진 지 오래다. 2010년과 2011년에는 입학생이 한 명도 없었다. 전교생 모두 합해 17명. 6학년 학생 여섯이 졸업해서 나가고 다음 해에도 신입생이 들어오지 않는다면 학생 수는 11명으로 확 줄게 된다. 큰일이었다. 학생이 없으면 학교는 문을 닫아야 한다. 마을에 학교가 없으면 아이들 소리가 사라지고, 마을 전체가 생기를 잃는다.

학부모들은 충효분교를 살리기 위해 힘을 모았다. 참교육학부모회 광주지부도 함께 도왔다. 학생 수를 늘리기 위한 방법을 궁리했다. 충효분교의 의미를 알리기 위해 학부모 설명회도 기획하고 생태캠프도 열었다. 학부모 설명회에는 경기도 용인 원삼초등학교 두창분교의 방기정 분교장을 모셨다. 충효분교와 비슷한 상황에서 폐교 위기를 막아낸 두창분교 구성원들의 노력을 생생하게 듣기 위해서였다. 학부모들은 방과후학교 과정을 생활놀이 교실 등열 가지도 넘게 개설하여 자원봉사자로 나섰다. 학교 수업이 토론과 참여, 체험활동으로 이루어지는 개방형 수업으로 바뀌면서 상황이 반전되었다. 3년동안 두창분교 학생 수가 세 배로 늘어 본교 재승격을 요구하기에 이르렀다니, 충효분교도 회생할 기회가 아직은 남아있다고 생각했다.

생태캠프는 2박 3일 숙박체험 프로그램으로 기획하였다. 첫째 날에는 분교를 품은 충효마을을 둘러보고 전통 놀이를 즐겼다. 담력 테스트도 했다. 둘째 날에는 나무를 다듬어 솟대를 만들고 흙을 만지작거려 도자기를 빚었다. 음식도 만들어 나누어 먹었다. 사방이 어두워진 들녘에서 캠프파이어도 했다. 마지막 날엔 아이들이 원하는 학교를 상상하며 모형을 만들었다. 마을 근처의 환벽당, 취가정 같은 역사가 오랜 정자도 둘러보았다. 주말농장을 분양하여 충효분교에 대한 관심을 끌어내고 인연을 이어가려는 시도도 했다.

눈물겨운 노력으로 이듬해 2012년, 3년 만에 처음으로 두 명의 학생이 입학했다. 다음해 입학생은 네 명이었다. 일부러 충효분교를 찾아 전학 온 학생도 있었다. 아이들은 친구가 늘어 좋아했다. 기적 같은 일이었다. 2013년 3월 4일 충효분교 입학식장 가득 오랜만에 웃음꽃이 피었다.

무등산 넓은 품에 안겨 자라는 충효분교 아이들은 학교가 즐겁다. 교실 창밖으로 논밭이 펼쳐져 환하고 무등산 자락 숲과 나무들이 푸르다. 사방이 확 트인 공간을 뛰놀며 호연지기를 기른다. 채소 씨앗도 뿌리고 감자도 심어 싹이 움트고 자라는 모습을 관찰한다. 생명을 품어 키우는 대지의 포근함을 온몸으로 체험한다. 처음 맞는 폐교 위기를 무사히 넘겼지만 언제 또 어려움이 닥칠지 알 수 없다. 충효분교 학부모들은 아이들 교육과 돌봄에 관한 일이라면 힘을 모을 준비를 마쳤다.

장면 둘. 평촌마을은 평촌마을답게

무등산 국립공원 속 마을이라는 지리적 여건이 도시인에겐 낭만적으로 다가온다. 마을 사람들은 소외감을 느끼며 살았다. 전형적인 농촌에서는 대도시 광주로 여겼고, 광주에서는 도심과는 다른 농촌 마을이라며 거리를 두었다. 특성에 맞춰 마을을 지원하는 정책은 없었으며 구분 짓고 소외시키는 경우가 많았다. 도시의 물가를 감당하며 살기에 농촌 마을은 가난했다. 그린벨트 지역인 탓에 집을 짓기도 마을에 필요한 문화시설을 만들기도 어려웠다. 인적 자원이 빈약하고 문화나 복지를 누릴 기반도 취약했다. 어떻게 하면 생기 넘치는 마을을 만들 수 있을까. 주민들이 움직이기 시작했다.

우선 마을이 공동체를 이루며 살아가는 것이 중요했다. 매달 정기적으로 반상회를 열어 소통했다. 풍물놀이, 정월대보름 놀이 등 옛부터 전해 내려오는 공동체적 삶을 시대의 흐름에 맞춰 복원하려 애썼다. 마을주민 스스로 공동체 역량을 키우기 위해 마을살이를 재미나게 하는 현장을 찾아 배우기도 했다.

마을 환경을 생태적으로 가꾸고 보존하자는 뜻도 모았다. 무등산 원효계곡에서 흘러내린 물은 평촌마을을 감싸 안고 흘러 환벽당 앞을 지나 영산강으로 합류한다. 이 물줄기가 바로 풍암천이다. 마을 앞 넓은 뜰의 작물들을 키우는 생명수다. 한 여름밤에는 풍암천 위로 영롱한 별빛들이 춤추듯 유영한다. 반딧불이다. 풍암저수지에는 무등산 깃대종이자 천연기념물 330호로 지정된 수달이 산다. 종종 풍암천까지 내려와 물장구를 치고 간다. 마을 입구 길가에는 주민들이 직접 솟대를 만들어 세웠다. '솟대길'이다. 공동 작물 생산을 위해 마련한 마을 공동의 고사리밭도 넉넉하다. 멸종 위기 식물인 미선나무를 포함해 우리 꽃 원추리, 갯기름 등 18종을 심어 우리 화단을 만들기도 했다.

문화예술이 마을공동체의 숨구멍을 틔우는 일이라 믿는 평촌마을 주민들은 '우리 마을에서 문화예술을 누리는 기회를 만들면 좋겠다'고 생각했다. 시청자미디어센터에서 지원하는 프로젝트로 만든 영화가 〈평촌 가는 길〉이다. 마을주민들이 주연으로 참여해 제작한 영화 〈평촌 가는 길〉은 2013년 11월 광주영상복합문화관에서 상영했다. 빌딩숲에서 사는 이들에게 평촌마을의 자연을 누리며 문화예술을 즐길 기회를 선사하기 위해 무등산 풍경 소리 음악회를 유치하기도 했다.

마을 일은 주민 공동의 이익 창출에 초점을 맞추었다. 한마음으로 힘쓴 결과 광주광역시 농업기술센터 주관 제1호 농촌건강장수마을로 선정되었다. 2013년에는 무등산 국립공원 명품마을이 되었다. 마을에 들어서는 길목에 있는 '무돌길 쉼터'는 마을 공동창고를 개조해 만든 공간이다. 이곳에서는 주민들이 직접 재배한 농산물과 우리콩 두부, 공동 생산한 고사리 등을 판매한다. '한동댁네 돼지감자꽃차'라 씌어진 설명이 친근하다. 외지인들을 위한 안내소가 되기도 하고, 주민들이 오가며 소통하는 마을 커뮤니티 공간으로도 큰 몫을 하고 있다.

평촌마을은 공동체적 삶을 좇는 아름다운 사람이 가득한 마을로, 생태환경이 잘 보존된 자연 마을로, 예술을 경험하고 즐기는 문화 마을로 평촌만의 고유한 빛깔을 만들어가는 중이다.

장면 셋 방과후 돌봄을 마을에서

평촌마을 엄마들이 오순도순 재미난 마을지도를 만들었다. 평모뜰을 새겨넣고 마을길과 증암천 물줄기를 표시한 후 집마다 이름을 붙였다. 그런데 이름이 독특하다. 김 아무개나 박 아무개의 집이 아니라 남원댁, 평촌댁, 죽산댁 같은 택호(宅號)를 써넣었다. 어떻게 택호를 쓸 생각을 하게 되었을까. 대답은 간단했다.

"마을 어르신들은 택호로 서로를 부르거든요. 이름을 써넣으면 누구인지 어리둥절해요."

'온갖 마을 일을 도맡아 하는 평촌 통장네. 빨간 벽돌이 예쁘고, 커다란 은행나무가 있다.' 평촌 통장 닭뫼댁에 붙은 설명이다. '큰 집에 우물도 있고 부엌이 옛날 모습 그대로 있다'는 집은 선동댁네다. 죽산댁은 '공부와 의례로 유명한 정씨 집안에 시집와 살뜰히 살림하고, 자식을 키워낸 할머니'시다. 마을지도가 어쩌면 이토록 다정할까. 지도를 펼쳐들자마자 마을살이의 서사가 보는 이에게 말을 건넨다.

마을에 관한 최고의 전문가는 마을주민이다. 평촌다운 방식으로 마을 지도를 만든 엄마들은 아이들에게도 마을과 사람을 알아가는 기쁨을 맛보여주고 싶었다. 학생 수가 적어 학교에서 방과후학교 프로그램을 개설해도 도움을 줄 강사가 거의 없었다. 2014년 충효분교 학생들과 함께 학교 수업을 마친 후 〈여행마을 만들기〉 프로젝트를 시작했다. 마을에서 학부모와 주민이 직접 강사가 되어 시작한 방과 후 첫 돌봄 프로그램인 셈이다.

아이들과 함께하는 활동을 〈여행마을 만들기〉로 시작한 것은 평촌마을의 그녀, 공은주 님의 생각에 모두 공감했던 까닭이다. 25년 전까지 도시에서 살다가 결혼하여 정착한 평촌마을은 그녀가 보기에 자연생태가 보존된 너무도 아름다운 곳이었다. 마을에서 몇십 년을 살고 계신 어르신도 많았다. 그들의 이야기는 또 얼마나 풍요로울까.

모든 사람은 삶을 짓는 예술가다. 소중하지 않은 삶은 어디에도 없다. 태어나고 자란 마을에 대한 애착, 마을에서 함께 살아온 이들과 주고받는 따듯한 관심이야말로 정체성 형성의 근원이다. 자기 삶의 주인으로 세상에 당당하게 서는 자존감의 원류이다. 아이들이 마을에서 자라는 풀 한 포기, 돌멩이 하나도 자세히 들여다보는 세심함과 마을을 자랑스러워하는 마음을 동시에 갖기를 바랐다. 사람들의 이야기를 충분히 즐기고 좋아하는 감성을 지니기를 희망했다.

아이들은 마을지도를 펼쳐 마을길과 물길, 산과 들을 살피며 평촌마을의 지형과 자연마을의 이름, 위치, 주변 환경 등을 파악했다. 그다음에는 그룹을 나누어 마을길을 직접 걸었다. 아이들의 눈에 비친 마을은 어른들의 그것과는 조금 달랐다. 조그만 돌멩이를 주워 작은 손으로 정성껏 먼지를 닦은 후 애지중지 들고 다녔고, 막대기를 좋아했으며, 곤충이나 담벼락에 피어난 꽃들과 반갑게 인사를 나누었다. 아이들은 돌멩이와 풀, 나뭇가지를 모아 길바닥에 수달 모양을 만들어 놓고 스스로 기뻐했다. 풀잎으로 '평촌'이라는 글자를 만들기도 하고 연상되는 동물을 표현하기도 했다. 마을에서 오래된 나주댁 할머니 집에서는 옛날 부엌의 구조를 그대로 볼 수 있었다. 아이들은 가마솥과 부지깽이, 옛 농기구들을 신기한 듯 오래 쳐다보았다.

평촌마을에는 닭뫼, 동림, 담안, 우성 네 개의 자연마을이 있다. 아이들은 직접 걸으며 살핀 마을길과 집들을 떠올리며 마을 이정표를 만들었다. 무돌길 쉼터를 처음 방문할 때 눈에 띈 삐뚤빼뚤 정겨운 이정표가 바로 그것이었다. 작은 화살표 모양 나무토막에 우리 담안댁, 장흥댁, 우리의 시골학교 충효분교, 베리가 있는 담안집, 오래된 집, 도예체험장, 누구나 놀 수 있는 평상, 잉꼬부부 재봉 할아버지, 태지집 가는 길, 평촌댁 같은 글자들이 앉았다. 아이들이 쓴 글씨가 사랑스럽다. 기다란 나무막대기 위아래로 화살표 모양 나무토막들이 방향을 가리키며 자리를 잡았다. 세상에서 하나밖에 없는 마을 이정표다. 아이들은 제 손으로 만든 이정표를 바라보며 뿌듯했고 엄마 강사들도 함께 기뻐했다. 아무리 좋아도 먹는 즐거움에 비할까. 아이들은 간식이 최고라고 했다. 예산이 따로 있는 것도 아니었지만 엄마들은 십시일반 정성을 다해 떡볶이며 짜파게티, 떡갈비까지 내놓았다.

마을에서 보내는 방과 후 시간은 아이도 어른도 모두 행복했다. 디지털 세대에게 도심에서 뚝 떨어진 농촌 마을이 자랑스럽긴 쉽지 않다. 그러나 마을이 지켜온 천혜의 자연환경이 얼마나 소중한지, 오래도록 품어온 이야기들과 이야기 속 '사람의 향기'를 알게 되면 마을에 대한 애정이 움트지 않을 수 없다.

이번에는 이야기를 찾아다니는 〈어린이 마을 탐험대〉 활동으로 마을과 사람을 배우기로 했다. 엄마들이 먼저 공부했다. 살아가면서 정작 우리 것을 찾고 살피는 일에는 소홀했다. 기록을 위해 디지털카메라 이용법과 미디어에 대해서도 배웠다. 이야기를 들려주실 어르신께 미리 요청도 드렸다.

부들댁 할머니는 마을 한가운데 있는 우물 이야기를 들려주셨다. 두레박질을 해서 우물물을 길러 먹었고, 우물가에 모여 빨래를 하며 이 집 저 집 사는 이야기도 나누었다. 두런두런 이야기를 주고받다 보면 가슴에 맺힌 화도 다 풀렸다고 했다. 엄마들은 물 대야를 머리에 이고 빨리 걷기 체험을 하는 놀이를 준비했다. 닭뫼 양반은 풍암천에서 뜰채와 그물로 고기를 잡아 어죽 끓여 먹은 이야기를 들려주셨다. 아이들은 수변공원에서 미꾸라지 잡는 체험도 했다. 신기한 옛날이야기도 듣고 놀이하듯 체험도 할 수 있으니, 아이들은 수요일 오후 마을탐험대 활동을 무척이나 기다렸다.

기동댁 할머니는 시집오던 날 풍경을 들려주셨다. 열여덟 살에 쌍가마를 타고 시집을 왔는데 결혼식 날에야 남편을 처음 봤다고 했다. 일곱 명의 자식을 낳았고 손주들까지 모두 합하면 가족이 서른 명이라는 말에 아이들은 벌린 입을 다물지 못했다. 죽산댁 할머니는 50년 동안 썼다는 호미자루와 유기그릇들을 내어놓으며 그 시절 이야기를 들려주었다. 아이들은 마을 어르신의 이야기를 수첩에 메모하며 들었다. 죽산댁 할머니가 안타깝게도 지난해에 먼 길을 떠나셨다고 하니 아이들과 함께한 기록을 마음 한편에 품고 가지 않으셨을까.

먼 마을에서 충효분교에 아이들을 보낸 젊은 엄마들도 평촌마을 어르신들의 이야기에 귀를 쫑긋 세웠다. 사람 냄새가 솔솔 풍기고 재미있다며 아이를 이 학교에 보내길 잘했다고 했다. 학부모도 방과 후 활동을 함께 할 수 있구나 이제야 깨달았다며 감동했다. 이야기를 들려주신 어르신들도 기뻐하셨다. 마을에서 사람 구경하기 쉽지 않은데 시끌벅적 아이들 떠드는 소리와 깔깔깔 웃음소리가 참 듣기 좋다며, 함박웃음을 지으셨다. 아이들과 어르신들 사이에 보이지 않는 끈이 생겼다. 어르신들이 들려주신 이야기 일부를 여기 옮긴다.

"어렸을 적 별명이 애기 장수였어. 힘이 하도 세서 어른들이 그렇게 불렀다고 하더라고. 손아귀가 좋아서 팔만 잡아도 아팠다 그래. 한번은 어머니가 밭일하러 가면서 데리고 나왔대. 일 좀 하다 보니 애가 없어진 거야. 놀래서 찾으러 다니는데 저만치서 어른들 모판 옮기는 걸 따라하고 있었다는 거야. 다들 깜짝 놀랐다더라고. 그때부터 애기장수, 애기장수 했어. 논일 시작하려면 다들 장택이 데리고 오라 했대. 지금도 힘 좋아. 애기장수는 아니고 할애비장수제."

"7월 백중이 되면 세상천지에 먹을 것이 그리도 없었지. 배가 고파서 밀을 학독에 박박 갈아 밀개떡을 해 먹었어. 밀 가는 일이 징그럽게 힘들어. 먹을 것이 없으니 까시락 수염이 긴 호밀도 갈아먹고 했지. 시원하라고 동네 샘에 김치통을 담가 놓았는데 사흘만 지나면 그 아까운 걸 버려야 했어. 냉장고가 없던 시절이니까."

아빠들도 색다른 일을 벌였다. 열 명 남짓 모여 나무집을 만들기로 했다. 초여름부터 성주네 집 팽나무에 틀을 만들고 나무집에 오를 계단을 세우기 시작했다. 틈틈이 나무집 작업을 하다가 가을걷이를 마친 후 외벽을 붙이고 난간을 만들어 완성했다. 비에도 썩지 않도록 외벽엔 방부목을 붙였고 굵은 대나무를 둘러 안전장치를 했다. 아빠들은 전기배선이며 틈새 실리콘 작업까지 하나하나 살피며 제 손으로 나무집을 마무리했다. 2015년 11월 9일 월요일은 나무 위의 나무집 '낄낄마녀와 호호요정이 사는 트리하우스'가 태어난 날이다. 마을 사람들은 충효분교 아이들이 나무처럼 꿈을 키워가며 안전하게 자라기를 바라면서 시루떡을 찌고 돼지머리를 준비해 고사를 지냈다.

조금씩 완성되어가는 나무집을 보며 평촌마을 아이들은 얼마나 설레었을까. 단단한 팽나무 가지 위에 작은 나무집이 자리를 잡자 환호성을 질렀다. 그림 같았다. 아이들은 틈날 때마다 나무집에 올라 책도 읽고 친구도 읽는다. 동화 속 주인공 흉내를 내보기도 하고, 나무와 새들의 이야기를 듣기도 한다. 가끔 원하는 이에겐 '아빠랑 하룻밤 보내기' 좋은 곳으로 내어주기도 한다. 재래식 화장실을 사용하고 풍암천 물로 몸을 씻는 불편함은 따르지만, 나무 위에서 별빛 쏟아지는 초롱한 하늘 우러르며 청량한 밤의 기억을 갖기란 쉽지 않은 일이리라.

  평촌마을 사람들은 자연과 생태를 소중하게 여기고 문화적 다양성을 존중하며 살아간다. 빠르고 편리한 일상을 살아가는 도시인의 삶에 비하면 조금 느리고, 불편하고, 답답한 마을인지도 모른다. 그들은 조금 다른 삶의 방식도 가능함을 보여주고 있다. 사회, 문화, 경제, 생태의 회복을 위해, 마을에서는 무엇을 해야 하는지 작은 불빛을 내뿜는다. 마치 반딧불이처럼. 그들은 낭만이 아니라 생존을 위해 마을의 가치를 지키려 한다. 절박하여 울림이 컸던 공은주, 그녀의 말처럼 마을의 생존을 위해 학교와 아이들을 품어낸 사람들, 품을 수밖에 없었던 사람들이 평촌마을 사람들이었다. 너른 들이 있어 평촌(坪村)이라 이름하였으나, 정말 너른 것은 땅이라기보다 그 땅과 함께 살아가는 사람들의 마음이다.

마을을 유래하게 하는
열 가지 힘

신뢰

믿고 속아본 적이 있는가 혹은 믿었다가 속아본 적이 있는가.

내 삶에서 첫 번째 배신의 기억은 이렇다. 광주라는 도시에 살게 된 지 얼마 되지 않은 일요일 오후였다. 시골집에 다녀오는 시외버스터미널에서 청년한 사람이 쭈뼛쭈뼛 다가오더니 머리를 긁적이며 말했다.

"저, 강원대학 축구부 학생인데요. 일이 있어 광주에 왔다가 지갑을 잃어버렸습니다. 죄송하지만 돈 좀 빌릴 수 있을까요? 제가 돌아가면 꼭 갚아드릴게요."

청년이 얘기한 만큼의 현금이 당장 내겐 없었다. 사정이 딱해 돕고는 싶은데 어쩌지? 순간 고모집에 보관해둔 동아리 회비가 떠올랐다. 시골에서 올라와 대학을 다니던 나는 셋째 고모님 댁에서 지냈는데 총무를 맡아 걷어둔 회비가 그만큼 되었다. 청년은 나를 따랐고 나는 갖고 있던 회비를 털어 손에 들려주었다.

다음 날, 친구들에게 이야기하니 속은 것이 분명하다 했다. 어떻게 그리도 쉽게 사람을 믿느냐는 것이다. 혼란스러웠다. 사람을 믿은 게 잘못인 세상이라면 너무 서글프지 않은가. 먼저 의심하기보다 믿기로 했다. 잠깐이지만 흔들렸던 마음이 부끄러웠다. 삼일이 지나고 일주일, 한 달이 지나도 소식이 없었다. 어려운 형편에 대학 다니는 미안함이 커서 일주일에 겨우 교통비 몇천 원으로 살던 때였다. 청년에게 빌려준 돈은 그것의 열 배가 넘었다. 다행스럽게도 며칠 뒤 쥐꼬리만 한 장학금을 받아 동아리 회비는 채워 넣을 수 있었다.

실망이 컸다. 속고 속이는 세상이라니. 돈보다 배신의 아픔이 더 컸다. 사람은 믿을 만한 존재인가. 어떤 사람은 믿고 어떤 사람은 믿지 않아야 하는가. 어디까지 믿어야 하는가. 내가 품고 살아왔던 가치관들은 다 무엇이었을까. 모진 돌팔매질이었다. 촌스러움을 벗지 못하는 시골 출신 친구에게 아무나 믿어선 안 된다는 조언은 그 후로도 계속됐다.

서른 해 가까이 교육공무원으로 살아오면서 자주 벽에 부딪혔다. '공무원이 그렇지 뭐', '답답해서 일을 같이 못하겠다'는 말에 담긴 불편함과 불합리, 부조리들, 상식적으로 동의하기 어려운 절차와 행정 서류들. 필요 이상의 증명과 증빙을 요구하는 행정업무는 자유롭게 꿈꾸는 일을 일상적으로 방해한다. 그런 업무를 처리하는 대신 좀 더 생산적이고 창의적인 일을 꿈꾼다면 얼마나 좋을까. '할 수 있다'는 법령을 '그러니까 안돼. 예외적인 경우만 가능하다는 거잖아.'로 해석하지 않고 '할 수 있다는 거네. 그럼 해보자.'로 해석하는 배짱을 만났을 때, 그래서 참 좋았다.

학교만 그런 것이 아니다. 나랏일 하는 곳은 물론이고 사회 곳곳이 그랬다. 이 고질적 병폐가 어디서 왔을까 안타까웠다. 그러던 어느 날 오마이뉴스 오연호 대표가 쓴 『우리도 행복할 수 있을까』라는 책을 만났다. 행복지수 1위의 나라로 알려진 덴마크 행복사회의 비밀을 밝혀놓은 책이다. 단숨에 읽어내렸다. 마지막 책장을 덮는 순간까지 하염없이 흘러내리던 눈물을 아직도 잊지 못한다. 부러웠다. 세월호 참사로 온 나라가 침울한 해였기에 더더욱 그랬다. 행복한 사회를 만들지 못했다는 책임이 무겁게 어깨를 짓눌렀다. 아이들에게 미안하고 가슴 아팠다.

오연호 대표는 덴마크 행복사회를 이해하는 여섯 개의 키워드 중 하나로 '신뢰'를 꼽았다. 사회안전망을 탄탄하게 구축한 덴마크는 혜택을 많이 받는 만큼 세금을 많이 낸다. 어떤 경우 월급의 50퍼센트 이상을 세금으로 가져가기도 한다. 그런데도 덴마크 고소득자들은 세금이 아깝지 않다고 말한다. 자신도 대학 다닐 때 세금 혜택을 받아 공부했으니 후배들을 위해 세금을 내는 것은 당연하다 여긴다. 정부와 시민들 사이에 오래전부터 신뢰가 형성되지 않았다면 덴마크는 지금과 같은 사회를 이루지 못했을 것이다.

2016년 덴마크 사회를 내 눈으로 확인하고 싶어 오연호 대표가 이끄는 '꿈틀비행기'에 올랐다. 모든 일정이 놀라웠지만 가장 인상적인 곳은 열린 교도소였다. 안데르센의 고향 오덴세로부터 남쪽으로 10킬로미터가량 떨어진

곳에 있는 수비수거드 교도소(Statsfængslet på Søbysøgård)에 도착했을 때, 우람한 몸집의 사내가 구김살 없는 웃음으로 우리를 맞이했다. 사내는 자신을 톰이라고 소개했다. 뒤따라 간 곳은 영락없는 도미토리였다. TV와 영화도 보고, 레고 놀이도 즐기는 넓은 거실과 공동 주방이 있었다. 톰이 자신의 방이라며 문을 활짝 열어 보였다. 그는 열린 감옥의 재소자였다. 웬만한 원룸보다 넓은 방에 침대와 책상, 냉장고와 세면대가 있었고 노트북과 복합기, 캡슐 커피머신까지 놓였다.

12년 경력의 교도관 카리나(Karina Pedersen)와 톰의 대화에서 나는 큰 감명을 받았다. 표정과 몸짓까지 친구를 대하듯 편안하고 자연스러웠다.

"교도관의 역할은 이분들이 사회에 나갔을 때 이웃과 잘 어울리며 살 수 있도록 최대한 돕고 지원하는 것이에요. 무엇을 잘하는지 무엇을 하며 살고 싶은지 일상적으로 나누는 대화가 중요해요. 그 사람을 알아야 올바르게 지원할 수 있으니까요."

관리와 감독이 아닌 '지원'을 이야기했다. 톰은 재소자들을 교도소 밖 배움터까지 차로 데려다주는 일을 했다. 수업을 마치면 정해진 시간 안에 돌아온다. 대학 강의를 듣는 이도 있고, 목공이나 요리 등을 배우기도 한다. 무엇을 배울지는 재소자가 정한다. 죄짓고 교도소에 들어온 이들에게까지 보내는 신뢰와 지원이라니. 이렇게 해야 재소자들이 퇴소했을 때 사회에 잘 적응하고, 결국 덴마크 사회에 도움이 된다는 것이다. 일행 중 한 명이 말했다.

"나, 여기서 살고 싶다!"

고등학생이었다.

덴마크는 대한민국과는 사뭇 달랐다. 무엇이 그런 차이를 만들었을까. 우리 사회의 고질적 병폐는 불신이다. 속고 또 속은 이들은 더는 속지 않기 위해 사람을 믿지 않고 의심한다. 무턱대고 믿었다가는 손해 보기 십상이니까. 믿지 못하니 자신을 증명하라는 요구가 난무한다. 비참함조차 증명해야만 긴급 지원을 받을 수 있다. 증명하지 못하거나 이를 알지 못하면 도움을 얻기 힘들다. 참 팍팍하고 비정한 세상이다.

십여 년 전, 영국 런던에서 겪은 일이 떠올랐다. 레일패스를 샀는데 사용 기간이 연필로 적혀 있는 것이 아닌가. 순간 그들의 생각이 궁금했다.

"연필로 적혀 있네요! 기간을 고쳐 쓰는 잔머리 인간들이 여기엔 없다는 얘긴가요? 아님, 고쳐 쓸 정도로 형편이 좋지 않다면 용인하기로 한 건가요?"

어리석은 질문이었다. 질문을 받은 안내자는 그것을 고쳐 쓰겠다고 생각하는 사람은 아마 없을 것이라고 답했다. '룰은 그냥 룰인 것이지 반칙을 궁리하지는 않는다'는 것이다. 룰 너머 반칙에 대응하려는 생각이 그들에겐 생소했다. 충격이었다. 충격이라기보다 부끄러움이었다. 내 나라에선 온갖 법조문을 악의적으로 이용하여 사적 이익을 취한 일들이 신문과 방송을 채우고 있었다.

불신을 전제로 선의를 증명해야 하는 사회인 까닭에 치러야 할 사회적 비용은 어마어마하다. 신뢰하지 않고 연대하지 않으며 모두에게 이로운 규범과 제도가 나타나지 않으니 사회적 갈등과 긴장을 다루는 비용이 높아진다. 마을활동가들도 행정의 무례함 앞에선 고개를 절레절레 흔든다. 모두를 위한 일이기에 댓가를 바라지 않고 시간을 쏟고 노력을 했는데, 존중은 고사하고 불신과 의심의 눈초리를 보낼 때면 기가 막혔다. 자존감에 상처를 입고 공모를 포기하기도 했다.

미국의 정치학자이자 하버드대 교수인 로버트 D. 퍼트넘(Robert David Putnam)은 사회적 자본을 '개인들 사이의 연계(connections), 그리고 이로부터 발생하는 사회적 네트워크, 호혜성(reciprocity)과 신뢰의 규범'을 가리키는 말이라고 정의했다(『나 홀로 볼링』, 2009). 마을교육공동체 활동에 꾸준히 힘을 보태고 있는 한국외국어대 김용련 교수는 사회적 자본을 구성하는 두 가지 요소로 신뢰와 연결망을 꼽았다. 신뢰와 협력은 가장 중요한 사회적 자본이며, 마을공동체 역시 신뢰의 관계망을 바탕으로 가능하다.

마을과 학교가 협력할 때 '신뢰'는 특히 중요하다. 신뢰는 내가 잘 알지 못하는 상대에 대한 존중이다. '그래, 내가 알지 못하는 어떤 이유가 있을 거야.'라고 믿는 마음이다. 사람은 누구나 불완전하다. 우리는 완전무결함이 아니라 선한 의지를 신뢰한다. 이것을 신뢰하는 사람들이 네트워크를 이루고, 다양한 작은 공동체들이 연결되어 촘촘한 신뢰망이 만들어지면 마을 활동에 탄력이 붙는다. 소통과 협력은 매우 중요한 사회적 역량이다. 이런 힘이 마을에 쌓이고 쌓여 다른 시작을 가능하게 하는 무형의 자산이 된다.

적정을 주장하는 이들이 늘고 있다. 인간과 인간, 인간과 사회, 인간과 자연의 관계를 회복하자는 로컬운동도 활발해졌다. 마을이 대안이라고 한다. 『오래된 미래』의 저자로 유명한 헬레나 노르베리 호지는 『로컬의 미래』에서 경제를 인간적인 규모로 되돌리자며 지역화를 재차 강조했다. 우리 주변에 누가 있는지 알 수 있고, 각자 지역사회에서 수행할 중요한 역할이 있음을 느낄 수 있고, 스스로의 행동에 사회적, 생태적 결과가 따른다는 것을 이해할 수 있도록 '규모를 줄이자'는 뜻이다. 이런 사회적 흐름에서 마을교육공동체 운동은 마을, 나아가 지역의 교육력을 높이는데 탁월한 힘을 발휘하고 있다. 머지않아 사회적 자본의 정도, 마을교육자본의 정도가 얼마나 살기 좋은 마을인가를 측정하는 기준이 될 것이다.

강원대학 축구부 학생이라던 청년을 믿지 않고 의심할 수도 있었다. 결과적으로 나는 속았지만 지금도 후회하지는 않는다. 믿지 않고 의심하며 내쳤다가 그가 정말 절박한 상황이었다면 어찌할 것인가. 생과 사를 가르는 중차대한 문제가 아니라면 믿고 속아도 괜찮다, 괜찮다고 하며 오늘도 사람을 만나고 믿으려 한다.

관계

사람과 사람 사이를 배움과 성장 그리고 소통의 인연으로 재구성하는 것, 즉 '관계 맺음'이 과거와 현재와 미래를 관통하는 학교의 본질이라면 학교를 굳이 네모난 건물에 가둘 필요가 있을까? 오히려 소통과 교류가 다양하고 빈번하게 일어나는 삶의 공간인 마을이 보다 더 '학교스러운' 곳인지 모른다.

1991년 격월간 《녹색평론》을 창간하여 에콜로지 사상과 운동의 확대에 열중해온 김종철 선생은 『대지(大地)의 상상력』이라는 책에서 '사회적 격차와 권력의 독과점은 날로 심화되고, 교육의 실패는 돌이킬 수 없는 수준에 이르렀으며, 민주주의는 후퇴를 거듭하고 있다'고 통탄했다. '무엇보다도, 인간다운 덕성과 자질을 뿌리로부터 부정하는 물신주의의 일방적인 위세 속에서 걷잡을 수 없이 망가지는 인간관계, 그에 따른 인간성의 황폐화'로 어둠이 짙게 드리운 지금 우리는 당장 무엇을 해야 할까.

"선생님~, 여기 오셔서 콩국수 같이 먹어요~!"

7월 더위가 한창이던 날, 평촌마을 무돌길 쉼터에서 공은주 님이 전화를 주셨다. 정(情)이 재촉하니 오전 일정을 서둘러 마치고 평촌마을로 향했다. 숲으로 가자셨다. 한여름이라 풀이 제법 자랐고 모기도 많다며 원피스 차림이던 내게 장화를 건넨다. 평촌마을 네 글자가 새겨진 캠핑 모자까지 씌워주고는 앞장섰다. 아버지 몇 분과 숲 놀이 전문가 노대승 선생님이 땀을 뻘뻘 흘리며 밧줄놀이터 작업을 하고 계셨다.

아이들은 숲에서 뛰놀며 생물과 생물적 환경 사이의 관계를 깨우친다. 나무에 기대어 호흡하고 교감하며 가장 자연스러운 마음을 먹는다. 그렇게 나무와 숲, 자연과 친숙해지고 생태적 관계망을 경험하며, 사람과 자연, 생명이 평화롭게 공존하는 세상을 몸으로 기억하기를 바랐다.

혼자 타는 그네도, 다섯이서 나란히 탈 수 있는 그네도 만들었다. 근사했다. 밧줄로 분할된 공간에서 마음껏 놀고, 충분히 쉬며, 실패와 도전을 거듭할 아이들을 떠올렸다. 아이들의 몸과 마음에 새겨질 언어들을 그려봤다. 푸른 솔가지 사이로 비치는 햇살만큼 밝고, 뜨겁고, 빛나는 상상이었다. 평촌마을 어른들도 그러했을 것이다. 비지땀 흘리면서도 환하게 웃는 이유다. 아이들이 행복해야 어른들도 행복하고, 어른들이 행복해야 아이들도 행복하다는 것을, 우리는 모두 연결되어 있다는 것을 충분히 아는 까닭이다.

평촌마을의 해질녘 풍경은 고즈넉하고 푸근했다. 이곳에선 개구리 한 마리도 존엄하다. 나무도, 바람도, 아이들도! 폐교 직전 농촌마을에서 벌인 마을교육공동체 운동의 내력을 대수롭지 않게 주고받는 마을님들은 말 그대로 '위대한 평민'이다.

어둠이 풍암천 옆 정자나무 꼭대기에 걸쳤을 때 성주네로 향했다. 길모퉁이를 돌아 성주네 집 마당에는 이미 밤이 내려앉았는데 마당 한쪽에서 불빛이 반짝였다. 말로만 듣던 나무집의 정체가 드러나는 순간이었다. 멋들어진 팽나무 가지에 기대어 계단을 오르는 한 평 남짓한 나무집. 호기심 가득 차오르는 길에선 누구든 어린이였다. 동화 나라를 연상케 하는 창문은 아기자기했고, 나무집 안쪽엔 책 몇 권과 이불, 베개가 있었다. 나무집 벽에 아이들이 써 붙인 방을 보니 아지랑이 같은 웃음이 피어올랐다.

나무집은 학부모들께서 으쌰으쌰 해서 만든 집이다.
약 4개월 정도 만든 이 세상에 하나밖에 없는 집이다.
그 정도로 귀하고 귀하다.
나무집은 독서방 즉 책을 읽는 공간이기도 하다. 그리고 우리에겐 소중한 곳이기도 하다. 그리고, 여러 가지 잼있는 책이 많다. 1326, 39층의 나무집 책도 있어요!

나무집 충효분교 관리자: 김하연, 김하람, 김성주. "연락주세용~"
연락처 062-226-6411 062-266-2688

아, 이런 아름다운 표현이 있는가. '이 세상에 하나밖에 없는 집'이라니. 부모님들의 마음과 수고를 알기에 세상 어디에도 없는 집이라는 감사와 자부심으로 충만한 아이들. 바로 그들이 나무집 관리자다. 나무집에서 하룻밤 묵고 싶을 때 연락 주라는 메시지와 연락처를 적어두었다. 아이들에게 관리자의 역할과 주인의 자리를 내어준 마을님들의 성정과 그 뜻을 받아 안은 아이들의 꿈이 송알송알 맺혀있는 고운 풍경이었다.

그해 평촌마을을 부지런히 다녔다. 6월 초 충효분교 아이들과 마을주민이 함께 모내기를 한 날엔 꼭두새벽부터 설레었다. 충효분교 아이들과 교직원, 마을주민이 함께하는 모내기는 어떤 풍경일까. 아이들은 바지를 걷어 올리고 맨발로 논흙에 들어갔다. 아버지 두 분이 못줄을 잡았고 다른 어른들은 아이들 사이사이에 자리를 잡았다. 고사리 같은 손으로 허리 굽혀 모를 심는 모습이 제법 의젓했다. 엄마들은 새참을 준비했다. 손두부와 콩물국수, 수박이 푸짐했다. 학교 선생님들은 텃밭에서 기른 감자를 쪄냈다. 커다란 나무 그늘 아래 웃음꽃이 피었고, 주고받는 말소리에 정다움이 가득했다. 아이들과 어른들, 학교와 마을의 경계가 흐릿해서 더욱 아름다웠다. 오래전 모내기의 기억이 파노라마처럼 스쳤다. 아, 정겨워라! '마을'과 '관계'가 살아 숨쉬는 평촌이었다.

추석 연휴 직전 다시 평촌마을로 향했다. 강화도 꿈틀리 인생학교에 다니던 덴마크 학생 안드레아가 우리집 둘째와 함께 추석을 보내러 왔던 참인데, 마침 평촌마을에 특별한 잔치가 있어 동행했다. 한복을 곱게 차려입고선 마을 어른들이 꽃길처럼 화사했다. 충효분교 아이들도 마을로 들어섰다.

정성껏 빚은 송편을 솔잎을 깔고 맛있게 쪄서는 어르신들께 드리러 온 것이다. 알록달록 꼬까옷을 입고 말이다.

"우리 이쁜 학생들이 오니 마을이 환하고 좋네. 부모님, 선생님 말씀 잘 듣고 공부 열심히 해요."

서툰 솜씨로 빚은 송편 바구니를 마을 할머니, 할아버지께 드리며 절을 올리자 덕담을 건네신다. 설날도 아닌데 빳빳한 천 원짜리 지폐 한 장을 모든 아이 손에 쥐어 주신다. 마음이다. 젊은 엄마 아빠들, 학교 선생님들도 절을 드린다. 안드레아도 공은주 님이 내어주신 한복으로 갈아입고 절을 올렸다. 세뱃돈 같은 지폐 한 장을 받으며 기뻐했다. 회관 앞 공터로 나가 두 학생의 설장구 공연을 관람했다. 상모까지 돌리며 연주하는 솜씨가 예사롭지 않았다. 학생 수가 많지 않은 작은 학교지만 이렇게 다양한 일들을 직접 몸을 움직여 경험할 수 있는 곳이 얼마나 될까. 사람과 사람 사이를 중히 여기며 따듯한 관계 안에서 삶을 소박하고 재미있게 만들어가는 법을 배우고 익히는 아이들의 지금 시간이 행복해 보였다.

정체성

그 장소에 서서 겪는 실감은 바람이 살을 핥는 촉감과 골목의 빵집에서 풍겨오
는 냄새와 사람들의 왁자지껄한 소음과 그 모든 감각들에 골고루 스미는 햇빛
의 입자가 결합된 것이다.

- 김소연, 『한 글자 사전』

'곳'이란 그런 것이다. 어떤 풍광과 소리, 감촉과 냄새, 맛까지도 오직 그곳
이기에 품을 수 있는 무엇이 있고, 오랜 시간 그 '곳'을 살아낸 이들과 상호
작용하며 만들어지는 무엇이 있다.

스무 해 넘게 도회지에 살면서도 실한 초록 논이 그립다. 상추, 부추, 들깨
가 가지런하고 가지, 고추가 대롱대롱 매달린 텃밭이 화들짝 반갑다. 길바
닥에 엎드려 피어나는 풀꽃이 사랑스럽고 담벼락 아래 나란한 봉숭아, 채송
화가 정겹다. '나'라는 사람의 정체성은 어린 시절 나를 품어 키워준 장성군
삼계면 작은 농촌 마을과 떼어놓을 수 없다.

마을 모퉁이를 돌아 뒷산 기슭 아래 모여드는 약숫물을 공동으로 나눠
먹으며 살던 곳. 정월 대보름이면 꽹과리, 징, 북, 장고, 소고 든 이들이 울긋

불긋 고깔을 쓰고 집집마다 한 해 복을 빌어주며 지신밟기를 하던 곳. 동네 아이들 시끌벅적 골목길에 모여들어 고무줄놀이며, 구슬치기, 오자미, 세 발 뛰기 같은 놀이를 하다 해가 뉘엿뉘엿해질 무렵에서야 흩어지던 곳. 그 '곳' 에서 나의 시간들, 나의 사람들과 어우러져 이야기를 만들고, 삭히며 나는 자랐다. 그 곳의 풀 한 포기 돌멩이 하나와 만나고 사귀고 헤어지며 살았다.

2011년, EBS 다큐프라임 〈아이의 사생활〉 프로듀서 정지은·김민태는 수 많은 실험과 이론을 통해 아이의 운명을 가르는 결정적 조건이 바로 자존감 이라는 결론에 도달했다. 자신의 소중한 가치를 알고 자신의 능력을 믿으며 노력하는 아이야말로 인생의 행복을 찾을 사람이다. 자신이 살아가는 삶터, 즉 마을을 어떻게 인식하느냐도 자존감이나 정체성 형성에 중요한 영향을 끼친다.

"아이들은 자신이 살아가는 장소에 대하여 이야기하는 것을 좋아합니다. 자신 이 존중받는 느낌을 가지게 되기 때문이지요. …… 교사가 자신들이 살고 있는 장소를 관심을 가지고 탐구한다면 어떤 변화가 생길까요? 아이들의 자부심이 높아질 것이고 그것은 아이들에 대한 사랑의 표현이 될 것입니다."(2015. 문재현)

마을을 삶의 터전으로 인식하고 마을의 고유한 정체성을 찾도록 북돋는 일은 공동체에 대한 애착이 싹트는 과정에서 중요하다. 아이들뿐만 아니라 주민 모두에게 그렇다. 마을의 정체성은 시간, 공간, 인간, 그리고 그 요소들 이 얽힌 이야기에 스민다. 이야기를 찾고, 그것을 통해 사람을 연결하는 일은 마을의 의미를 되새기고 부여하는 소중한 작업이다. 내가 사는 마을을 장성군 삼계면 사창리 514번지로 기억하는 것보다, 약숫물이 퐁퐁 샘솟고 인심이 후덕한 약동 부락으로 기억하는 편이 훨씬 더 의미 있고 따뜻하지 않은가.

마을은 제 나름의 빛깔을 갖는다. 삶의 여건이 비슷한 마을이더라도 마을 사람들이 갖는 관심과 강점, 서로 소통하는 방식에 따라 마을의 서사도 달라지게 마련이다.

그런데 마을 이야기는 계속 번성하기만 할까? 마을의 서사도 생로병사(生老病死)의 과정을 겪는다. 어떤 마을에선 흥망성쇠가 동시에 펼쳐지기도 한다. 사위어가는 마을에서 마을의 정체성은 무엇이어야 할까. 무엇일 수 있을까. 대체 정체성이란 어디에 쓸까.

지역교육네트워크 화월주는 화정동, 염주동을 거쳐 2014년 초 월산동 달 뫼마을에 둥지를 틀었다. 월산동은 1960년대부터 30여 년간 번성기를 누렸던 곳이다. 한강 이남 최대 규모의 도매시장으로 자리 잡았던 양동시장의 왕성한 활동기와 맞물린다. 1990년대 들어 급격하게 침체기를 맞이한 것도 양동시장의 쇠락과 함께다. 이즈음부터 도심공동화가 시작되었고 마을에 빈집이 늘었다. 재개발구역으로 설정된 것도 마을의 활기를 잃게 했다. 개발하면 땅값과 집값이 오를 것이라는 기대가 빈집과 폐가를 만들어냈다.

2000년대 중반 이후 이웃들은 하나둘 떠나기 시작했고 새로운 사람들은 들어오지 않는다. 언제 재개발이 시작될지 모르니 집주인은 집수리를 포기했고 방이나 집을 구하는 사람들도 불안해서 세 들어 살 엄두가 나질 않는다. 어떤 곳은 재개발이 끝나 타운하우스가 들어섰고, 어떤 곳은 철거가 끝났다. 그 사이사이에 비좁고 비탈진 골목길과 옛집이 있다. 화월주(화정동, 월산동, 주월동의 첫 자를 따서 만든 교육복지네트워크)는 처음부터 교육복지공동체로서의 정체성을 표방하고 활동해왔다. 월산동 청소년들과 하는 일이 지역아동센터나 교육복지사의 지원만으로는 무척 힘든 상황이었다.

청소년 시설, 문화예술교육, 상담, 행정 등 각 분야 전문가들이 교육복지의 뜻을 모아 결성한 네트워크는 화정동, 월산동, 주월동의 지역아동센터, 각 학교 교육복지사, 각 행정동 복지담당자들의 실무자 네트워크로 차츰 변화했다. 월산동에 둥지를 틀면서 청소년들의 삶에 좀 더 가까이, 깊숙이 스며들기로 작정했다. 무모했다. 마을의 기운이 왕성하던 시절 판·검사가 많이 살아 '법조인의 길'이라 불리기도 했던 경열로 100번길엔 온기라곤 없었다. 사람들이 떠나가는 마을에 들어와서 무엇을 해보겠다는 것일까.

월산동에서 화월주 네트워크는 크게 두 가지 마을교육공동체 활동을 벌이고 있다. '달뫼마을 달팽이학교'와 '친구네집' 운영이다. 달뫼마을 달팽이학교에서는 중학교 자유학기제와 연계한 진로교육 활동, '꿈 찾는 달팽이' 프로그램을 진행했다. 학생들이 마을의 골목골목을 돌아다니며 여러 분야에서 일하는 마을주민을 만나 현장 이야기를 듣고 실제로 체험도 하는 프로그램이다. 월산동에는 수십 년 된 약국, 양복점, 사진관, 한약방 등 오래된 가게가 남아 있다. 청소년들이 마을 어른들이 힘을 합해 운영하는 다양한 생업 현장을 배움터로 삼아 진로체험을 한다면, 따뜻한 관계도 만들어지고 삭막한 마을 분위기도 좀더 활기를 띠지 않을까?

매주 월요일 오후 무진중학교 학생들은 서너 명씩 7개 조로 모둠을 지어 마을 안 직업체험 현장인 배움터로 이동한다. 학부모와 주민이 길잡이 교사다. 배움터에서 학생들을 기다리는 플로리스트, 인디가수, 사회복지사, 카센터 운영자, 공무원, 목수, 치과의사, 약사, 미디어 활동가, 은행원 등은 자신의 직업에 관한 이야기를 들려주며 체험활동도 이끈다. '마을 선생님'이 멘토가 되어 학생들의 다양한 직업·진로 체험을 돕고 있다. 멘토로 참여한 마을주민들도 '꿈 찾는 달팽이'를 진행하면서 마을에 생동감이 돌자 무척 반기고 있다. 청소년들과 이야기 나누는 기쁨도 색다르고, 같은 마을주민으로 서로 알아가는 재미도 크다. 호기심 많고 순수한 아이들의 모습을 생생하게 마주하는 즐거움도 남다르지만 아이들을 통해 자신을 새롭게 바라보며 직업과 공동체의 가치를 깨닫는 것은 뜻밖의 배움이었다.

지난해에는 월산초등학교 사진동아리 학생들과 마을주민이 함께 '포토스토리' 프로젝트를 했다. 재개발로 인한 달뫼마을의 변화를 사진으로 기록하는 작업이다. 아이들은 아이들의 관점으로, 마을주민은 어른의 시각으로 마을을 촬영했다. 정성 들여 찍은 사진을 전시해 마을주민들과 함께 나누었다. 불과 몇 달 전까지만 해도 멀쩡했던 담벼락에 빨강 딱지처럼 앉은 '철거'라는 두 글자가 모두의 마음을 아리게 했다. 하지만 아이들도 어른들도 알게 되었다. 마을은 공간과 시간을 공유하는 공동체임을, 담벼락이 철거된다 해도 함께 공유했던 공간에 대한 기억은 철거되지 않는다는 것을. 마을이 재개발되는 과정을 관찰하고 기록하는 동안 자신을 마을의 일부로 인식하게 된 것이다.

친구네집은 2016년에 문을 열었다. 월산동 지역 청소년과 주민들이 공동으로 사용하는 곳이다. 이 멋진 공간은 '놀 곳이 부족한 청소년들이 자유롭게 드나들고 지역주민들이 친숙하게 이용할 수 있는 공간을 만들 수 없을까?'하는 고민에서 출발했다. 지역교육네트워크 화월주를 비롯한 월산동 마을계획단, 주민자치위원회, 동주민센터가 힘을 모았다. 학교 가까이에 있는 금호평생교육관이 프로그램실 한 칸을 제공했고, 시 공모사업에 참여해 예산을 지원받았다. 청소년이 주도하고 마을 어른들이 돕는 방식으로 공간을 조성했다. 청소년들은 세 차례 디자인스쿨을 열어 계획을 짰고, 벽타일 붙이기, 청소하기 등 공사 과정에도 틈틈이 참여했다.

친구네집은 중학생들이 주로 운영하고 이용한다. 달뫼마을 아이들에게는 특별한 프로그램보다 그냥 마음 편히 가서 지낼 그들만의 아지트, 쉼터 같은 곳이 필요했다. 방과 후면 학교 옆 '친구네집'에 들러 자신들이 제안한 '별 것 아닌' 활동에 참여하거나 편히 시간을 보낸다. 소소한 음식을 만들어 나누어 먹고, 또래 친구들과 일상을 이야기한다. 숨을 쉬듯 그렇게 공간 친구네집은 기댈 언덕이 되었다. 친구네집에서의 활동은 고등학교 선택에 영향을 주기도 했다. 뜻있는 대학생 동아리와 연결되어 선배와의 만남이 성사되기도 했다. 달뫼마을 아이들에게 대학생 선배와의 만남은 특히 의미가 있었다. 화월주 김유정 사무국장이 말했다.

"다른 마을에서는 '대학을 가지 않아도 돼'라고 말하는 것이 응원이고 지원일 수 있을 거예요. 이곳에서는 '자퇴하지 않는 삶도 있다'는 걸 그래서 대학에 진학하는 형들도 있다는 걸 직접 보여주고 싶었어요. 그게 필요하다고 여겼거든요."

아! 정신이 번쩍 들었다. 입시경쟁에 내몰리는 아이들의 삶을 안타까워할 줄만 알았지 경쟁에 내몰릴 형편조차 안되는 청소년의 삶은 들여다보지 못했다. 다이어트 성공해서 살이 빠졌다고 자랑하던 중3 친구가 있었는데 알고 보니 못 먹어서, 굶어서 빠진 거였더란다. 이런 경우, 학교는 무엇이 되어야 할까. 아이들이 안전하게 살아있음을 확인하고 점심 한 끼라도 든든하게 먹을 수 있는 곳, 최소한의 안전장치가 되는 곳이 학교여야 한다. 어떤 친구는 고등학교를 자퇴하고 방에만 갇혀 지내기도 했다. 서른 살이나 많은 사무국장이 불러내지 않으면 누구도 만나지 못한 채 며칠을 보낸다는 게 이들의 현실이었다.

초등학생 때부터 만나왔던 달뫼마을 아이들이 어느새 중학생이 되고 고등학생이 되었다. 어떤 친구는 고등학교를 졸업한 청년이 되었다. 골목학교나 복지안전망의 물리적, 정서적 지원을 받으며 청소년 시기를 보내고 청년이 되었다. 이제 화월주 네트워크는 한 생애의 아동기부터 청소년기, 청년기까지를 아우르는 성장 네트워크를 구축하려 한다. 화월주 네트워크의 새로운 주체로 화월주 청년들이 떠오른 까닭이다.

화월주 청년 네트워크는 체계화된 조직이 아니다. 친구네집이나 화월주 사무국을 중심에 두고 개별적 관계망을 갖춘 점(點)들의 집합이다. 갓 스무 살을 넘긴 이들은 원하든 원하지 않든 자립해야 하지만 쉽지 않은 여건이라 비슷한 어려움을 안고 산다. 주거와 생계, 직업이나 병역, 학업 문제가 당면해 있고, 주변에 같은 문제를 고민하는 다른 청년들이 있다. 교육복지공동체에서 성장한 경험을 바탕으로, 풀어야 할 비슷한 삶의 문제가 있다는 공감대를 형성하는 중이다.

화월주 네트워크는 한정된 지역에서 오랫동안 활동한 까닭에 한 아이의 연속된 시간의 합을 캡슐처럼 담고 있다. 십 년 가까이 지켜보면서 아이들이 어떻게 배우고 성장하는지, 어떻게 변화해 가는지를 살폈다. 프로그램이나 사업으로 만나기보다 아이들 사는 마을에, 아이들 바로 곁에, 공기처럼 바람처럼, 있는 듯 없는 듯, 언제나 그 자리에 있어 주는 공동체의 '일상성'이 중요하다고 믿는 까닭이다. 화월주 사무국이나 '친구네집'이 그렇다. 위기의 순간엔 적극적으로 조언하고 지원하지만 평온할 땐 그냥 아는 선생님, 심심할 때 그냥 갈 수 있는 공간이다. 너무 멀지도 너무 가깝지도 않은 거리에서 아이들에게 만만한 사람, 친숙한 공간으로 남아 아이들과의 관계를 유지하는 것이 중요하다.

친구네집은 청소년 한 사람 한 사람의 정체성을 지원하기 위해 성장주기에 따라 새로운 역할을 부여한다. 예를 들면 여중생 그룹에겐 아이들끼리만 하는 캠프나 여행 같은 활동, 외부방문객에게 친구네집을 소개하는 활동, 초등학생들이 하는 프로그램의 수업 보조강사 활동, 마을활동 참여 등을 제안하고 상황에 따라 다양한 역할을 수행하도록 지원한다. 고등학생이 되어서는 '친구네집'을 이용하는 중학생 동생의 멘토 역할도 한다. 대개 '친구네집'에 자주 오는 친구들은 마을활동이나 416·518 추념 쿠키를 제작하는 힘든 작업을 하면서 공동체와 자신의 관계를 깨우친다. 한편, 아이들은 '친구네집'을 전담하는 선생님께 진로나 친구관계, 가족문제에 대한 고민을 털어놓으며 위안을 받기도 한다.

'친구네집'을 거쳐 갔다고 해서 청소년기를 방황 없이 보내는 것은 아니다. 다섯 명의 중학생이 있었다. 청소년 공간을 제안하고 디자인스쿨에도 열심히 참여해 시장, 교육감 표창도 받은 친구들이다. 김유정 사무국장은 그 경험이 아이들 삶에 좋은 동기부여가 될 것이라고 믿었다. 그런데 1년 후 세 친구가 고등학교를 자퇴하거나 적응이 어려워 학교를 옮겼다. 이유야 제각각이었지만 결국 아이들은 제도 교육에서 밀려났다. 우연히 마을길을 지나다 학교에 있어야 할 낮에 유령처럼 떠돌아다니는 아이들을 보았다. 답답했다. 자립의 길은 얼마나 멀고 험할까. 학교를 그만둔 아이들은 아르바이트를 해서 용돈을 벌고 검정고시를 본다고 했다.

"마을교육공동체 활동의 의미를 깨닫게 한 순간이 언제냐면요, 학교를 그만두었거나 옮겨갔던 세 명의 친구들이 제과나 조리 쪽으로 진로를 잡았을 때예요. 그 친구들은 중학교 때 2년 정도 '친구네집'에서 진행하는 제과나 요리 프로그램에 참여한 경험이 있었거든요. 16년 자신의 삶에서 가장 성취감을 주었던 일이 그것이었던 거래요. 그걸 좇아 진로를 정했구나 싶은 생각이 드니 울컥했죠. 아이들에게 그때 그 경험이 얼마나 소중한 것이었는지 새삼 느낄 수 있었죠."

김유정 사무국장의 표정은 담담했다. 현재 달뫼마을의 가장 큰 관심거리는 재개발이다. 마을에 새로 들어오는 유일한 사무실이 부동산 사무실이다. 조합이며 대행사, 부동산 사무실이 열다섯 군데쯤 들어와 있다. 민간건설사가 하는 재개발까지 합하면 수십 군데는 될 것이라고 했다. 청소년이나 교육은 이미 마을 사람들의 고려 대상이 아니다. 싹 밀고 새로 지으면 된다는 자본의 논리가 마을 골목과 담벼락 곳곳에 스며들었다. 화월주 네트워크, 사무국장의 마지막 바람은 이것이다.

"그저 있는 듯 없는 듯 따뜻한 비빌 언덕이 될 수 있다면, 그래서 그들이 무리에서 꼴찌를 하더라도 견뎌내고 살아갈 힘을 낼 수 있다면 좋겠어요. 여행을 가든 연애를 하든 남들 하는 거 하면서 살아보는 거, 그래야 살아있다고 말할 수 있는 거잖아요."

정체성이란 세상을 버티게 하는 힘, 살아가야 할 이유 그 자체일 수도 있다. 한 사람 한 사람의 어제를 지나 지금 이 순간까지 시간을 묵묵히 품어 안으며 자기 존재의 존엄함을 일깨우고, 연대해 살아갈 힘을 내도록 어깨를 토닥이는 교육복지공동체. 그것이 화월주 네트워크가 작정하고 만들어가는 정체성이다.

공유 공간

행복과 관련된 법칙들은 규칙성, 헌신, 자율성이며, 아름다움 중 최상급은 관계
의 아름다움이다. 공간의 아름다움은 결국 관계의 아름다움이다.

— 김현진, 『진심의 공간』

마을 사람 누구라도 부담 없이 찾아가 머물 수 있는 곳, 드나드는 이들과
오다가다 얼굴 스치고 낯을 익혀 말을 건넬 수 있는 곳, 그곳에 가면 만날 것
같은 사람이 있는 곳, 그렇게 만난 사람들과 차 한 잔 앞에 두고 긴 이야기를
나누는 곳, 이야기에 빠져 밥 짓는 때를 놓치고는 내친김에 콩나물국밥이나
같이 먹자 샛길을 궁리해도 좋은 곳, 삼삼오오 재미난 일들을 작당하고 벌이
는 곳. 마을플랫폼이라 부를만한 그런 공간이 있는 마을은 활기차다.

수완마을에선 '동네책방 숨'이 플랫폼 역할을 했다. 문산마을엔 햇살마루
도서관과 자운영아트가 있다. 평촌마을엔 무돌길 쉼터가 그렇고, 서구교육
희망네트워크 '와'에는 통(극락초등학교 공유공간)이 있다. 어룡동 행복마을에는
행랑채가 있고, 금호마을엔 마을도서관 다락, 비아마을엔 까망이도서관과
한옥카페 도란도란이 있다. 화월주에는 청소년 공간 '친구네집'이 있고 송화

마을교육네트워크엔 책문화공간 봄:이 있다. 마을을 살아 숨 쉬게 하는 허브, 소통과 연결을 위해 공간은 필수적이다. 지금 당신은 곁에 그런 곳을 두었는가.

신가마을에는 '신가예술창고'가 있다.

지난해 신가초등학교 1학년에 전학 온 아이는 베트남 출신 엄마와 단둘이 살고 있었다. 며칠 후 교문 앞에서 울먹거리며 통화하는 그 아이와 마주쳤다. 도울 일은 없는지 이야기를 나누다, 문득 기분이 괜찮아진 아이가 이내 생글거리며 교실로 향했다. 엄마는 새벽 6시에 일을 나가신다. 아이는 엄마가 맞춰놓은 알람 소리를 듣고 홀로 깨어 학교에 온다. 그 나이 때 매일 듣는 '우리 딸 잘 잤어?', '아침 먹고 학교 가야지?', '학교 가서 친구들이랑 사이좋게 잘 지내고 와' 같은 말들을 그 아이는 알지 못한다. 종일 해바라기처럼 엄마를 그리워하다가 시도 때도 없이 전화를 거는 아이였다. 아침 등굣길이나 하굣길에 마주쳐 토닥이던 날이 잦았다.

신가마을에는 전세금을 마련할 형편이 되지 않아 월세방을 구해 이사 오는 이들이 많았다. 다행스러운 점은 이미 여러 해 전부터 돌봄이 필요한 아이가 있을 때 지원할 방법을 고민하는 논의 구조가 마을에 만들어진 것이다. 학교와 지역아동센터, 동주민센터와 심리상담센터, 동자원봉사캠프 관계자들이 함께 아이의 상황을 공유하며 지원 방안을 찾았다. 신가마을교육공동체는 아이들 돌봄에 관한 넉넉한 공감대가 형성되어 있다.

여름방학을 앞두고 나는 그 아이의 손을 잡고 신가예술창고로 향했다. 교문을 나서서 길 건너 모퉁이를 왼쪽으로 돌면 바로 신가예술창고가 보였다.

그곳을 말로 설명하기보다 아이가 직접 느끼는 편이 낫다 여겼다. 신가예술
창고를 지키고 계시는 어르신께 아이의 형편을 살짝 귀띔해 드리고는 아이
가 공간과 어떻게 사귀는지, 마을 어르신과 어떻게 만나는지 잠시 지켜보았
다. 마을님이 아이를 대하는 태도는 더할 나위 없이 훌륭했다. 어른이라고
섣불리 가르치려 들지 않았고 아이의 모습 그대로를 존중했다. 한쪽에 설치
된 놀이기구 트램펄린도 소개했고, 몇 개의 나무 계단을 올라 책을 읽을 수
있는 다락 공간도 알려줬다.

아이들 돌봄 봉사를 하는 대학생도 있었다. 오후 1시부터는 열려 있으니
언제든 와서 하고 싶은 일을 하면 된다고 했다. 트램펄린과 놀고 싶으면 트
램펄린을 타고, 그림책이 궁금하면 그림책을 보라고 했다. 여기 늘 오는 아
이들이 있는데 함께 놀고 싶으면 마음을 맞춰 놀고, 공부가 하고 싶다면 그
것도 돕겠다 했다. 아이는 두 눈으로 맑게 웃었다. 방학 내내 혼자 쓸쓸하진
않겠구나 한결 마음이 놓였다.

신가예술창고는 그런 곳이다. 아이들이 재잘재잘 떠들며 마음껏 이야기한
다. 하고 싶은 일을 시도할 수 있으며 어른들 눈치를 살피지 않아도 된다.
이곳에서는 어른이나 아이 할 것 없이 모두가 함께 서로를 존중하며 자유롭
게 소통하고 드나든다. 또한 마을님들이 선한 활동을 작당하고 혼자 끼니
를 챙겨야 하는 마을 어르신을 위해 마을밥상을 차리는 등 마을을 이롭게
하는 일이라면 일단 해보자 하는 의욕이 넘쳐나는 행복한 창고다. 이뿐만이
아니다. 소소한 음악회는 물론 삶을 논하고 강연회도 여는 배움터로 변신하
기도 한다. 이처럼 신가예술창고는 무엇으로든 변주가 가능한 플랫폼이다.

신가예술창고는 청소년 플랫폼 '마당집'에서 비롯되었다. 마을교육공동체를 고민하던 청소년 활동가들이 빈집에 세를 얻어 '아이들이 쉬면서 마을살이를 배우는 곳, 배우고 노닐며 함께 크는 청소년 플랫폼 '마당집'을 운영했다. 당시 마당집 하정호 대표는 아이들이 스스로 생각하는 힘을 갖기 위해서는 먼저 쉼이 필요하다 여겼다. 친구들과 달고나를 굽다 티격태격 다투어도 괜찮고, 골목길에 놀이판을 그려 사방치기를 해도 좋고, 방바닥에서 뒹굴며 책을 읽어도 근사하다고 생각했다. 하릴없이 빈둥거려도 채근하지 않고 기다려주는 것, 안심하고 있는 그대로의 자신이 되도록 돕는 것, 그것이야말로 아이들을 위해 어른들이 해야 할 가장 긴급한 돌봄이었다.

몇 달 동안 마당집을 운영하던 중 스스로를 '마당쇠'라 부르던 마당집 활동가들은 마을에 비어있는 비아농협 창고가 있다는 사실을 알게 되었다. 마을의 오랜 바람인 공유 공간으로 딱 어울리는 곳이었다. 마침 신가마을 사람들은 마을교육공동체 '행복어울림' 활동을 하며 동주민센터, 주민자치회, 지역아동센터, 인근 학교, 자원봉사캠프 등 민관학 관계자가 함께하는 마을교육협의체를 만들어 다양한 일을 의논해왔다. 민관학의 마음이 포개져 하나로 모아진 목소리는 힘이 있기 마련이다. 당시 비아농협조합장(박흥식)은 온 마을을 '위하는' 일이자 온 마을이 '바라는' 일이니 지역사회에 공헌하는 좋은 기회라며 흔쾌히 공간을 내어주었다. 더 좋은 자치공동체 신가동 주민회의, 마을교육협의체 같은 다양한 통로를 통해 그 공간에 어떤 형식과 내용을 담을지 의견을 수렴했다. 대규모 재개발을 앞두고 신가마을 분위기는 어수선했지만 '민간 시설 공간 나눔 협약'을 맺고 새롭게 만들어갈 공유 공간 이야기를 나누며 사람들은 다시 힘을 냈다.

마당집은 광주문화예술교육지원센터의 지원을 받아 2016 창의예술학교 '바람이 머무는 마을학교, 뚝딱뚝딱 예술창고 만들기'를 운영했다. 아이와 어른을 연결하는 일에 늘 관심을 두고 활동해 온 예술작가 이호동 님이 마을 청소년, 마당집과 함께 폐창고를 예술창고로 변신시킬 준비를 마쳤다. 51평쯤 되는 꽤 큰 공간이었다. 넓은 창고 한쪽엔 다락방과 미끄럼틀을 만들어 청소년들을 위한 아지트로 사용하고, 다른 한쪽엔 트램펄린을 설치해 놀공간을 확보했다. 나머지 공간은 함께 사용하는 복합문화공간으로 만들었다. 이호동 작가와 마을 청소년이 함께 작업한 타일 예술 작품이 벽면에 얹혀 공간이 한층 빛났다. 다락에서 미끄럼틀을 타고 내려오는 벽에는 나태주 시인의 〈풀꽃〉 시구를 써넣었다.

'자세히 보아야 예쁘다. 오래 보아야 사랑스럽다. 너도 그렇다.'

다락에 올라 미끄럼틀을 타고 내려오는 동안 벽에 쓰인 문구는 따뜻한 입말이 되어 아이들 마음을 토닥일 것이다.

예술창고 작업을 마무리하는 일도 쉽지 않았다. 지원받은 예산이 충분치 않아서 많은 부분을 마을 사람들 손으로 직접 만들고 꾸며야 했다. 공간 나눔 협약을 맺었으니 새롭게 만든 공간의 문을 여는 개소식은 남다른 의미가 있었다. 개소식 날짜는 다가오는데 아직 갖추지 못한 꼴이 눈에 밟혀 밤늦게까지 일하는 날이 잦았다.

네모난 테이블은 특별한 합작품이다. 화물 운반용 팔레트를 해체하여 사포로 문지르고 여러 번 페인트칠을 해서 만든 작품이다. 밤이 깊도록 마당집 대표가 작업을 했고, 아침부터 지역아동센터장 내외가 뚝딱 책상을 완성했다. 점심 무렵에는 동주민센터 자치팀장이 조용히 나타나 대패질을 했다. 벽돌 한 장 쌓아본 적 없는 이도 벽돌을 쌓겠다 열심이었다. 하정호 대표는 예술창고를 만들면서 용접도 해보았다. 그 모습을 본 마을 통장님이 용접기를 구해왔다. 땀 뻘뻘 흘리며 무언가 하고 있을 때 마을 사람들은 어디선가 나타나 손을 보태고 힘을 더했다. 경제적으로 풍요롭진 않지만 순정한 민심이 살아있는 곳, 그곳이 신가마을이다.

십시일반 많은 이들의 손길을 거쳐 근사하게 탄생한 신가예술창고는 신가동 자원봉사캠프가 상주하는 열린 공간으로 운영 중이다. 한쪽에선 수업을 마친 저학년 아이들이 트램펄린을 즐기며 깔깔깔 웃는 소리가 울려 퍼지고, 맞은편 다락에서는 이제 막 중학교에 입학한 아이가 편안하게 드러누워 책장을 넘긴다. 테이블에선 예술창고에 상주하는 신가마을 자원봉사캠프 회원과 마을교육공동체 행복어울림 회원 몇몇이 차를 마시며 다음 달 마을밥상 계획을 의논한다. 신가초등학교 행정실 선생님 한 분은 색소폰 연주를 곧잘 하는데, 마을밥상에서 노래를 몇 곡 연주하기도 했다. 아이들은 학교 텃밭에서 직접 기른 상추며 오이 등을 때맞춰 수확하고, 교사들은 수박화채를 만들어 마을밥상에 내놓았다.

어떤 날엔 한글 문해교실을 시작하고, 또 어떤 날엔 강연회나 토론회가 열린다. 마을을 좀 더 따뜻하고 이롭게 만드는 일은 모두 신가예술창고에 모여 의논한다. 아이든 어른이든 어려운 일이 생겼을 때 신가예술창고에 가면 들어주는 이가 있고, 함께 길을 찾아봐 주는 이가 있다. 안전한 플랫폼이다.

신가마을교육공동체를 주도하던 이는 지금은 광산구청 교육협력관으로 일한다. 그가 없어도 마을 활동은 끊이지 않고 계속되고 있다. 신가 마을님들은 이 모든 일이 '신가예술창고'가 있어 가능한 것이라 했다. 플랫폼 역할을 하는 신가예술창고가 없었다면 어디에 모여 작당을 하겠는가. 재개발이 시작되면 머지않아 신가예술창고 건물은 흔적도 없이 사라지고 거대한 아파트들이 그 자리에 들어설 것이다. 마을의 지형이 바뀌더라도 신가마을 주민들은 신가예술창고 같은 공유공간이 반드시 필요하다며 자구책 마련에 나섰다.

재개발로 아파트 숲이 되더라도 신가마을에선 재미난 일들이 펼쳐질까? 스티브 잡스는 '최고의 만남은 복도나 주차장에서 우연히 일어난다'고 믿었다. 마을에도 사람들이 서로 마주칠 수 있는 공간이 필요하다. 자주 부대끼며 이야기를 나누다 보면 서로를 이해하고, 공감하는 마음도 생긴다. 너와 나 서로가 공감할 때 사회적 유대감도 싹트고 우리 안에 공동체 의식도 자란다. 신가예술창고에서 피어난 사람꽃 열매가 시간이 흐른 뒤에도 새롭고 아름다운 관계의 싹을 틔울 수 있기를, 싹 틔울 모두의 공간을 잘 찾아내기를 바라는 마음 간절하다.

성장

우리의 깨달음은 결국 각자의 삶과 각자의 일 속에서 길어 올려야 할 것입니다.
그나마도 단 한 번의 깨달음으로 얻을 수 있다는 안이함도 버려야 할 것입니다.
모든 깨달음은 오늘의 깨달음 위에 다시 내일의 깨달음을 쌓아 감으로써 깨달
음 그 자체를 부단히 높여 나가는 과정의 총체일 뿐이라 믿습니다.

— 신영복, 『처음처럼』

풍두레가 바라는 풍암마을의 미래는 '스스로 찾고 함께 배우며 성장하
는 온마을학교'이다. 마을 어디나 배움터이고 주민 누구나 학생이면서 선생
인 곳 말이다. 온마을학교는 지식을 가르치는 곳이 아닌 삶을 터득하는 곳
이다. 앎과 삶을 연결하고 더 나은 세상을 만들려는 사람들이 모인 곳, 모든
세대를 아우르는 배움터이자 놀이터이다.

풍암마을교육공동체는 세월호 참사 직후에 생긴 마을 촛불모임에서 비
롯되었다. 눈비가 내리고 태풍이 몰아치는 날에도 통행이 가장 빈번한 풍암
사거리에서 꼬박 3년 동안 출근길 피케팅을 했다. 백아흔여섯 번의 문화제
를 매주 열었다. 이름도 얼굴도 알지 못했던 마을주민들이 진실을 밝히자고,

안전한 사회를 만들자고 하나둘 모여들었다. 문화제를 마치고 나서는 동네 호프집에 둘러앉아 칼칼한 목을 축이곤 했다. 아픈 현실을 토로했고 꿈꾸는 세상을 이야기했다. 풍암마을은 어린이와 청소년이 많은 마을이다. 매일 아침 피켓을 든 지 예닐곱 달이 지나면서부터 이 에너지를 어떻게 전환해야 할까, 어린이·청소년이 안전한 마을을 위해 어떤 역할을 하면 좋을까 의논하곤 했다.

2014년 겨울, 인권마을 만들기를 준비한 후 이듬해 공모사업부터 시작했다. 개개인이 고유한 인격체로 존중받고 저마다의 숨결로 평화로운 세상을 꿈꾸었다. 풍암마을 사람들은 공부가 필요하다고 여겼다. 인권연구동아리를 만들고 격주에 한 번, 아침 8시부터 10시까지 꼬박 3년을 공부했다. 강사들을 초청해 마을 어른들을 대상으로 하는 인권 강연도 열었다.

"그런데 하면 할수록 고민이 깊어졌어요. 인권 마을로 변화시키는 데 이 방법이 좋은가 의문이 생겼던 거죠. 듣고 나면 조금이라도 달라지길 기대했는데, 살아온 과정이 있고 자기만의 역사가 있다 보니 저항도 크고 변화도 쉽지 않더라고요."

알게 된 것을 삶으로 녹여내기엔 어른들의 념(念)과 습(習)이 너무 강고했다. 인권 의식과 감수성은 일상에서 무수히 많은 부서짐과 마주하면서 깊어지고 번져가는 것임을 사무치게 느꼈다. 어렸을 때부터 인권 친화적인 문화를 누리며 성장하는 것이 무엇보다 중요하다는 점을 절실히 깨달았다. 풍암마을 주민들이 어린이·청소년 인권교육 프로그램을 만들어 마을교육공동체 활동에 나선 배경이다.

풍암마을 주민들은 마을이 품고 있는 시간과 공간, 사람, 그리고 이야기들을 '우리의 그것'으로 느끼고, 경험하고, 만나고, 지켜가려면 무엇을 어떻게 해야 할까 고민이 많았다. 마을교육공동체 첫 프로젝트는 마을강사 아카데미였다. 80대 할머니도 오셨고 은퇴하신 70대 할아버지도 오셨다. 그분들도 손자, 손녀 같은 아이들을 만나 어떤 경험을 나눌 수 있을까 궁리에 궁리를 거듭했다.

"잘하는 게 바느질이니 그걸 함께 해보고 싶어요."
"우리가 함께 살면서 지켜야 할 예절을 꼭 가르쳐보고 싶소."
"나는 역사 공부를 같이 해보고 싶습니다."

가르칠 수 있는 것은 사실 얼마든지 많았다. 만나는 방식이 중요했다. 아이들을 만나기 전 가르칠 내용을 미리 시연하기로 했다. 전직 선생님이셨던 할아버지도 두근거리며 프리젠테이션을 선보였다.

마을강사 아카데미 과정을 2년 운영하고 나니 지속할 엄두가 나지 않았다. 마을강사로 활동할 기회가 무척 제한적이었다. 무턱대고 강사 양성만 계속할 수는 없었다. 전환이 필요한 순간이었다. 마을강사 아카데미 과정에는 초등학생 학부모들이 꽤 참여했다. 학부모는 학생의 부모이자 동시에 마을 주민이니 '학교와 마을의 교집합' 같은 존재이다. 그들과 함께 더 나은 마을살이를 고안하고 싶어 만든 것이 마을교육공동체 학부모 동아리다. 금당초등학교와 신암초등학교 학부모 동아리가 탄생했다. 여기저기 마을 견학을 다니며 마을교육 노하우를 배우고 익혔다. 어린이·청소년과 가까운 세대니 청소년 축제 같은 마을 일을 맡아 진행하기로 했다.

엄마들은 탁월했다. 기존 풍두레 회원들의 강점이 진지함과 차분함이었다면 젊은 엄마들은 기발하고 창의적이며 감각적이었다. 그들은 강점을 한껏 발휘하며 청소년 축제를 주도했다. 마음껏 기획하고 펼쳐볼 수 있도록 예산을 배분하고 권한도 주었다. 청소년들의 정서와 감각을 반영한 다채로운 활동으로 아이들도 무척 즐겁게 참여했다. 이들은 지금도 마을에서 열심히 활동 중이다. 청소년 축제 외에도 풍암마을 숲 체험은 금당초 학부모 동아리가 맡았고, 바느질이나 마을 한 바퀴는 신암초 학부모 동아리가 중심이 되어 프로그램을 기획하고 진행했다.

"독도에 살았다는 강치 이야기를 들어본 적 있나요?"

"강치처럼 뺏기지 않도록 지켜야 할 것이 있어요. 그것은 우리의 인권이에요. 그리고 인권은 서로 지켜줘야 하는 거예요. 여러분이 지켜주고 싶은 다른 사람의 인권이 있나요?"

풍암마을에는 해마다 인권문화제가 열린다. 운리중학교 인권동아리 학생들이 운영한 '톡&통' 부스 앞엔 종일 사람들이 북적거렸다. 초등학교에 다니는 아이들, 아이 손을 잡고 온 엄마 아빠도 마을 청소년이 던지는 낯선 질문에 귀를 쫑긋 세웠다. 잠시 잊고 산 것들을 더듬어보는 시간이다. 내가 지키고 싶은 나의 권리는 무엇인가, 내가 지켜주고 싶은 내 이웃의 권리는, 우리 아이의 권리는 무엇인가. 풍두레가 청소년 인권교육으로 학교와 마을에서 만난 청소년들이 다시 마을 사람들과 만나서 내놓는 질문이다. 우리 마을 청소년들이 건네는 맑고 다정한 질문이 신선하다. 지키고 싶은 나의 권리, 지켜주고 싶은 옆 사람의 권리를 생각해보는 것만으로도 가슴이 훈훈하다.

청소년들은 마을축제 때도 여러 부스를 운영한다. 어느 해 풍암중학교 봉사동아리는 음료를 판매했다. 아이들이 운영하는 판매 부스는 늘 '대박'이 나곤 했다. 커피와 차를 판매하면서 어려운 이웃을 돌아보는 관심과 애정도 함께한 까닭이다. 무대에서는 '꿈틀 청소년축제'가 펼쳐졌다. 어떤 아이들은 트와이스의 TT 춤을 추고 어떤 아이들은 노래를 부르고 또 어떤 아이들은 악기를 연주했다.

"마을 아이들 모두가 밤하늘을 수놓는 폭죽처럼 제각각 아름답고 밝게 빛났어요."

이야기하는 박종평 대표의 눈과 입이 그윽하게 웃었다. 학교라는 울타리 안에만 있던 청소년들이 용감하게 마을로 나왔다. 우리는 이런 생각을 하고 있노라며, 우리 함께 이렇게 하자며 생각을 이야기하고 주장을 폈다. 차갑고 건강한 비판의식으로 당당하고 뜨겁게 세상을 살아가려는 풍암마을 청소년들과 풍두레 활동가들의 만남은 우연이었을까?

"우리 풍두레가 자유롭게 쓸 수 있는 공간만 있다면 청소년들과 여러 가지 일을 더 마음껏 펼쳐볼 텐데 하는 아쉬움이 생기더라고요. 고민이 많았죠. 그런데 작년 5월 목사님이 제안을 하신 거예요."

공간이 필요했다. 풍두레 회원의 마음을 읽기라도 했을까. 마을 축제를 마친 어느 날, 다일교회 김의신 목사님이 놀라운 제안을 했다!

"저희 건물 2층을 청소년을 위한 마을 공간으로 내놓으려고 하는데 혹시 풍두레가 맡아서 운영할 수 있겠습니까?"

눈물이 와락 쏟아질 것 같았다. 그토록 절실했던 공간이 이렇게 선물처럼 나타나다니. 하늘은 스스로 돕는 자를 돕는다고 했던가. 평소 마을공동체를 걱정하고 고민하던 교회공동체가 풍두레 활동을 주의 깊게 살핀 결과였다. 풍두레 회원들은 뛸 듯이 기뻤다.

"한 번 좋은 일이 생기니까 감자 넝쿨 딸려오듯이 계속 좋은 일이 따라왔어요. 공간 문제가 해결되니까 어느 지인이 주민주도로 하는 평생학습 프로그램을 하면 어떻겠느냐 하더라고요. 공간도 있으니 한 번 하기로 한 거죠."

시민주도형 마을평생학습센터 혁신모델사업으로 광주사회혁신플랫폼과 광주평생교육진흥원의 지원을 받아 '모두의 학교 풍암아카데미'를 운영하기로 했다.

마을교육공동체 온마을학교를 운영하게 된 과정도 비슷했다. 풍암마을에서는 학교와 주민자치회, 주민센터기 함께 마을교육공동체주민협의체를 출

범시키기로 의견을 모았다. 이전에도 협의체는 있었지만 분기별로 겨우 한 번씩 만나 계획을 공유하는 정도였다면 이제는 마을교육의 구체적인 상(象)을 세우고, 소통하며, 실천하는 협의체가 필요했다. 풍두레 회원 일고여덟 분, 다일교회 관계자 서너 분, 상가번영회 회장 등 온마을교육을 지원하기 위한 서른네 명의 지원단이 꾸려졌다. 바로 그때 코디네이터를 지원하는 온마을학교 공모가 있었다.

"우리가 바랄 때 조건이 계속해서 만들어지는 것 같았어요. 너무 감사했죠. 지치고 피곤할 겨를이 없었어요. 그래서 어쩌다 여기까지 온 거죠."

풍암마을 사람들은 이상했다. 옳다고 믿으면 망설이는 법이 없다. 지역사회에서 요구되는 일, 해야 하는 일은 고민하지 않고 덤벼들었다. 누군가는 해야 하니까. 누군가 해야 할 일이라면 그들이 하겠다고 나섰다. 광주 도시철도 2호선 문제가 대두되었을 때도 그랬고, 도시공원 일몰제 문제도 그랬다. 여력을 살피지 않고 무턱대고 했다. 한 사람이 다 맡을 수는 없으니 역할을 나누어 맡았다. 그러면서 배우고 성장했다. 사람도 성장하고 마을에도 성과가 쌓이니 내내 즐거웠다.

풍두레 회원들은 박종평 대표가 없으면 지금의 풍암마을은 없었을 것이라고 말한다. 박종평 대표는 손사래를 쳤다. 처음부터 마을 일을 잘하는 사람이었던 게 아니라 풍두레 회원으로 활동하는 동안 자신도 성장했다고 한다.

"제가 지치지 않고 여기까지 올 수 있었던 가장 큰 키워드는 성장이에요. 다른 마을활동가나 마을 코디네이터 앞에서 이야기할 기회가 있을 때 꼭 하는 얘기가 있는데요, '지치지 않으려면, 공동체도 사업도 성장해야 하지만 자기 자신도 성장해야 한다'는 거예요. 마을활동가로 살아온 지난 예닐곱 해를 돌아보니까 저도 개인적으로 계속 성장을 해왔더라고요."

"일곱 해 전까지만 해도 마을 활동이라곤 아무것도 몰랐는데 자치위원회 위원으로 들어가 좌충우돌하면서 관계성이 얼마나 중요한가를 배웠죠. 어찌어찌 울며 겨자 먹기로 마을넷 공동위원장을 1년 하면서 또 배웠어요. 더 큰 마을의 상(象)이랄까 비전 같은 걸 고민했죠. 광주 마을교육공동체포럼도 저를 발전시키고 있고요."

박종평 대표는 배움과 성장을 거듭 언급했다. 구체적으로 어떻게 성장했다는 말일까. 대중 앞에 서는 두려움이 줄어들었다는 것을 첫 번째로 꼽았고, 관심 분야에 대한 배움도 깊어졌다고 했다. 대표나 위원장 같은 역할을 하며 대중 앞에서 당당하게 말하던 이가 대중공포증이라니! 얼마나 지독한 떨림이었으면 그것을 첫 번째 성장이라고 할까.

박 대표의 기억은 초등학교 6학년으로 거슬러 올랐다. 밝은 성격이긴 했지만 남 앞에 서는 것이 힘들었다. 그러나 단지 공부를 잘한다는 이유만으로 반장으로 지목되었다. 그 일 년이 무척 힘들었다. 군내 웅변대회를 떠올리면 지금도 지옥이다. 담임 선생님은 읍내에서 열리는 대회에 참가하기 전 반 아이들 앞에서 마지막 웅변 연습을 시켰다. 그것이 그렇게도 싫었다. 고래고래 소리를 질러야 했고 과장된 몸짓으로 '이 연사 힘차게 외칩니다!'를 해야 했다. 대회에 나가 단상 위에 섰던 짧은 시간을 그는 기억하지 못한다. 하얗게 지워버렸다.

고3이 되어 삶과 미래를 진지하게 고민하기 시작할 무렵 반 대표를 해보겠다고 자진해 나섰다. 스스로 용기를 내니 차라리 더 나았다. 대학 때는 경영학과 학생회장이었다. 가두시위가 빈번했던 80년대, 집회 참여 학생들이 많은 날엔 과학생회장이 마이크를 잡아야 했다. 힘차고 투쟁적인 발언은 처음부터 어울리지 않았다. 그는 전날 가두시위 때 골목골목에서 펼쳐졌던 장면을 조단조단 풀어놓았다. 반응이 꽤 좋았다. 그리고는 오랜 세월 잊고 살았다. 풍두레 대표를 맡고 보니 앞에 서야 할 경우가 많았다. 처음엔 새로운 사람들 앞에서 마이크를 잡으면 심장이 터질 것만 같았지만, 이제는 괜찮다.

어떤 두려움은 성장을 이끈다. 공식적인 발언이 필요할 때는 미리 많은 자료를 찾아 뒤적이며 엄청나게 공부한다. 책에서 찾은 좋은 문구도 완전히 그의 언어가 되어야만 입 밖으로 낼 수 있었다. 늘 분주하게 움직이면 내실을 챙기기 쉽지 않다. 그의 부지런함과 성실함이 자신은 물론 함께하는 모임이나 단체의 활동을 좀 더 의미 있게 채우지 않았을까.

풍암마을의 따뜻한 문화도 서로를 지치지 않고 성장하게 만드는 힘이다. 모임이나 단체에서 구성원들 간의 갈등이나 불협화음은 흔한 일이다. 풍두레도 처음엔 여느 모임과 다를 것이 없었다. 세월호 참사 같은 일은 다시는 일어나지 않아야 한다는 마음 하나로 모였지만 인권마을 만들기 사업을 진행하려다 보니 의견이 조금씩 달랐다. 경험 많은 장년층이 중심을 잡아주었다. 회의가 한쪽으로 치닫지 않도록 했고, 힘들거나 지칠 것 같으면 따로 불러 잘 다독였다.

"힘들지야? 점심 아직 안 먹었제? 나오소, 밥 사줄테니께."

조건 없는 인정이고 응원이고 격려였다. 자연스럽게 풍두레 회원 사이에 '눈치 보기가 아닌 눈치채기' 문화가 생겨났다. 서로를 배려하는 분위기가 어느새 싹트고 커갔다. '요즘 누가 힘드는데', '누가 힘들 것 같은데' 하는 마음으로 서로를 바라보고 먼저 다가가자는 캠페인을 한동안 벌였다. 타고난 기질이나 성향이 잘 맞지 않는 사람도 그러는 사이 서로를 이해할 수 있었다. 자신과 상대를 있는 그대로 이해하고 존중하는 문화가 풍두레에 스며들었다.

풍두레 회원들이 해마다 놓치지 않고 해온 일이 있다. 소진 방지 프로젝트 차원의 풍두레 회원 워크숍이다. 회원들은 매달 만 원씩 회비를 모았다. 마을 행사가 있을 때 받은 몇 푼 안되는 단순 인건비를 풍두레에 후원하기도 했다. 그렇게 모은 회비가 제법 되었다. 작년 7월부터는 매월 풍두레 대표와 총무에게 약간의 활동비를 지급하고 있다. 지난 6년 동안 적립해놓은 재원을 가끔은 통 크게 쓰기도 한다. 1박 2일 혹은 2박 3일 워크숍을 갔다왔다.

지난해에는 열여덟 명 회원이 2박 3일 제주도를 다녀왔다. 서구마을공동체지원센터에서 받은 마을 상금도 보탰다. 강정마을과 4·3유적지를 진지하게 돌아보았다. 오롯이 서로의 생각을 나누는 시간이기도 하다. 어떤 경우엔 외부 강사를 모셔와 강의를 들었다. 2015년부터 여수 금오도, 통영, 지리산

산내마을 실상사작은학교 등을 다녔다. 다른 지역에 가선 꼭 그곳의 활동가들을 만났다. 후원을 하거나 같이 걷고 때로는 함께 노래하며 지역의 의미 있는 활동들을 배우고 왔다. 그러는 사이 풍두레의 정체성도 명확해졌다. 배움과 성장으로 다져놓은 끈끈함 덕분에, 풍두레 회원 중에는 다른 마을로 이사를 갔지만 여전히 함께하는 이들도 있다.

올해 박종평 대표는 전남 곡성마을공동체지원센터의 센터장으로 일하게 되었다. 풍두레 회의에서도 곡성 지역의 마을공동체를 지원하며 새로운 경험을 쌓는 것이 좋겠다고 의견을 모았다. 박종평 대표가 센터장으로 일하던 지난 8월, 집중 호우로 곡성이 심각한 수해를 입었다. 풍암마을 사람들은 그냥 보고만 있을 순 없었다. 박종평 대표가 근무하는 곳이라 더더욱 그랬다. 곡성 수해복구 현장 자원봉사를 함께 다녀왔다. 수해를 입은 곡성 어르신들은 당장 집을 치우느라 끼니를 제대로 챙기지도 못했다. 회원들은 십시일반으로 김치며 찬거리를 있는 대로 준비해 갔다. '늘따순풍암마을'이라는 풍두레의 지향다웠다.

회원들은 의미 있고 가치 있는 일을 하고 있으며, 풍암마을이 사회 변혁의 중심축이 되고 있다는 자긍심이 크다. 사람이 개인 또는 나라의 구성원으로 마땅히 누리고 행사하는 기본적인 자유와 권리, 즉 인권에 대한 고민에서 출발했던 풍두레 활동은 먼저 인권의 가치와 원칙을 마을 청소년들에게 알리는 것으로 이어졌다. 인권이란 날마다 숨 쉬듯 일상에 스며들고 체화되는 것이라고 믿기 때문이다. 여기에 풍암마을이 지닌 오랜 역사와 자랑거리들을 서로 알리고 공유하여 공동체의 뿌리를 튼튼히 하고, 마을 구성원으로서 '나'의 역할을 고민한다. 그 역할에 충실한 과정 자체가 공동체는 물론 각자에게 큰 배움과 성장을 가져다주었다. 배운다는 건 꿈을 꾸는 일이라 했던가. 꿈꾸는 자는 지칠 틈이 없음을 새삼 깨닫게 해준 마을, '늘따순풍암 마을'의 내일은 어떤 모습일까.

재미

문산 온마을학교 김희련 대표는 진정한 호모 루덴스다. 마을교육 활동을 당위(當爲)나 사업으로만 하면 무슨 재미냐는 것이다. 언제나 어디서나 무엇을 하든 '재미'를 불어넣고야 만다. 그래서 문산마을에는 흥(興)이 넘친다. 그 흥은 한바탕 '얼싸덜싸'로 끝나기도 하지만 꼼지락꼼지락 뭔가를 생산하는 에너지로 옮아가곤 한다.

그녀는 그림 그리는 예술가다. 한 지붕 아래 살고 계시는 박태규 님도 그렇다. 화가 부부다. 전통연희놀이연구소 정재일 님은 사무실을 문산마을에 두었고, 놀이패 신명 김혜선 님은 문산마을에 산다. 문화예술 활동가이면서 마을 활동을 함께 하는 예술가들이 유독 많은데, 그래서인지 흥이나 재미가 예술로 표현되었으면 좋겠다는 바람이 항상 있다. 놀다 보면 규칙이나 약속이 생기기 마련이고 논의를 거쳐 합의하는 과정도 필요하다. 그 과정을 고민하며 꾸려가는 길이 마을 일이다. 그 중 지녀야 할 가장 첫 번째 미덕은 흥이라는 것. 이것저것 따지거나 견주어 보지 않고 하나를 하더라도 흥겨워야 한다. 재미, 그것이 없으면 움직이기 힘드니까.

한여름 토요일 아침, 문산마을 텃밭 풍경을 바라보며 김희련 님과 이야기를 나눴다. 한쪽엔 텃논을 만들어 심은 벼가 막 꽃을 피우며 이삭을 올리고 있었다. 그 옆에서 문산마을 로비스트 장수정 님과 박태규 님은 배추를 심기 위해 이랑을 만들고 두툼하게 북을 만들었다. 이마에 맺힌 땀이 송글송글하다.

"텃밭은 정말 놀 거리로 가득해요."

도시 마을에서 텃밭은 '농사'라기보다 '놀이'의 공간이다. 작물이 자라는 모습을 보며 땀 흘린 보람을 느낄 뿐만 아니라 온 가족이 함께 놀기에도 적당하다. 특히 주말이면 무엇을 할지 난감한 '아빠들'도 함께 움직일 좋은 소재다. 문산마을공동체는 시작부터 놀이를 중요하게 여겼다. 처음 함께한 일이 마을도서관 만들기였는데 형식은 도서관이지만 실은 사랑방이다. 누구나 찾아와서 노는 시끄러운 도서관.

몇 해 전까지는 자연과학고 앞 마을 유휴공간에 텃논, 텃밭을 만들었다. 그곳 역시 일과 놀이가 어우러지는 놀이터였다. 옆 마을 이웃들도 분양을 받았는데 그쪽 텃밭에 자꾸만 물이 고여 난감해했다. 김희련 대표의 기발함이 또 발동했다. 서로 자리를 바꾸어 텃논을 만들자고 제안했다. 아이들은 물을 좋아했다. 신발이 젖고 흙탕물이 튀어도 아랑곳하지 않고 첨벙거리며 웃었다. 길쭉한 동그라미 모양으로 텃논을 디자인하고 옆 텃밭으로 물이 흘러가지 않도록 물길도 만들었다.

가장 재미있었던 건 〈착한 돌멩이를 찾습니다〉 캠페인이었다. 텃밭에는 물이 필요하니 지하수를 끌어 쓰는 공동 수도가 있었다. 그런데 아무도 관리를 하지 않아 늘 물이 홍건했다. 텃밭 흙에서는 돌멩이들이 많이 나왔다. 사람들은 자기 텃밭에서 나오는 돌멩이들을 골라 밭고랑에 아무렇게나 버려두었다. 그런 돌멩이를 모아서 수돗가 주변에 깔아두기만 해도 흙 묻은 발을 씻기 좋고 질퍽거리지 않는다. 문산마을 사람들은 〈착한 돌멩이를 찾습니다〉 캠페인을 벌였다.

"저 마을은 뭔가 재밌어."

텃밭을 가꾸던 사람들이 수군거렸다. 착한 돌멩이들을 한 곳으로 모았다. 내 텃밭만 돌보던 사람들이 함께 돌멩이를 모으자 쾌적한 '우리' 수돗가가 되었다.

걸리적거리던 쓸모없는 돌멩이가 '쓸모있는' 것으로 바뀌는 순간이었다. 누구는 파라솔을 세웠고 누구는 텃밭 갓길에 해바라기를 심었다. 시원한 그늘도 좋고, 길가에 핀 해바라기도 좋았지만 제일 좋은 건 사람이었다. 사람이 좋아 사람을 만나러 왔다. 그러면서 서로 가까워졌다. 발상의 전환이란 이런 것이 아닐까. 우리 삶, 일상을 바라보는 마음의 눈을 살짝만 비틀면 할 일이 무궁무진하다. 그중 텃밭 활동은 어떤 마을에라도 권하고 싶다. 마을

마다 공동으로 더불어 소중하게 가꾸어갈 무언가가 필요하다. 그것이 텃밭이든 꽃밭이든.

텃밭에서 수확한 작물이 나오는 시기가 되면 그 핑계로 또 놀았다. 감자를 수확했을 땐 〈감자 요리대회〉를 열었다. 문산마을 사람이면 누구나 참가할 수 있고, 감자 요리라면 무엇이든 좋았다. 그날 마을 사람들은 찐감자부터 감자그라탕, 감자부침개, 감자조림, 감자튀김, 감자채볶음, 감자샐러드 같은 온갖 감자 요리를 맛볼 수 있었다. 마을 사람들이 시식하고 품평해서 상품까지 주었다. 상품도 재미있다. 양말, 스타킹, 고무장갑, 수세미, 치약 같은 소소한 생필품들이다. 마을이 심심해질라치면 명랑운동회 같은 마을운동회도 한다. 김희련 님이 미리 웃었다.

"그러면서 한바탕 웃는 거죠. 허허허."

문산마을에는 '놀계'라는 모임도 있다. 문산마을공동체 운영위원회 성격을 띈 잘 놀기 계획단을 줄여 '놀계'라 부른다. 놀계는 마을 공동의 이익을 생각하는 오지라퍼들의 모임이다. 좋은 일이라면 그냥 나서서 하는 사람들, 어떻게 하면 마을에서 잘 놀아볼까 계획하기를 좋아하는 사람들의 모임인 셈이다.

두 해 전 놀계 회의 때 오갔던 이야기다. 문산마을공동체 대표(박태규 님)가 일을 가장 많이 하는데 수당을 전혀 받지 못한다는 문제가 제기되었다. 여기저기 움직일 때 교통비라도 지원해야 한다는 얘기다. 놀계 회원들은 한 달에 만 냥 씩 내기로 했다. 어떤 이는 꼬박꼬박 냈고, 어떤 이는 가끔 혹은 한

꺼번에 냈다. 그렇게 모인 회비가 꽤 되었는데 지불을 한 번도 못했다. 모인 회비는 대표의 교통비였지만 대표 입장에서는 이제와 받기도 애매했다. 문산마을 놀계는 대표가 비용을 '쏘는' 걸로 정리하고 즐거워숍(즐거운 워크숍)을 다녀오기로 했다. 회의는 이런 식이다.

"즐거워숍, 어디로 갈까요?"
"나는 꼭 바닷가로 가고 싶어요."
"그래요? 바닷가로 가요, 그럼."
"우와. 그럼 회 먹어요, 우리?"
"그러죠, 뭐. 회 살게요."

스무 명 가까이 다녀온 즐거워숍 장소는 신안 증도였다. 민어회도 먹었다. 언뜻 보면 너무 즉흥적인 결정으로 보일 수도 있다. 하지만 가끔은 논리나 이성적 판단을 접어두고 누군가의 간절한 바람을 조건 없이 들어주는 쪽이 옳을 때도 있다. 문산마을 사람들은 이렇게 힘을 충전한다. 그래서 몇 배로 힘을 내어 마을 일을 하는 것인지도 모른다.

"마을 일은 오서방처럼!"

신안 증도 즐거워숍에서 생겨난 구호다. 연유는 이렇다. 놀계 회원 중 회의 때만 나타나고 정작 일할 때나 놀 때는 매번 옆지기를 보내는 김 아무개 여인이 있다. 마을 행사를 알리는 현수막을 걸거나 마을 쓰레기를 주울 때,

혹은 마을축제 부스를 운영할 때는 남편인 '오서방'이 한다. 이번 증도 즐거워숍도 오서방이 참석했다. 아들과 동행하는 조건이었다. 모임 장소에 일찍 도착한 오서방은 아들과 함께 수영장으로 향했다. 아이를 데리고 온 다른 회원들도 보였다. 저녁이 되어 이야기판이 벌어졌는데 수영장에 있었던 한 회원이 박장대소하며 전했다.

"다른 어른들은 애들 노는 걸 지켜보느라 지쳤는지 어깨가 축 늘어져 있더라고. 근데 오서방은 어쩌나 신나게 놀던지 아이를 돌보는 건가 제가 노는 건가 모르겠더라니까."
"아내가 회의할 때 집에서 아이를 돌보는 일은 힘들고 지루했어요. 근데 물놀이는 재밌더라고요!"

오서방이 말했다. 그날 저녁 문산마을 놀게 회원들 사이엔 오서방 이야기가 끊이지 않았다. 재미없는데 해야 해서 하는 일은 몸이 먼저 알아챘다. 하품이 나오거나 온몸이 축 늘어진다. 그런데 오서방처럼만 하면 재미있고 신난다. 일하는 당사자가 즐겁게 할 수 있어야 흥이 생기고 보는 이도 힘이 난다. 문산마을 사람들은 마을 일을 오서방처럼 하자 했다. 자신을 즐겁게 할 일로 마을을 이롭게.

문산마을 즐거워숍은 소진 방지 프로젝트다. 마음이 먼저 움직여야 손발이 움직이는 법이다. 마을에서도 마음을 먼저 내는 사람이 일한다. 직장일 집안일 보느라 마을에 손 보탤 시간을 자주 내지 못하는 이들은 마을 일에 묻혀 사는 이들을 보면 미안하고 안타깝다. 그 마음을 비워 가볍게 하지 않으면 지치고 만다. 바로 그때가 즐거워숍을 추진할 때다. 마을 일을 놓지 못하고 살았던 이들에게 어떻게 온전한 쉼을 누리게 할까. 아이들처럼 어른들도 함께 놀면서 새살새살 속 이야기를 나누며 가까워졌다. 마을에선 기회가 없었던 누군가의 진짜 모습을 마주하기도 했다. 관계 회복과 충만한 기쁨을 원한다면 즐거워숍이 최고였다.

사십 대였던 내게 꿈을 묻는 이가 있었다. 어른이 된 후 듣지 못한 질문이라 낯설었지만 마음속 이야기를 꺼내 답하며 깨달았다. 살아있다는 것은 꿈을 꾸는 일이로구나. 죽는 날까지 꿈꾸는 인간으로 살아야겠다. 그리고 그 날까지 당신의 꿈이 무엇인지 다정하게 묻는 인간이 되어야겠다고 다짐했다. 문산마을에는 서로의 꿈을 묻고 꿈이 이루어지도록 부추기는 〈꿈C 프로젝트〉가 있다. 작은 마을도서관을 만들 때부터 시작한 프로젝트다. 서로의 꿈을 묻고 귀 기울여 들어주는 마을. 그 꿈이 이루어지도록 마음과 힘을 모으는 마을.

그러다가 생겨난 동아리가 〈솜씨 언니〉다. 누구의 아내, 누구의 엄마로 집안에서 뒷바라지만 하며 살아온 여성들의 모임이다. 그녀들은 주부 역할 하느라 야무진 솜씨를 드러낼 기회를 갖지 못했거나, 정당하게 인정받지 못한 숨은 재주들을 지녔다. 이들이 마을학교 솜씨 배움터에서 스물네 번을 만나고 결성한 동아리가 〈솜씨 언니〉다. 솜씨 언니들은 무엇이든 만든다. 손뜨개 목걸이부터 부엉이 열쇠고리, 괜찮아 인형, 조각보, 드림 캐처, 뜨개가방, 퀼트가방 등등. 올해는 천 마스크를 만들어 기부하기도 했다. 솜씨 언니들의 배움과 성장은 상상을 뛰어넘는다. 강사로 활동하기도 하고 물품을 만들어

판매하기도 한다. 무엇보다 마을에 궂은일이 있을 때 제일 먼저 달려오는 열혈 마을활동가들이다.

매주 토요일마다 옴살가족놀이터를 여는 전통연희놀이연구소 정재일 대표는 문산마을 주민이 아니다. 예전에 문산마을에서 살았고, 지금은 문산마을에 사무실만 있다. 다른 마을에 사무실을 열 수도 있었지만 특별히 문산마을에 둔 이유가 있다.

"저는 백 년을 내다보고 여기에 왔어요."

정 대표는 마을 안 작은 공원 곳곳에서 문화예술공연이 항상 펼쳐지는 마을을 상상한다. 문산마을은 골목골목에 마을의 정취가 살아있고, 도심에서 보기 드물게 생태적 자연환경을 보존한 곳이다. 무엇보다 문산마을에는 재미난 마을문화를 만들어온 문산마을공동체가 있었다. 정 대표에게 문산마을공동체 박태규 대표 부부는 든든한 비빌 언덕인 셈이다. 정재일 대표는 마을 행사 때마다 문화예술로 제 몫을 해낸다. 매주 토요일에는 마을공원에서 옴살가족놀이터를 연다. 문산마을 사람들에게는 옴살놀이터도 비빌 언덕이다. 정 대표는 최근에 주민자치회에도 들어갔다. 정 대표 체질에 딱 맞는 일은 아니지만 박태규 대표의 마을 활동에 조금이라도 힘을 보태고 싶어서였다.

어느 날 내가 사는 마을 가게에서 정대일 대표와 마주쳤다. '여기 웬일이세요?' 물었다가 정 대표가 우리 마을에 산다는 것을 알았다. '우리 마을 두고 그 먼 마을까지'라는 생각과 동시에 혼자서 크게 고개를 끄덕이고 말았다. 문산마을은 먼 곳에 사는 사람도 강하게 끌어당기는 마력을 가졌다.

홍에 겨워 어깨춤을 추다가도 가끔 자신을 살펴야 할 때가 있다. 몸도 마음도 불편할 땐 잠시 멈추는 것이 필요하다. 김희련 대표도 '누군가는 당연히 해야 할 일이라서' 열심히 움직이다가 가끔 늪에 빠져 허우적대는 느낌일 때가 있단다. 자신이 정말 하고 싶은 일보다 해야 할 일을 먼저 할 땐 여지없이 어딘가가 불편해진다.

"저는 그림을 그릴 때 가장 즐거워요. 이화경 작가의 책『읽고 쓰고 파괴하다』를 보면 '천사를 죽인다'는 표현이 나오는데 그게 나에게도, 태규 샘에게도 필요해요. 그래서 공간을 알아보기도 했던 거랍니다. 그림 그리는 시간을 보장받고 싶어서였지요."

부부가 가장 행복할 때는 그림을 그릴 때다. 화가 부부는 사람들이 스스로, 더불어, 즐겁게 살아가는 사회에 대한 갈망을 품었다. 하여 그 일을 소명으로 받아안고 산다. 그림 그리는 일로 즐거운 사회변화를 일궈낼 수 있다면 더없이 좋겠다.

그냥 좋아서 했을 뿐인데 시간이 쌓이니 자신에게 그리고 모두에게 좋은 일이었다고 말하는 이들을 자주 만난다. 놀이하듯 일할 때 사람은 본질적인 자아에 다가갈 수 있고 역량의 최대치를 끌어낼 수 있다. 가장 '나'다운 모습으로 참다운 '나'로 살아야 한다. 어떤 이에게서 포착되는 '아름다운 순간'도 그가 무언가에 놀이하듯 몰입해 있을 때다. 우리가 기억하는 가장 멋진 순간도 대부분 참으로 즐거웠던 어느 한때이지 않은가. 인간은 쉼과 놀이로

에너지를 충전하여 사고하고 상상하며, 일을 예술로 연결하고 창조하는 능력을 타고났다. '재미있는데?'라는 되뇌임도 일상을 새롭고 풍요롭게 만들어가는 에너지원이다. 쉼과 놀이를 일과 삶과 예술로 통합하는 길을 찾아낸다면, 행복한 마을살이가 매일매일 가능하지 않을까.

사람

　푸른 산이 온 마을을 감싸고 문을 열면 반짝이는 호수가 보이는 곳. 아침이면 산새소리가 정겹고 저녁이면 황금빛 노을이 호수에 내려앉는 곳. '책 문화공간 봄:' 사람들이 이야기하는 노대동의 마을 풍경이다.

　'책 문화공간 봄:'을 찾아 나섰다. 맛있고 향기로운 책과 함께 사는 이들이라니 이름처럼 봄 같은 사람을 만나겠구나 마음이 살랑거렸다. 남구 노대동 호수공원을 따라 걷다가 아파트들이 자리한 사잇길로 들어섰다. 넓지 않은 도로 양쪽에 주차된 차들이 가득하고 상가 건물들이 늘어서 있다. '책 문화공간 봄:' 자리가 맞나? 상상했던 풍경과 눈앞 거리의 느낌이 사뭇 달라 지도와 간판을 번갈아 살폈다. '카페 디마레'라고 씌어진 간판을 확인한 후 문을 열고 들어가니 회의 중이던 김순정 관장이 반겨 맞아주셨다. 김순정 관장은 온마을학교 송화마을교육네트워크의 대표이기도 하다. '책 문화공간 봄:'은 2013년 4월에 개관했다. 책을 매개로 사람을 만나고 문화예술을 나누며 삶을 고민하다가 마을교육공동체 활동을 하게 된 것이다.

　2013년 이곳에 마을도서관 '책 문화공간 봄:'을 만든 것도 우연이다. 이 마을에 사는 정봉남 전 관장이 현재 '책 문화공간 봄:'이 들어선 카페 디마레의 대표 강성철 님을 만났던 것이다. 마을 사람들에게 도움이 되는 좋은 이웃이 되고 싶다는 뜻을 오랫동안 품고 살아왔던 강 대표는 정봉남 전 관장을 만났을 때, 그곳을 마을도서관으로 내어놓고 싶다고 밝혔다. 북카페가 곳곳에서 생겨나고 있지만 책을 그저 벽을 장식하는 액세서리 정도로 여기는 곳이 많아 아쉬웠던 정봉남 님도 책이 중심이 되는 공간을 꿈꾸고 있었다. 어린이도서연구회에서 함께 활동했던 북큐레이터 위명화 님, 북어드바이저 고유리, 김영주, 김순정 님이 의기투합했다. 카페 디마레 건물 앞을 지날 때마다 정봉남 님은 뜬금 없는 상상과 기대를 품곤 했는데 기적처럼 후원자를 만나 상상을 현실로 바꿨다. 강 대표는 40여 평의 공간을 무상으로 빌려주었고 마을도서관 '책 문화공간 봄:'의 첫 번째 후원자가 되었다.

작은도서관을 만든 계기는 '그저 책이 좋아서'였다. 소소하게 독서동아리 활동을 하면서 마을에서 책 좋아하는 사람들을 위해 작은 공간을 운영하면 좋겠다 싶었다. 책을 나누는 주민의 서재이자 마실 나온 가족들의 책 놀이터, 마음이 쉬어가는 밤의 도서관 말이다. 그러던 어느 날 '사람책 도서관'을 진행해보기로 했다. 마실가듯 산책 나와 마을도서관에 모여서 우리 마을 사람의 삶을 듣고 나누기로 했다. 직장에 다니던 아버지도 밤의 도서관에선 가장이라거나 직장인이 아닌 온전한 자기 자신이 되어 자기 삶을 책 이야기로 들려주었다. 색다른 경험이었다. '아빠'라는 존재도 좋아하는 일, 하고 싶은 일이 있는 거구나, 책 읽을 시간도 필요하구나 고개를 끄덕였다. 마을 사람들 사이에 존재 자체를 있는 그대로 바라보고 조금씩 알아가고 싶은 마음이 자랐다.

"어? 재미있는데? 우리 호수공원에서 축제 같은 걸 해볼까?"

함께 모이다 보니 재미있게 놀 거리를 고민했고 책과 문화예술, 책과 교육, 책과 사람, 책과 놀이 같은 '책과 무엇'을 자꾸만 꿈꾸었다. 통 큰 후원자 덕분에 다섯 명이 시작한 후 지지하는 마을주민들이 곧 많아졌다.

좋은 선생님들을 만날 수 있었던 것은 큰 행운이었다. 학교를 품고 있는 마을, 아이들 삶터와 배움은 어떻게 연결되어야 하나 궁리를 거듭하던 선생님들이 먼저 마을을 찾아왔다. 진남초등학교 박종영 선생님, 진남중학교 박춘애 선생님이다. 송화마을 어른들은 교육을 바라보는 시각이 유독 서로 달라 갈등이 심했는데, 두 선생님도 몹시 안타까웠다. 6학년까지 학교를 잘 다니다가 초등학교를 마무리할 즈음 갑자기 전학을 가는 아이들이 생겼다. 연유를 물으니 공부를 좀 더 많이 시키는 사립중학교를 보내기 위해서라 했다. 현재 중학교 배정 시스템에 따르면 진남초등학교 아이들은 모두 진남중학교로 진학한다. 학부모들 사이에선 좋은 대학 보내려면 중학교 땐 공부 '빡세게 시키는' 사립학교를 보내야 한다는 이야기가 퍼졌다. 그런 편견에 불안감이 더하여 학생들이 전학을 했다. 진남초등학교 교사들은 안타까웠고, 진남중학교 교사들도 무척 속상하고 허허로웠다.

"어떻게 하면 아이들이 마을을 떠나지 않고 살 수 있을까요?"
"아이들 키우기에 좋은 마을을 만들기 위해 우리는 무엇을 할까요?"

마을활동가들의 절박함과 두 선생님의 진정성 사이를 끊임없이 오가며 찾아낸 실마리는 '책'이었다. 작은도서관 활동가들이 가장 잘하는 일이 책으로 노는 것이었다. 송화마을만의 책 문화를 만들어보자 의견을 모았다. 책은 진솔한 삶을 마주하고 소통하는 힘을 준다. 관심만 가지면 상황에 들어맞는 책을 얼마든지 골라 만날 수도 있다. 아이들의 감성을 자극하고 사물과 세계를 넓고 깊게 통찰하는 힘을 쌓기에 책은 더없이 좋은 매개였다.

박춘애 선생님의 요청으로 진남중학교 학생들과 만난 적이 있다. 인권이라는 낱말의 의미를 설명하려니 어렵더라며, '책 문화공간 봄:'에 그림책으로 수업을 해달라고 요청했다. '우리가 잘 할 수 있을까?' 두려움도 있었지만 해보기로 했다. 아이들과 잘 만나려면 먼저 공부가 필요했다. 여섯 달 동안 공부했다. 그림책으로 만나는 인권, 나에 대한 이해, 다른 사람에 대한 이해, 함께 살아가는 공동체 같은 주제로 아이들과 만날 방법을 연구하며 찾았다. 드디어 첫 수업을 하던 날, 떨리는 마음으로 학교 수업에 들어갔는데 아이들이 기대 이상으로 활발하게 반응했다. 선생님들이 주신 피드백도 과분했다. 아이들에게 깊숙이 파고드는 수업이었다며 다음 해에도 프로젝트를 같이 해보자 했다. 더 기뻤던 일은 그때 만났던 아이들이 방과 후 마을도서관으로 오기 시작한 것이다.

진남초등학교 교사이면서 마을주민인 박종영 선생님은 송화마을교육네트워크의 든든한 기둥이다. 학부모회와 마을교육공동체 업무를 도맡아 하면서 '한 아이를 키우기 위해 온 마을이 필요하다'는 명제를 몸소 보여준다. 특히 진남초등학교에서 조직한 학부모 '느티나무탐험대'는 송화마을교육네트워크의 역량 있는 마을 강사이자 듬직한 지원군으로 활동하고 있다.

"학교에서 심고, 마을에서 가꾸고!"

자신의 이야기를 한창 하고 있을 때 카페 디마레의 문을 열고 들어온 박종영 선생님이 말했다. 학부모는 마을주민인 동시에 학교 구성원이다. 학교는 학부모가 마을주민의 정체성을 실현하도록 돕고 필요한 활동을 조직해야 하는 곳이다. 내 아이만이 아닌 모든 아이의 부모, 사회적 부모 되기로 시각을 확장하는 활동도 얼마든지 가능하다. 학부모 동아리 '느티나무 생태탐험대' 회원들이 그 증거다.

진남초등학교에선 모든 학년이 마을 길 건강걷기를 한다. 아이들과 함께 풀빛근린공원을 걸을 때였다. 어떤 아이가 작은 풀꽃 가까이 달려가더니 "선생님, 이 애 이름은 뭐예요?"라고 물었다. 느티나무 생태탐험대는 그 질문에서 시작되었다. 우리 마을에 사는 크고 작은 생물들과 눈 맞추며 이름 불러주는 사람으로 살아간다면 좋겠구나 싶었다. 자연과 교감하며 우주의 섭리에 다가가고 공존의 철학을 어렴풋이나마 깨달을 수 있다면 근사한 일이라고 생각했다. 그래서 뜻있는 학부모를 모집해 '느티나무탐험대'라는 동아리를 조직하고 생태교육 연수를 지원했다. 동아리 회원들은 풀빛근린공원과 물빛호수공원의 생태를 공부했고 현장을 답사하며 식물표본을 채취했다. 충분히 보고 걷고 배우고 익힌 후 풀빛근린공원 생태지도도 만들었다.

"선생님, 저희 심화 연수도 받고 싶어요!"

다섯 번 연수로는 갈증이 사라지지 않았던 걸까. 느티나무탐험대 회원들이 심화 공부를 요청했다. 아이들과 생태 수업으로 더 잘 만나기 위해 숲의 생태를 깊이 있게 공부하고 싶다는 의견을 보였다. 연수를 마치고는 풀빛근린공원 나무에 이름표를 달아주기도 했다. 함께 모여 생태교육 수업안을 만들고 시연해 보이며 연구에 집중하는 모습은 감동이었다. 느티나무탐험대 회원들은 두 회기에 거쳐 아이들을 만나면서, 아이들을 위해 뭔가 할 수 있었다는 기쁨에 뿌듯했다. 더 놀라운 것은 바로 자신들의 성장이었다. 다음 해 느티나무탐험대는 2기 학부모를 모집하고 연수를 주관했다. 직접 강사가 되었다. 그렇다. 건강한 관계는 어느 한쪽만 성장시키지 않는다. 함께 자란다. 아이도 어른도.

김순정 관장은 '사람'이 있기에 송화마을교육네트워크 활동이 가능하다 했다. 그리고는 그 '사람'으로 두 분의 학교 선생님을 이야기했다. 교사 한 사람이 지닌 아이들에 대한 사랑, 마을에 대한 애착은 무엇보다 아름답고 소중하다.

"우리 아이들이 이렇게들 좋아하는데 같이 한 번 해보시게요."

그런 마음이면 충분했다. 선생님들의 교육에 대한 열정, 진정 어린 고뇌가 마을을 움직였고, 마을이 학교로 스미는 결정적인 계기가 되었다.

마을교육공동체 활동에서 학교 선생님들의 자발적 고민과 참여가 안타깝다는 이야기는 숱하게 들어보았지만, 학교 선생님 덕분이라고 말하는 경우는 흔치 않다. 두 선생님께 동료애와 존경심이 솟아올랐다. 하지만 단언컨대, 그뿐인 것은 아니다. 학교 선생님들의 노력만으로는 송화마을교육네트워크가 벌이는 활동이 가능하지 않다. 이 대목에서 김순정 관장의 리더십이 이런 것이로구나 깨달았다.

'책 문화공간 봄:' 사람들은 마을교육공동체 활동에서도 중요한 몫을 해낸다. 문화예술을 담당하는 위명화 선생님, 기획과 회계 업무를 맡은 하희은 선생님, 마을 강사이자 마을교육공동체 코디네이터인 김선아 선생님이 바로 그들이다. 작은도서관을 만들던 해부터 지금까지 고락을 함께한 끈끈한 동지들이다. 놀이문화공동체 '통'의 문예령 선생님은 청소년과의 만남에 열심이다. 송화마을 주민인 그는 독서회 회장과 문화예술 강사로 활동 중이다.

김순정 관장은 사람을 대할 때 균형 감각을 유지하려 애쓴다. 학교 교장을 만나든 마을의 자원봉사자를 만나든 같은 결로 다가가야 한다. 수평적 관계로 연결되는 것이 중요하다. 우리 마을 아이들을 위해 협의하러 가는 것이니 기죽을 필요도 우쭐할 필요도 없다. 실제로 마을교육 파트너라 생각하면 관계도 편해지고 소통도 더 잘 되었다. 송화마을교육네트워크 대표이자 '책 문화공간 봄:' 관장인 김순정 님께 리더십에 대해 물었다.

"제가 관장을 맡기 전 정봉남, 김영주 관장님이 계셨죠. 그분들이 일하면서 어떤 어려움을 가졌을까 생각해봤어요. 리더라면 우선 첫 마음을 새기며 가려는 의지가 중요하다고 생각해요. 의미와 가치를 지켜내야 하니까요. 다음으로는 남보다 한발 앞서 고민하는 사람이어야 할 것 같아요. 소진되지 않고 떠나지 않아도 되는 지속 가능한 기반이라든가, 활동가들이 뜻한 바를 누리고 보람을 느끼며 살 터전에 대한 고민요. 마지막으로는 사람을 좋아해야 해요. 사람을 만나고, 만나서 이야기하기를 좋아하는 사람요. 그렇지 않으면 스스로 나가떨어지고 말 거예요. 처음 관장을 맡을 땐 전문성이 가장 중요하지 않을까 고민했는데 돌아보니 그 세 가지가 가장 필요하더라고요."

공동체가 나아갈 방향에 대한 고민을 놓지 않는 동시에 한 사람 한 사람을 귀히 여기는 리더의 혜안이었다.

키 큰 나무 사이를 걸으며 나는 울었다
내가 너무 작아서, 내가 너무 약해서,
키 큰 나무 숲은 깊고 험한 길이어서

키 큰 나무 사이를 걸으며 나는 웃었다
내 안에는 내가 생각하는 것보다
훨씬 크고 강하고 고귀한 내가 있었기에

키 큰 나무 사이를 걸으며 나는 알았다
키 큰 나무 사이를 걸어온 사람이
키 큰 나무 숲을 이루어간다는 걸

'키 큰 나무 사이를 걸으니 내 키가 커졌다'

— 박노해, 〈키 큰 나무 사이로〉, 『길』

연결

다른 세상을 꿈꾸며 몽상에 젖어 살던 십대 시절이 내게도 있었다. 시끌벅적한 낮의 기운이 잠들고 컹컹거리던 개 울음소리마저 졸음에 겨울 무렵이면 어김없이 찾아오는 소리가 있었으니 MBC FM 심야 라디오방송 '별이 빛나는 밤에' 시그널 음악이다. 프랑크 푸르셀(Frank Pourcel) 오케스트라가 연주하는 'Merci cerie(고마워요, 내사랑)'라는 곡의 첫 소절이 적막한 고요 속에 유일한 우주의 소리로 찾아왔고 이어지는 별밤지기의 나지막한 오프닝 멘트는 마음 깊은 곳을 아련하게 뒤흔들었다.

수많은 십대들의 감성을 끌어당긴 주파수의 힘은 어디서 비롯되었을까. 황홀한 연결감 같은 것이 아니었을까. 가보지 않은 어느 마을 동갑내기 애청자가 보내온 사연에 격하게 공감하며 '너의 그 한마디 말도 그 웃음도 나에겐 커다란 의미'로 시작하는 산울림 노래를 듣는 일은 라디오 청취 이상의 의미가 있었다. '별밤'은 십대들의 마음이 공명하는 가상의 공간이었다.

사람은 누구나 연결을 소망한다. 더 정확히 말하자면 다른 사람과 '연결되어 있는 느낌'을 갈망한다. 우리가 의식하든 의식하지 않든 인간은 어떤 식으로든 연결되어 있지만 그 느낌이 희미한 까닭이다. 당면한 문제를 해결하거나 더 나은 미래를 모색하기 위해 또 다른 연결을 만들기도 한다. 인디언 타코타족은 우주에 대한 통찰이 담긴 인사말 '미타쿠예 오야신(우리는 모두 연결되어 있습니다)'으로 존재에 대한 감사를 나눈다. 공동체를 이롭게 하는 일에 연결된다면 세상은 조금 더 살만해질까?

광주 마을교육공동체 운동도 시간이 쌓이는 동안 연결과 연결을 거듭해왔다. 광산구 첨단2동 주민자치회 사무국장을 맡은 송소옥 님은 광주 온마을학교 '꿈트리' 운영에 중요한 몫을 하는 회원이다. 지난해까지는 산호수 목공동아리가 첨단2동 마을교육공동체 활동을 했고, 2020년엔 주민자치회가 '꿈트리'라는 온마을학교를 운영한다. 산호수 목공동아리가 하던 마을교육공동체 활동이 주민자치회 활동으로 바뀌면서 활동 주체도 확대된 셈이다.

온마을학교 '꿈트리' 참여 협의체
- 봉사활동과 진로교육을 사회참여 수업으로 진행해온 '터'
- 남부대학교 거리에 포진해 있는 30여 개 수공예공방들의 협의체 '마당협의회'
- 마을 안 초중고등학교 교장과 운영위원장의 모임인 '마을교육행정협의회'
- 월계동 지역 11개 아파트 협의회인 '월계지기'
- 산월동 지역 11개 아파트 협의회인 '월봉지기'
- 지역 현안에 관심 있고 순환경제에 앞장서는 골목상권 선두주자 '건축자재상인회'
- 첨단 오솔길 무양서원 근처 상인 협의회인 '무양상인회'
- 마을 안 4개 중학교 학생회가 모여 만든 마을 청소년 협의회 '중등자치협의회'
- 첨단고등학교 마을 동아리 학생들의 모임 '고등자치협의회'
- 행복한 마을 만들기를 위해 엄마들이 만든 동네 목공동아리 '산호수 목공동아리'

이 다채로운 연결은 소소한 모임에서 비롯되었다. 2012년 학부모회, 운영위원회 활동을 하던 송소옥 님은 다른 엄마들과 함께 '우리가 잘할 수 있는 일로 무언가 해보자'는 생각을 주고받았다. 아파트 작은도서관에서 하는 목공 수업이 재미있었다. 따뜻한 질감의 나무를 만지고 다듬어 연결하는 노동, 쓸모 있는 무엇을 만드는 작업이 좋았던 네다섯 수강생들과 함께 모임을 이어가기로 의기투합했다. 마을에 방을 붙이니 20명의 회원이 모였다. 그렇게 결성된 것이 산호수 목공동아리다. 호기심에 해보자고 나섰다가 나무가 좋아서 이어진 평범한 엄마들의 모임이었다. 목공동아리를 만들고 보니 모여서 의논하고 작업할 공간이 필요했다. 아파트입주자대표위원회 사무실이 눈에 띄었다. 한 달에 겨우 한 번 하는 회의를 위해 공간을 묵혀두기는 아까웠다. 동아리방 겸 목공소로 만들어 날마다 활용하면 좋을 것 같았다.

그즈음 광주시 청소년 문화카페 조성 지원 사업 공모가 났다. 관리실 1층 재활용 창고를 청소년들이 마음껏 드나드는 공간으로 만들고 싶었다. 산호수 목공동아리 회원들이 부지런을 떨면 될 일이었다. 공모에 선정되어 광산구에서 처음으로 청소년 문화카페를 만들었다. 어떤 공간으로 꾸미면 좋겠는지 이곳에서 무엇을 하고 싶은지 청소년들에게 물었고, 그 의견을 반영해 만든 공간이다. 산호수 회원들은 목재를 크기에 맞게 자르고 다듬고 조립했다. 책꽂이를 만들고 테이블과 의자도 만들었다. 청소년들과 함께 페인트칠도 했다. 취미 활동 동아리쯤으로 여기던 주민들도 함께 사용할 주민 쉼터나 청소년 문화카페 만드는 일에 애쓰는 모습을 보며 고마워했다. '산호수는 마을을 위해 좋은 일 하는 사람들'이라고 인정하고 격려했다.

2015년에는 비아마을 목공소 '맹글라우' 결성에 동참했다. '맹글라우'는

'만들래요'라는 뜻의 전라도 말이다. 광산구 작은도서관 여성 목공동아리 5개가 모여 만든 협의체로 전통 오일장이 열리는 비아시장에 작업장을 내고 주민 참여 플랫폼 역할을 겸했다. 시장에 있으니 상인과 마을주민들 간 소통 공간이기도 했고, 시장을 이용하는 이들에게 목공체험의 기회를 제공하기도 했다. 무엇보다 마을과 학교가 함께하는 마을배움터였다. 몇 해 전 비아중학교 목공 동아리 학생들이 비아오일장 노점 상인들의 간판을 만들어 전해드릴 때의 훈훈한 광경을 아직도 잊지 못한다.

"할머니, 간판 만들어드릴게요. 상점 이름 뭐라고 할까요?"
"잉? 생각 안해봤는디? 허허. 나 콩나물 폰께 '콩나물집'이락 혀."

그렇게 해서 비아시장국밥, 건어물가게, 노란양판, 장수뚝배기, 나주튀밥, 진영팥죽, 장성황룡상회, 임곡상회 같은 간판을 만들어드렸다. 손주 같은 아이들이 만들어준 간판을 앞세우니 노점상 할머니들 마음이 한겨울 손난로를 품은 것마냥 훈훈해졌다. 썩 근사하게 만들지도 못했는데 고마워하고 대견해 하는 할머니들 손을 잡는 순간 아이들도 가슴 한편이 뜨겁고 먹먹해졌다. 아이들은 다음 일을 생각했다. 종일 쪼그리고 앉아 계시는 어르신들의 무릎이 걱정스러웠다. 편히 앉을 수 있는 작은 의자를 만들기로 했다. 전해드리는 날, 서로 바라보며 짓는 웃음이, 몸짓으로 전하는 마음이 그렇게 아름다울 수가 없었다. 이제 노점상 할머니들도 이웃이 되었다. 할머니들은 그 의자에 손수 삐뚤빼뚤 이름 석 자를 써넣고는 애지중지 소중하게 사용하며, 시장에서 장사를 이어갔다.

죽어버린 나무에 목공으로 옷을 입혔더니 지나가는 마을 사람이 '죽어있던 나무가 살아났다'고 했다. 정말 살아있는 것처럼 보였다. 마을에서 함께 지내던 나무의 죽음이 안타까웠는데 뜻밖의 부활이 반갑다 했다. 죽은 나무도 살리는 일이 목공이었다. 그때 불현듯 첨단2동 청소년들이 떠올랐다.

'내가 사는 마을에서 이런 일을 해야 하지 않겠나.'
'이곳 비아마을엔 마을활동가들이 많으니 우리 마을에서 해보자.'

마을주민들과 동주민센터의 요청도 있었다. 2017년부터 산호수 목공동아리는 첨단2동에서 마을교육공동체 활동을 이어갔다. 사회과 수업과 연계한 〈내가 바로 마을 활동가!〉 프로젝트는 특별했다. 마을 주민들이 학교와 주민센터에 지속적으로 제기한 문제 중 하나가 학생들의 흡연 문제였다. 당사자를 주체로 세워 스스로 문제를 해결할 기회를 주는 것이 옳은 방식이라 믿었다. 프로젝트 수업을 하며 학생들이 논의하는 모습을 지켜보았다. 금연 포스터를 공모해 학교 입구에 벽화로 만들어 붙이자, 금연 캠페인을 하자, 후미진 곳을 환하고 아름답게 바꾸자 같은 의견이 모아졌고 그대로 실행했다. 학교 선생님이나 부모님의 금연하라는 일방적 훈계보다 몇백 배 효과적인 문제 해결법이었다.

아침에 중고등학생 자녀들을 태우고 오는 차량의 과속 위험 문제도 해결했다. 로터리에 교통안전표지판을 만들어 붙이고 기발한 아이디어로 표어를 만들어 캠페인을 진행했더니 속도를 줄이는 실천으로 이어졌다.

"당신의 자녀가 지나가는 중"

"하이(Hi), 오늘도 멋지군요."

"대한민국의 미래가 지나가는 중"

"오늘도 최선을 다해요."

아들딸과 친구들이 들고 있는 저 표어를 읽고 어찌 빨리 달릴 수 있겠는
가. 주민들이 느끼는 문제를 아이들에게 전하고 스스로 해결하도록 지원해
주었을 뿐인데, 학교와 마을 모두에게 이로운 방향으로 문제가 해결되거나
줄어들었다. 자연스럽게 산호수 목공동아리는 '마을 문제 해결사'라는 두터
운 신뢰를 얻게 되었다.

송소옥 님은 몇 해 동안 마을교육공동체 활동을 진행하면서 어린이·청소
년의 존재에 주목하고 세대가 함께 어우러지는 마을을 꿈꾸게 되었다. 마을
에서는 동주민자치회의 역할을 주민 직접 참여 모델로 새롭게 정립해야 한
다는 목소리가 컸다. 자치는 주민이 갖는 기본 권리이다. 주민 스스로가 지
역 행정에 참여해 풀뿌리민주주의의 기반이 되는 주민자치회로 의견을 결집
해야 한다. 2018년 9월 첨단2동이 광주형 주민자치회 시범동으로 선정되었
고, 송소옥 님은 주민자치회 사무국장 일을 맡게 된다.

그간 주민총회를 몇 차례 진행했는데 총회 참석 주민이 매우 적다는 것이
문제였다. 주민총회는 마을살이를 위한 일을 의결하는 주민공론장이자 직접
민주주의의 장이 되어야 한다. 송소옥 님은 더 작은 생활단위, 연령대, 기관·
단체로 나누어 협의체 구성을 제안했고 우여곡절 끝에 주민자치회를 협의체

시스템으로 바꾸었다. 지난해 9월 20일 저녁 초등학교 운동장에서 주민총회를 열었다. 준비 기간까지 꼬박 넉 달이 걸렸다.

> **2019년 첨단2동 주민총회가 이루어지기까지**
> - 주민 의견 수렴 및 9개 주민 협의체 구성(2019. 5. 30.~7. 17.)
> - 주민 의견 수렴 및 의제 제안 기간(6. 15.~7. 19, 185개 의견)
> - 마을총회 주민 추진위원회 구성 간담회(7. 29.)
> - 마을의제 제안회의 및 현장 답사(7. 29.~8. 26)
> - 마을의제 확정(13개 의제 선정, 8. 21.)
> - 주민 사전투표(10개소, 8. 27.~8. 30.)
> - 주민총회 현장투표(9. 20.)

변화의 정점은 학생들을 바라보는 마을 어른들의 시각이었다.

"애들 데려다 놓고 도대체 뭘 한다는 거야?"에서 "이번엔 애들이 뭐 안 하나?"로. 마을 어른들의 마음 한켠에 학생들의 자리가 생긴 것이다. 첨단고등학교 학생들이 참 잘 해냈다. 주민자치회에 고등협의체 대표로 참여하면서 의견을 밝히는 태도가 믿음직스러웠다. 시급하고도 중요한 문제를 상정하고, 뒷받침하는 영상 자료를 만들어 설득력 있게 문제의식을 공유했다. 학교 주변 교통문제였다. 학교까지 100미터쯤 오르막길이 이어지는데 학생들은 이 길을 활주로라고 부른다. 길 가까이에 중학교와 고등학교가 있고 활주로라 불리는 길 한쪽에는 남부대학교로 연결되는 쪽문이 있는데 제한 속도가 40킬로미터였다. 길가에는 불법 주정차 차량들이 많았다. 학생들은 등하교를 할 때마다 위험한 상황에 그대로 노출되었다. 문제 해결에 필요한 설문조사를 어떻게 할 것인지 방법과 대안까지 제시하며 짜임새 있게 이야기하는 모습을 보고 자치위원과 협의체 대표들 모두 깜짝 놀랐다.

불법 주정차를 할 수 없도록 분리 방지봉 설치, 제한 속도를 30킬로미터로 변경, 반사경과 건널목 신호등 설치 등이 학생들의 요구였다. 첨단고등학교 학생들의 서명도 받고, 마을축제에서 주민 서명까지 받아 주민총회 때 고등협의체 대표 학생이 제안 설명을 했다. 주민총회 추진위원회에서 정리하고 모은 13개의 의제 중 고등협의체에서 제안한 〈학생들의 소중한 생명을 지켜주세요〉는 주민참여 사업 두 번째 우선순위로 채택되었다. 주민총회의 결정대로, 올해 분리방지봉과 반사경, 과속방지턱은 설치되었고 제한 속도도 30킬로미터로 변경되었다. 건널목 신호등 문제는 여러 조건들이 맞물려 아직 논의 중이다. 첨단2동 주민총회를 참관한 해당 지역 구의회 의원은 주민자치회 위원 자격을 만 16세 이상으로 하향 조정하는 내용을 '광산구 주민자치회 시범실시 및 설치·운영에 관한 전부개정 조례안'으로 대표 발의해 조례로 제정하였고, 전국적인 조명을 받기도 했다.

아파트 마을 엄마들의 취미 동아리였던 산호수가 옆 마을 목공동아리와 연결되더니, 학교와 마을을 잇는 플랫폼이 되었다. 청소년 사회참여 동아리와 만났고, 마을교육활동을 열심히 하는 옆 마을 단체와도 이어졌다. 이제는 첨단2동의 가장 큰 우산인 주민자치회와 적극 소통하며 관계를 맺고 있다. 하나둘 끈끈한 고리가 생길 때마다 함께하는 사람이 늘었다. 산호수 목공동아리로 시작한 삶의 방향이 잘못되지 않았음을 확인할 수 있었다. 그래서 기뻤고 그때마다 새로운 힘을 냈다. 고비고비 어려움이 없었던 것은 아니다. 산호수나 맹글라우 회원으로 활동할 때는 마냥 즐거웠다. 주민자치회로 들어오면서 난관이 많았다. 지향과 목표가 서로 다른 이질적 협의체들의 이해와 요구는 다를 수밖에 없었다. 여러 번 만나 소통하고 협의하면서 함께 바라보는 지점을 맞춰가기까지 많은 시간과 노력이 필요했다.

　어느 순간의 이음 자체를 연결이라 한다면 그 연결이 긴밀하게 지속되는 상태를 네트워크라고 할 수 있다. 연결이 네트워크가 되려면 서로에게 기댈 수 있으면서 도움이 되는 관계가 맺어져야 한다. 연결되는 사람과 기관과 단체가 자발적으로 참여하고 협력하려는 의지가 중요하다. 어느 한쪽의 일방적 희생이나 헌신으로는 네트워크를 지속하기 어렵다.

　광주마을교육공동체 활동을 위한 네트워크는 구성원들이 직접 이익을 취하는 방식이 아니라 마을의 어린이·청소년에게 이로운 방식으로 운영된다. 물질적 이익이 아닌 심리적·정서적 유대감과 마을교육공동체가 추구하는 가치를 공유하는 경향이 두드러지게 나타난다. 연결과 네트워크는 결국 사람, 동지(同志)를 얻는 일이다.

　길을 걷다 보면 생글거리며 '아이스크림 먹고 싶어요' 달려드는 아이들이 있다. 사주지 않을 도리가 없다. 이모처럼 고모처럼 혹은 엄마처럼 용돈을 먼저 꺼내 주기도 한다. '더운데 친구들이랑 시원한 거 사 먹으렴.' 아이들 웃음이 돌아온다. '선생님, 저 알죠? 제 이름이 뭐라고요?' 마을님들에게 제 존재를 심어두고 싶은 아이들 마음이 고맙다. 아이들 이름을 기억하려는 노력도 해야 한다. 마을 프로젝트, 주민총회를 마치고 '살아있는 공부를 제대로 한 느낌이어요. 정말 많은 것을 배웠습니다. 보람 있는 활동 할 수 있도록 도와주셔서 감사해요'라는 문자메시지가 도착했을 땐 눈물이 날 만큼 뿌듯했다. 덕분에 힘들기도 했던 모든 과정이 아름다운 고군분투로 남을 수 있었다고 고백한다. 마을 청소년들을 얻었다.

마을 주민들의 마음도 얻었다. 마을이 좋은 방향으로 변화되는 모습을 보니 '잘했다, 고생했다, 좋다' 말해주는 이들이 많다. 그럴 때 어깨에 앉은 묵직한 피로감이 사라진다. 이해와 요구가 달라 얼굴 붉혔던 분들도 이제 지나가면 들어와 차 한 잔 하고 가라 권한다. 그런 게 다 뭐라고. 사람과 마음을 얻는다는 것은 더 나아갈 힘을 갖는다는 말이다.

연결, 네트워크는 확장이다. 주민참여의 확장이요, 시민의 확장이다. 네트워크는 함께하는 협의체들이 주인의식을 갖고 참여하며 함께 기획하고 성찰하겠다는 약속이다. 네트워크는 '하나 더하기 하나는 둘' 같은 단순한 협의체의 합이 아니다. 하나에 하나를 더해 셋이 되기도 하고 그 이상이 되기도 하는 것이 네트워크의 힘이다. 단순한 양적 증가가 아닌 질적 확장이다. 문산마을, 금상첨화, 일곡마을배움청도 연결과 연결 너머 주민자치회와 결합하는 네트워크로 확장해가고 있다.

배움과 성장은 평생을 두고 해야 할 모두의 일이다. 마을교육공동체를 주민자치회 단위의 이슈로 받아들여 연결하고 협력하는 시스템을 고민해야 하는 까닭이 여기에 있다. 과정이 순탄하지만은 않을 수도 있다. 주민자치회로 확장하여 마을교육공동체 활동을 하다가 연결을 해제한 마을도 있다. 함께 만나 시너지 효과를 낼 수 없다면, 바라보는 지점을 맞추기 어렵다면 조급하게 연결하고 확장하는 것보다 잠시 멈추어 성찰하고 숙고할 시간을 갖는 것도 지혜롭다. 그럼에도 다시 꿈꾼다. 최재천 교수의 말처럼, 손잡지 않고 살아남은 생명은 없다.

청소년의 자리(모두의 자리)

"제 말을 들어줄 사람이 필요하다고 생각합니다. 때로는 원망스러운 부모님들이 부모이기 이전에 사람이듯이, 학생은 학생이기 이전에 사람이니까요. 사람에게는 좋은 사람이 필요합니다. 좋은 조언을 해주는 사람보다는 잘 들어주는 사람이 곁에 있으면 좋겠습니다. 웃음처럼 슬픔도 쉽게 나눌 수 있다는 것을 저는 아주 힘들게 알았으니까요."

— 노정석, 『삼파장 형광등 아래서』, 고등학생 A의 기록들

우리 사회에서 청소년의 자리는 어디쯤일까. 교실이나 공부방, 독서실 혹은 입시학원이 아닌 어느 곳에서 청소년을 만날 때, 반가울까. 고등학생 노정석은 학생이기 이전에 '사람'이라고 말한다. 사람의 말을 들어줄 '사람'이 필요하단다.

마을교육공동체 활동가들은 고등학생 노정석이 필요로 하는 '사람'이 되려 한다. 어린이·청소년을 더 많이 존중하고 더욱 깊이 이해하며 주인인 판을 만들기 위해 노력한다. 어른들에게 '심하게' 기운 권력의 무게추를 수평으로 끌어올리기 위해서는 '심하게' 그래야 한다고 믿는다. 공동체 역량이 깊어

질수록 아이들 스스로 기획하고 실행하는 프로젝트와 그들의 의견을 반영하는 의사결정구조를 중요하게 여긴다. 시민으로서 누려야 할 정당한 권리를 존중하고 뒷받침하려고 한다.

일곡마을배움청은 특히 청소년의 자리에 대한 논의가 활발했다. 일곡마을에서는 일 년에 두 번 주민총회를 연다. 한 해 마을 사람들이 집중할 일을 의논하고 결정한다. 한새봉 순환도로 문제가 대두된 2009년, 마을주민단체인 '한새봉두레'를 결성한 것이 계기가 되었다. 마을에 어려운 일이 생겼을 때 온 마을 사람들이 함께 힘을 모아 길을 찾으면 된다는 생생한 교훈을, 그때 얻었다.

일곡마을배움청은 한새봉 개구리논에서 비롯되었다. 그곳에서 봄이면 개구리논 손모내기로, 가을이면 벼 베기 행사로 한바탕 떠들썩한 마을잔치가 벌어졌다. 마을 농사 2년째인 2010년에는 한국내셔널트러스트가 선정한 '꼭 지켜야 할 자연유산'에 선정되기도 했다.

한새봉 자락에 마지막 남은 개구리논이 없어질 뻔한 적도 있었다. 일곡마을배움청 정은실 대표가 환경운동 시민단체 녹색연합에서 일하고 있을 때였다. 광주의 앞산, 뒷산을 조사하면서 공식적으로 발표되지는 않았지만 일곡동 한새봉이 북부순환도로라는 도로계획선에 포함되었다는 것을 알았다. 일곡마을 주민들의 삶에 한새봉 숲은 숨구멍과도 같았다. 정은실 대표는 마을 주민들과 '한새봉 숲사랑이'를 조직했다. 매주 한새봉을 다니며 나무와 숲, 야생화 공부를 했다. 개구리논을 볼 때마다 '이 논이 여기에 있어 얼마나 다행인가'를 서로 이야기하며 농사짓던 어르신들과 인사도 나누었다. 그런데 어느 날 '인자 여그 농사 그만 지을라고 하네' 하시는 것이다.

큰일이었다. 개구리논과 함께 마을의 생물 다양성도 사라질 위기였다. 개구리논에서 자라는 것은 벼뿐만이 아니다. 도롱뇽부터 무당개구리, 두꺼비, 북방산개구리, 물방개, 풍년새우 등 헤아릴 수 없이 많은 논 습지 생물들도 함께 산다. 논을 지켜야 했다. 개구리논 농사를 같이 지을 마을주민 백 명을 모아 논을 임대했다. 초보 도시농부가 되어 모내기도 하고 벼 베기도 했다. 엄마 아빠 따라 아이들이 모이자 한새봉은 마을놀이터가 되었다. 알콩달콩 재미나게 놀 궁리를 하다 보니 아이디어도 풍성해졌다.

2016년, 광주시는 개구리논이 있는 한새봉을 공원으로 지정했다. 한새봉농업생태공원이 탄생했다. 주변 땅을 공원 부지로 확보해 건물을 짓고 한새봉농업생태공원 방문자센터를 열었다. 마을 주민들의 힘으로 한새봉 개구리논을 지켰고, 공원으로 지정도 받았다. 해당 관할청인 북구청은 공원 운영권을 다시 마을주민에게 위탁하여 한새봉마을두레가 맡아 운영 중이다. 마을 주민의 힘으로 소중한 가치를 지켜내고 공원을 조성한 사례는 매우 드물다.

올해는 "한새봉 숲길을 지켜주세요!"라는 기부 프로젝트도 진행했다. 한새봉은 마을을 포근하게 감싸고 있는 엄마 산이다. 다정한 얼굴로 평화롭게 제 숨을 쉬게 하는 오랜 연인 같은 산이다. 아파트 단지로 이루어진 일곡마을에선 유일하게 허파 구실을 하는 숲이다. 크고 작은 수많은 생명을 품고 있는 바로 그 한새봉을 지키자고 일곡마을배움청 주민들은 호소한다.

여기, 두 갈래 길이 있습니다. 산자락을 잘라내고 산속 깊이 터널을 뚫고 도로를 내고, 그렇게 해서 자동차로 쌩쌩 달리는 길. 이 길을 따라가면 우리는 어쩌면 5분 정도 빨리 갈 수 있을 것입니다. 아무리 따져봐도 이득은 그게 전부입니다. 하지만 결코, 돌이킬 수 없는 길이기도 합니다. 그리고 또 하나의 길이 있습니다. 검은등뻐꾸기 소리를 벗 삼으며 나무숲 터널을 따라 아이 손 잡고 싸목싸목 걷는 길. 이 길에는 수많은 생명들이 함께 걷습니다. 나무 사이사이 하늘다람쥐가 노닐고 도랑에는 도롱뇽이 꼼지락거리고 원앙 부부가 사이좋게 쉬어갑니다. 산자락에 기대어 논과 밭을 일궈가는 사람들이 있고 여전히 살아 숨 쉬는 마을공동체가 있습니다. 우리는 어떤 길을 택해야 할까요?

— <한새봉을 지켜주세요!> 기부 프로젝트 문구 중에서

일곡마을은 다른 마을처럼 구도심 공동화 현상이라든가 유해환경 문제를 유발할 요인이 없다. 반면에 청소년을 위한 공간과 프로그램에 관한 의제가 마을회의에 자주 상정되었다. 우선 청소년을 위한 공간을 만들어보기로 했다. 마을의 숙원 과제였다.

2016년 봄, 일곡마을 주민들은 '청소년 전용공간 마련을 위한 하루밥집'을 열기로 했다. 자치단체를 찾거나 독지가를 만나서 손을 벌릴 수도 있겠지만, '청소년 전용공간 마련'이라는 의미와 취지에 동의하는 주민들의 마음을 모으는 것이 중요했다. 일곡마을뿐만 아니라 광주 곳곳에서 많은 이들이 뜨겁게 호응해주었다. 월세와 운영비를 포함한 1년 운영비 1000만원을 훌쩍 넘어 400만원이나 초과 모금되었다. 기금이 그렇게 모였다는 것은 청소년 전용공간 마련을 지지하고 응원하는 마음이 크다는 뜻이다. 망설이지 않고 나아가게 하는 든든한 격려였다.

막상 청소년카페를 열려고 하니 두렵기도 했다. 더 많은 사람에게 의견을 물었다. 특히 카페를 이용할 당사자들의 이야기를 들으려 애썼다. 우리 마을 청소년카페는 어떤 공간이면 좋을지 그곳에서 무엇을 하고 싶은지 어떤 공간이 필요한지 물었다.

"친구들과 마음껏 수다를 떨 수 있는 공간이면 좋겠어요."
"숙제도 하고 책도 읽고 노래도 부르고 춤도 출 수 있는 그런 곳?"
"보드게임 같은 것도 하며 놀 수 있는 곳이 필요해요."
"청소년들만 있는 공간이 필요해요."

청소년들은 그들만의 공간을 원했다. 눈치 보지 않고 하고 싶은 것을 할 공간이 절실했다. 고심 끝에 일곡마을 청소년카페는 중고등학생 전용공간으로 마련하자고 합의했다.

카페에서는 음료도 팔고 설거지도 하고 잔손 가는 일이 많은데 그 일은 누가 해야 할까. 청소년들은 스스로 해보자고 뜻을 모았다. 마을에 사는 청소년 매니저를 뽑고 카페 운영팀을 모집하자는 의견도 나왔다. 전용공간 사용자가 그곳 운영에 필요한 모든 일을 감당하겠다는 뜻이다. 매니저 활동을 희망하는 청소년에겐 '일곡마을 청소년 전용공간 마련을 위한 하루밥집'의 의미와 공간 마련을 응원하는 마을주민들의 마음을 충분히 설명했다. 아이디어를 모아 청소년들이 좋아하는 메뉴 개발도 하고 관련된 요리 수업도 했다. 청소년카페는 요일별 책임 매니저를 정해 돌아가며 운영했다.

마을 사람들은 청소년 전용공간을 마련하고 청소년에게 운영의 자율권을 주었지만 한동안 불안과 걱정을 놓지 못했다. 처음 시도해 보는 일인데 왜 안 그렇겠는가. CCTV를 설치해야 하나 고민스럽기도 했다. 지내놓고 보니 그런 불안과 걱정은 어른들의 조바심일 뿐이다. 믿고 바라봐 주니 열에 여덟 아홉은 정말 열심히 공간을 운영했다. 청소년이라고 미숙한 것도, 잘 못 하는 것도 아니었다. 스스로 할 수 있도록 지지해주고 시도할 기회를 마련해 주는 것, 실패와 도전의 경험을 밑거름 삼아 성장을 거듭하도록 든든한 버팀목이 되어주는 것, 그것이 바로 어른이 할 일이다.

학교 교육과정과 연계해 청소년카페를 운영해보기도 했다. 일동중학교와 일신중학교에 카페 운영 동아리 개설을 요청했다. 매니저가 되거나 운영팀이 되어 카페 운영에 참여하고 싶은 친구들을 모집해달라고 했다. 인기가 꽤 있었다. 학생들은 동아리 활동 시간이면 카페로 왔다. 공간을 어떻게 운영해볼까, 어떻게 하면 친구들이 많이 찾을까 의논했다. 학교 복도나 계단 벽에 홍보글을 붙여 알렸다. 카페에서 쓸 티매트를 직접 만들기도 했다. 바느질도 하고 청귤청이나 자몽청을 만들어 카페에 기증했다. 청소년카페 이름으로 후원도 했다. 학교체육대회 때 응원상을 받은 반 친구들에게 쿠폰을 주어 무료로 청소년카페 음료를 나눈 재미있는 아이디어였다.

일곡마을회의에서는 청소년 매니저 활동에 대한 정당한 노동의 대가를 지불하기로 했다. 최저시급(2016년 최저시급 6030원)을 지급했다. 당시에는 파격적이었다. '청소년카페를 운영하지만 수익 목적이 아니니 적자는 불을 보듯 빤한데 임금을 지급한다고? 최저시급을 맞춰서?', '임금 체불 상황이 생기면 책임은 누구에게 있는 거지?' 궁금했다. 임금 지급의 주체는 일곡마을회의라는 주민네트워크였다. 일곡마을 사람들은 청소년의 권리와 노동의 가치를 귀히 여겼다. 삶터에서 실천 방안을 찾고 십시일반으로 몫을 감당하는 넉넉한 품을 지닌 사람들이었다.

노동의 대가를 인정받으면서 일하게 된 청소년 매니저들은 대개 중3 학생들이었다. 무척 열심히 했고 자긍심도 대단했다. 카페는 평일 오후 4시부터 9시까지 문을 열었고, 주말에는 종일 운영했다. 일곡마을배움청 정은실 대표는 3시 반에 카페 문을 열어주고 정확히 9시에 문을 닫으러 들렀다. 청소년 매니저는 요일 근무제로 하루 두 명씩 일했다. 한 달 일하면 대략 12만원 정도 받았다. 청소년에겐 적지 않은 액수였다. 청소년들은 제 몸을 움직여 번 돈을 함부로 쓰지 않았다. 매니저 활동 기간은 반년, 학기에 맞춘 6개월이었는데 한 푼도 쓰지 않고 모아 특별한 여행길에 오르기도 했다.

청소년 전용카페가 있는 마을이 또 있을까. 있다손 치더라도 최저시급을 보장받으며 일하는 중학생들은 얼마나 될까. 드문 일이다. 청소년 매니저들은 하고 싶은 일을 하며 공간을 누리고 노동의 대가를 받는 것이 마을 어른들 덕분이라고 생각했다. 그들도 뭔가 마을에 환원할 것을 생각하다가 각자 자신의 강점을 살려 할 수 있는 일을 계획했다. 모범생이라 불리는 친구들은 방학 때 '동네 형에게 배우는 수학' 같은 프로그램을 열어 초등학생들을 가르쳤다. 어떤 매니저는 걸그룹 댄스를 가르쳤다. '춤 잘 추는 동네 언니'는 동생들에게 꽤 인기가 있었다. 그림책을 읽어주거나 종이접기를 가르치는 친구도 있었다. 아이들은 어른에게 배울 때보다 동네 형이나 동네 언니로부터 더 잘 배웠고 더 즐겨 참여했다. 훈훈했다.

쿠폰 제도는 참 기발했다. 돈이 없는 청소년들도 카페에 오고 싶을 때 올 수 있는 공간이어야 한다. 무료로 이용하는 방법이 없을까 고민하다 청소년 카페 쿠폰을 만들었다. 대개 카페 쿠폰은 음료를 이용할 때 도장을 찍는데 청소년카페에서는 다르게 기획했다. 마을 활동 참여나 봉사활동을 한 횟수만큼 음료 도장을 찍어주었다. 마을에 있는 학교에서도 쿠폰 도장을 받을 수 있었다. 생협, 한살림, 한새봉두레, 일동중, 일신중 등 장소마다 다른 도장을 마련해 청소년들의 봉사활동이나 마을 활동 참여의 경향성도 살필 수 있었다. 쿠폰에 찍힌 도장 하나로 카페 음료 하나를 마실 수 있다. 청소년들은 쿠폰으로 카페 공간을 무료로 이용하기도 하고 친구를 데려와 음료를 대접하기도 했다.

청소년카페는 일 년쯤 지나니 자리가 잡혔다. '아, 이곳은 우리들 공간이구나!' 비로소 안심하는 듯 보였다. 매니저는 학기제로 모집했다. 하겠다는 친구들이 많으니 기회를 고루 주기 위해서다. 3기 모집 때는 경쟁률이 특히 치열했다. 서류심사와 면접과 현장 실습까지 거쳐야 했다. 기존 청소년 매니저 중 한 명은 꼭 심사를 함께 했다. 자기도 모르게 '모범생 스타일'에 좋은 인상을 받곤 하는 편견을 보완하기 위한 어른들의 자구책이었다. 청소년 매니저들의 눈은 달랐다. 운영 당사자들의 의견을 반영하는 것이 당연한 일이기도 했다. 실제로 얌전하고 고분고분한 모범생 스타일보다 사회성 좋고 활발한 친구들이 카페 운영에 신선한 재미와 아이디어를 더했고 일 처리도 야무졌다. 다른 매니저들과의 관계도 좋았다. 마을과 사회는 다만 그들이 잘

할 수 있는 일, 하고 싶은 일을 시도하고 펼칠 수 있도록 멍석을 펼쳐주면 되었다.

청소년카페는 어느새 청소년들에게 친근한 공간이 되었다. 학교에서도 아이들에게 소개하며 가보라 권유했다. 모든 음료는 천 원이었다. 재료비 정도 나오는 가격. '난 천 원을 내고 마시는데 넌 쿠폰으로 마시는구나. 무얼 하면 그 도장 받을 수 있어?' 묻는 친구도 생겼다. 매니저들은 페이스북 페이지를 만들어 카페나 마을의 행사를 알렸다. 참여한 청소년들에겐 도장 쿠폰을 발급했다. 마을 사람들이 어울려 무슨 일을 하는지 보기만 해도 물음표가 꼬리를 이을 것이다. 마을 길 쓰레기 줍기나 초록 게릴라 가드닝 행사에도 참여할 수 있도록 문을 활짝 열었다. 의자를 만들어 기증하기도 하고 한새봉 숲 공부도 했다. 개구리논 벼 베기 체험도 했다. 카페에서 쿠키와 매듭 팔찌도 만들었다. 청소년들이 참여하도록 여러 가지 활동을 기획하고 도장 쿠폰도 발급했다. 주로 토요일 오전에 프로그램을 진행했지만 겨우 예닐곱 명 참여할 때가 많아 안타깝기도 했다.

"선생님, 참여하고 싶은데 주말엔 10시에 일어나는 것도 힘들어요."

안쓰러웠다. 학교 수업을 마치고도 밤이 깊도록 빡빡하게 짜인 일정을 사는 청소년들에게 주말은 사실 늘어지게 잠잘 시간이지 않은가. 그래서 더욱 청소년들만의 공간에 대하여 심사숙고했다.

일곡마을에는 곧 북구 청소년문화의집이 문을 열 예정이다. 청소년카페는 이제 북구 청소년문화의집에서 두 번째 버전을 실행하기 위해 잠시 쉬는 중이다. 개관이 예정보다 늦어져 안타깝다. 정은실 대표는 청소년카페가 마을에서 어설프게 실험하고 도전해본 단계라면 이번에는 다른 지역 탐방과 경험에서 얻은 노하우를 발휘해보고 싶다 했다. 청소년카페 운영을 청소년 스스로 하도록 지원했지만 공간을 마련하고 세팅하는 과정에선 당사자의 요구와 목소리가 반영되었다기보다는 마을활동가들의 의지로 진행되었다. 세를 내어 운영한 까닭에 언제 나가야 할지 모른다는 불안도 있었다. 카페 쿠폰제도는 기발하고 재미있지만 청소년 마을화폐로 진화할 수 있으면 더 좋을 것 같다. 일곡마을 카페뿐만 아니라 빛고을생협, 한새봉 개굴장 같은 곳에서 청소년 마을화폐가 통용된다면 청소년들의 마을 활동 참여가 활발해질 것으로 기대된다.

일곡마을배움청 청소년카페 이야기만으로도 놀라움 투성이었다. 섬세하고 똑똑한 장치들이 체계적으로 맞물려 어떻게든 청소년의 자리를 만들었고 안정적으로 정착시켰다. 물리적 공간을 마련하는 것도 쉽지 않지만 마을 사람들의 심리적 공간을 확보하는 일은 더더욱 어렵다. 일곡마을 사람들이 마음으로 낸 청소년의 자리를, 청소년들도 살아가는 내내 기억하리라.

매혹

매혹되지 않는다면, 마음을 주고받으며 신뢰하지 않는다면 어찌 평생을 머물러 살겠는가. 근대식 공장노동자나 도시의 월급쟁이는 결코 모를 고통과 즐거움이 그곳에 있다. 땅을 일구는 농부에게 벼와 왕우렁이와 물뱀은 매혹을 이루는 요소이자 기쁨을 나누는 벗이다.

— 김탁환, 『아름다움은 지키는 것이다』

서른 해 가까이 학교를 오가면서 나는 무엇에 매혹되어 살고 있는가 스스로에게 물었다. 어린 영혼에 매혹되었다. 아이들의 입말과 몸말을 유심히 살피며 그들의 영혼과 교감할 때 내 영혼도 웃었다. 환한 웃음소리와 진솔한 이야기에 매료되었고 친구를, 이웃을 살리는 생각과 말에 홀려 살았다. 아이들의 영혼이 나를 키우고, 삶을 가꾸도록 안내했으며, 내 영혼에 쌓인 먼지도 닦아주었다.

매혹된다는 것은 있는 그대로의 모습 전부를 품는다는 말이다. 처음 교사가 되었을 때 아이들의 교실살이가 어떻게 하면 더 재미있을까 고민했다. 스무 해가 되어서야 아이들의 반쪽 삶이 학교 아닌 다른 곳에 있음을 깨달았다. 온 삶을 살피는 시스템이 필요했다. 매혹의 시간이 두터워질수록 아이들이 사는 마을, 살아갈 세상까지 품어야 한다는 생각이 짙어진다. 아무런 대가 없이 마을교육공동체 문화를 일구어가는 마을님들을 만날 때, '매혹'이라는 단어가 떠올랐다.

금상첨화(錦上添花)는 '비단 위에 꽃을 더한다'는 뜻으로 좋은 일 위에 더 좋은 일이 생길 때 흔히 쓰는 말이다. 마을교육공동체 금상첨화는 금호1동과 상무2동의 첫 글자를 따서 지은 이름으로 두 동에 있는 네 개 초등학교와 마을이 힘을 모아 마을교육을 꽃피우자는 의미를 담고 있다. 금호동과 상무동은 뒷산처럼 친근한 백석산과 커다란 숲이 있는 중앙공원을 끼고 있다. 고려 말 충신 정몽주 등 5인의 위패를 모신 병천사, 서구 8경의 하나인 마애불이 자리 잡은 운천사도 이곳에 있다. 마을은 이미 훌륭한 배움터로 아이들과의 조우를 기다리고 있었다. 마을과 학교의 결합은 2016년 1월 상무초등학교 부임 예정이던 두 선생님과 마을활동가들의 만남에서 시작되었다.

마을도서관 다락은 금상첨화의 거점 공간이다. 금상첨화는 2014년부터 인권마을 만들기를 하며 어린이·청소년 인권에도 주목한다. 이를 실천하고 존중하는 첫걸음으로 놀이 활동에 집중했다. 어렸을 때 마음껏 행복해야 평생을 지탱할 든든한 힘이 생긴다. 어렵고 힘든 고비 고비에서 그 기억을 떠올리며 삶의 굴곡을 헤치고 나갈 수 있다. 행복한 기억이란 어디서 오는가. 동무들과 함께 어울려 실컷 뛰어놀았던 날들이 아닌가. 놀 친구가 없으면 '오징어놀이 할 사람 요리요리 붙어라'를 노래하듯 반복하고, '○○아, 노올자!'로 아직 나오지 않은 친구를 불러내 해질녘까지 놀던 기억 말이다.

무슨 일을 하든 스스로 그리고 더불어 하는 것이 중요하다. 금상첨화 사람들은 자립정신과 협력하는 태도가 놀이를 통해 길러진다고 생각했다. 그래서 인권마을 만들기 사업을 하면서도 내내 놀이에 집중했다. 아이들에겐 놀이가 밥이다. 어떻게 좀 놀아볼까, 어떻게 하면 잘 놀까 줄기차게 고민했다. 전래놀이 마당을 열고 금요일마다 아파트 안에서 놀이터도 열었다. 아이들이 안전하게 놀도록 지켜주었다. 아이들은 스스로 잘 놀았고 필요할 땐 도움을 요청했다. 금상첨화 사람들의 시선은 학교로 향했다.

광주상무초등학교가 혁신학교로 첫걸음을 시작한 2016년 1월, 전입 예정인 두 교사가 학교 근처 마을도서관 다락을 찾았다. 마을활동가 강은미, 이은진 님을 만나 아이들의 삶에 대한 이야기를 나눴다. 한 달에 한 번씩 만남을 이어갔다. 뭔가를 해보자 궁리하다 마을교육공동체 씨앗동아리 활동부터 같이 하기로 했다. 책을 읽고, 영화를 보며 교육에 대한 생각을 나누었다. 평소 눈여겨 보았던 일곡마을배움청 정은실 대표를 찾아 마을교육 이야기도 들었다.

〈다음 침공은 어디?〉라는 마이클 무어 감독의 다큐멘터리 영화는 교육, 사회, 인권 그리고 함께 사는 인간의 가치에 대해 많은 질문을 던진다. 더 좋은 사회, 더 나은 미래를 상상하는 힘을 잃어버린 사회는 죽은 사회다. 지금은 불가능하다고 여겨지더라도, 우리의 현실과는 전혀 다른 새로운 사회를 꿈꾸어보면 어떨까. 혼자서 꾸는 꿈은 그냥 꿈일 뿐이지만 여럿이 함께 꾸면 현실이 된다고 했다. 학교와 마을의 만남도 물꼬가 트였으니 그 흐름을 이어 '우리 마을 교육수다'라는 이야기판을 벌였다.

이은진 대표는 마을교육의 방향이 모두 함께 잘 사는 것이라고 믿는다. 그 방향을 놓치지 않고 꾸준히 나아갈 힘을 갖는 것이 중요하다. 경쟁에 찌들어가는 아이들을 보면서도 모르는 체 눈 감는 교육이 아닌, 한 사람 한 사람이 자신만의 고유한 빛깔로 살아나는 교육이 중요하다. 우리 마을 교육수다는 참가자들의 활발한 참여로 꼬박 세 시간 동안 계속되었다. 다만 학부모와 교사가 한 자리에서 이야기 나누지 못한 것이 아쉬웠다. 학부모가 참여할 수 있는 시간에 교사들은 수업을 해야 했고, 교사가 참여할 수 있는 시간에는 학부모가 바빴다.

이은진 대표에게 교사들과 함께 한 우리 마을 교육수다는 교사들을 이해하는 데 적잖은 도움이 되었다. '마을에 있는 네 개 학교 교사 스무 명이 모였던 자리다. '마을과 만나려면 많은 에너지가 필요하다, 가치가 맞지 않으면 과감히 포기하고 잘 맞는 마을 사람을 찾아야 한다, 학교에서 두 명 이상 마을교육에 매달리면 안 된다, 할 일이 얼마나 많은데 마을에 에너지를 다 쏟느냐' 등등 씨앗동아리 선생님들과의 대화에선 들어보지 못한 이야기가 오갔다. 이은진 대표 한 사람을 제외하곤 모두 교사였다. 어? 어? 어? 교사들의 발언이 이어지는 사이 속에서 자꾸만 브레이크가 걸렸다.

'어? 마을 사람인 나는 그런 생각 해보지 않았는데?'

'어? 나는 마을 사람이니까 무엇이든 무조건 다 해야 하나, 그럼?'

'어? 교사라면 당연히 마을과 연계한 교육을 고민하고 길을 찾으려 애써야 하는 것 아닌가?'

그러다 고개를 끄덕였다. '그래. 그렇게 생각할 수도 있겠구나. 학교에 내가 헤아리지 못하는 상황들이 많은가보다', '여기서 오가는 이야기들이 교사들의 보편적 정서겠구나' 생각하고 나니 마음이 홀가분해졌다. 그때 교사들의 목소리를 생생하게 들었기에 학교 담당교사의 어려움을 이해하게 되었다. 학교 선생님도 재미있어야 한다. 마을교육공동체의 철학과 가치를 공감하고서야 마음을 내어 즐겁게 할 수 있는 것 아니겠는가.

2016년 드디어 상무초등학교 강당을 사용할 수 있게 되었다. 금상첨화 주민들이 일요일 오후 2시부터 5시까지 놀이터를 열었다. 어른들은 놀잇감을 가져가 펼쳐주기만 하면 되었다. 얼음물은 마을도서관 다락에 미리 준비해두었다 가지고 갔다. 어떤 날은 문을 열기도 전에 아이들이 먼저 와 기다리고 있었다. 평일 내내 분주하게 활동하면서도 일요일마다 놀이터를 열다니, 쉬지도 않고 그런 일을 왜 했느냐 물었다.

"재밌잖아요. 우리도 놀아요. 그렇지? 재밌었지?"

호탕하게 답하며 다락 도서관지기를 향해 질문을 잇는다.

"이런 공간이 없잖아요, 다른 친구들 만나서 놀 곳. 놀이터에서 만나면 아이들은 금방 친해지더라고요. 같이 몸을 부대끼며 노니까."
"어렸을 때 '여기여기 모여라' 그거 있잖아요. 그 기분이에요. 배드민턴도 가르쳐주고 그랬죠. 실력은 별로 안 늘었지만. 저희도 노는 거예요."

그렇게 함께 놀다 보니 마을 아이들과 친해졌다. 안전한 마을이란 그렇게 만들어지는 것 아닐까. 길을 가다 아는 사람 만나면 불안한 마음이 사라지고 안정감을 느끼지 않는가. 안전한 마을이 되려면 마을 활동에 참여하는 사람들이 지금보다 더 많아져야 한다고 그녀는 강조했다.

그동안 운이 참 좋았다 한다. 협업 파트너를 잘 만난 까닭이다.

"상무초 교사 강경옥은 질문이 엄청 많은 인간이었어요. 4학년 수업에 다른 지역 아닌 우리 지역에서 나는 우리밀을 구하려는데 어디서 살 수 있느냐, 이런 걸 만들어보고 싶은데 가능한 방법이 있겠으냐 그런 질문이었죠. 자신이 알지 못하는 영역의 질문에서 협업이 가능한지를 묻는 물음까지. 협업 파트너에게서 읽은 열정과 탐구심이 마을 사람들을 움직이게 했어요."

협업 파트너인 교사 한 사람의 열정이 새로운 일을 하도록 부추겼다. 길은 찾는 이에게 펼쳐지는 법이다.

"마을 선생님을 소개해 주세요."

어느 날 강 선생님이 요청했다. 2학년 아이들과 마을 둘러보기 수업을 하기 위해 파출소, 행정복지센터, 소방서를 어렵게 섭외했는데 병천사를 소개할 마을 선생님을 못 찾겠다고 했다. 병천사는 일제 강점기 때 지은 사당이다. 1910년 일본에게 나라를 빼앗기는 치욕을 당한 후 선조들의 절의와 애국정신을 이어받기 위하여 지역의 세력가였던 지응현이 1924년에 지었다고 한다. 이 마을에서 나고 자란 어르신 한 분을 소개해 드렸다. 마을 둘러보기를 하던 날 다른 기관들을 돌고 나서 마지막에 도착한 곳이 병천사였다. 어르신은 열심히 이야기했지만 호기심으로 반짝이던 아이들의 눈빛이 점점 시들해졌다. 난감했다. 평소보다 오래 걸어 힘들었는데 어려운 말들이 쏟아지니 집중할 수 없었다.

아이들 눈높이에 맞는 마을 이야기꾼이 필요했다. 그래서 시작한 것이 마을해설사 양성과정 〈마을의 매력을 알려드립니다!〉였다. 3시간씩 6회 과정으로 진행했다. 마을교육공동체 철학, 말로 전하는 방법과 우리 마을 역사를 공부했다. 아이들 발달 단계마다 어떤 특성이 있는지도 들었다. 마지막까지 남은 이는 6명이었다. 그들이 다음 학기 2학년 수업에 들어갔다. 수업을 마치고는 마을도서관에 모여 그날 마친 수업과 다음에 할 수업에 대해 이야기를 나눴다. 열정적이었다. 다음 해엔 20명의 주민이 참여했다. 이들은 이해하기 쉽고 흥미롭게 마을의 매력을 알려주는 전문마을해설사로 성장했다. 광주상무초, 금부초, 금호초, 만호초에서 2~3학년 교육과정과 연계해 〈마을해설사와 함께 하는 동네 한 바퀴〉 수업을 진행하고 있다.

올해는 마을 이야기를 연극으로 만들겠다는 이들이 나타났다. 연극인의 꿈을 품고 있던 한 주민이 마을극단을 모집해 병천사 지응현 선생님 이야기를 연극으로 만들겠다고 나섰다. 한 번 해보자 해놓고도 이은진 대표는 내심 걱정했다. '모집이 잘 될까, 신청자가 없으면 나라도 해야겠구나' 마음을 단단히 먹고 있었다. 그런데 극단에 참여하겠다는 이들이 넘쳐났다. 이십 대부터 칠십 대까지 세대를 아우르는 마을극단이 만들어졌다. 매주 정기적으로 모여 열심히 연습 중이다.

초등학생들도 마을 주인으로서 자신의 역할을 찾고, 의견을 내며, 성장해 가고 있다. 해마다 상무초등학교 4학년은, 2학년 때 둘러본 마을의 문화재들을 더 자세히 조사하여 문화재 소개 영상과 브로슈어를 제작한다. 그리고 마을문화재해설사로 알게 된 내용을 3학년 동생들에게 알리는 역할을 한다. 가르치는 것이 가장 잘 배우는 방법이라 했던가. 열한 살 아이들은 열 살 동생들에게 마을문화재를 안내하는 길잡이 역할을 하며 마을에 대한 자부심을 갖게 되었다.

사회과 '나도 민주시민' 단원에서는 마을 의제 찾아 해결하기 프로젝트를 진행한다. 아이들이 함께 마을을 걸어보고 우리 마을에서 개선해야 할 점, 문제점 등을 찾아 정리한 후 구청을 방문한다. 구청 담당자는 아이들이 불편하다고 느끼는 사항, 개선되기를 바라는 방향 등을 꼼꼼히 살펴 아이들의 의견을 어떻게 처리할 예정인지 설명한다. 제안한 의견이 채택되어 실행되는 과정을 직접 경험한 아이들은 마을 문제에 더욱 관심을 갖게 되고, 자신들의 노력으로 문제를 해결할 수 있다는 성취감도 얻는다.

아이들이 기획하는 마을축제는 학생 자치의 결정판이다. 금상첨화와 함께 마을교육에 참여하는 금부초, 상무초, 금호초, 만호초 4개 학교 아이들의 축제. 마을축제는 어른들이 기획하고 아이들은 수동적으로 참여하는 경우가 대부분이다. 금상첨화에서는 학생들이 주체가 되어 인근 4개 학교 또래 친구들과 어울리는 장을 마련했다. 금호어울림한마당에 어린이판 'DIY 금호마을축제' 자리가 당당하게 자리 잡았다. 이 축제판은 4개 학교 학생들로 구성된 어린이마을축제기획단이 직접 기획하고 운영한다. 아이들이 모여 재료를 준비하고 부스를 차린 후 마을 아이들과 주민들을 맞이한다. 달고나 만들기, 팽이대회, 솜사탕 만들기, 어른 출입금지 초딩 클럽 등 재미난 아이디어가 팝콘처럼 터져 나온다.

"우리가 기획한 것이 진짜 이루어지니까 가슴이 떨렸어요."
"축제를 기획하는 일이 지금까지 해본 무엇보다 재미있었어요."
"사람들이 너무 많이 와서 부스를 운영하느라 다른 행사를 즐기지 못했어요. 조금 아쉽지만 보람 있었어요."
"다음에도 마을에서 우리가 할 수 있는 일을 해보고 싶어요."

아이들에게 필요한 건 스스로 배울 수 있는 기회, 그것이다. 아이들은 믿는 만큼 성장한다는 것을 생생하게 깨달았다는 이은진 대표의 말에 크게 고개를 끄덕였다.

최고의 협력 파트너였던 상무초 강경옥, 정애숙 선생님은 올해 다른 학교로 옮겨갔다. 마을도 학교도 마을교육공동체라는 철학과 가치를 잇고 협력할 사람이 있어야 한다. 상무초등학교는 마을교육공동체 활동을 담당할 교사를 초빙했다. 새별초등학교에서 마을교육공동체 '풍영정천 생태마을'을 운영한 경험이 있는 황원주 선생님이 오셨다. 상무초등학교 교사들 사이에 마을교육공동체가 필요하다는 공감대가 형성되었기에 가능한 일이다.

"그런데 선생님들은 왜 이런 걸 하요?"
강경옥, 정애숙 두 선생님이 떠나기 전 몇몇 교사들과 함께한 자리에서 이은진 대표가 물었다. 왜 하느냐고. 진솔한 이야기를 듣고 싶었다. 마을을 돌아보지 않고 사는 교사들도 많은데 대체 무엇하러 퇴근 후에 마을 사람들을 만나 밥 사주고 술 마시면서까지 마을교육에 열정을 갖는 것이냐고. 그래서 선생님들이 얻고 싶은 게 뭐냐고.

"내 목표는 마을의 교육력을 높이는 것이요. 마을 활동에 관심갖고 함께하는 사람들을 더 많이 모으는 것, 마을활동가가 점점 많아지게 하는 것, 마을에서 모닥모닥 함께 사는 재미를 경험하는 사람들이 더 많았으면 하는 게 나의 목표요. 그런데 생각해보니 학교와 마을의 목표는 같을 수가 없더만요. 그럼 선생님들의 목표는 무엇인 거요?"

두 선생님은 갑작스러운 이 대표의 질문에 쉬이 대답하지 않고 초롱한 눈빛만 반짝였다. 사실 두 선생님은 혁신학교에서 아이들의 배움과 성장을 위한 연구와 실천을 여러 해 해왔고 빛고을혁신학교 운영에 힘을 보탠 이들이다. 아이들의 배움이 학교라는 울타리 안에 머물러 있을 때의 한계를 체감했다. 삶과 일치하는 배움의 과정을 꾸리기 위해 마을과의 협력은 필수적이라고 여겼다. 학교문화를 건강한 공동체 문화로 만드는 데도 각별한 노력과 많은 시간이 필요했다. 마을교육력을 높이려면 마을 입장에서 어떻게 해야 할지 바라볼 여유는 미처 갖지 못했다.

"아! 이은진 선생님은 그렇게까지 고민하고 계셨던 거군요."
"마을에 있는 나를 활용해서 아이들에게 마을교육, 마을공동체를 알려주는 일은 교사라면 당연히 해야되는 것 아니요? 당연한 일이니까 목표라 말할 수는 없을 것 같고. 그렇다고 마을활동가인 나처럼 마을교육력을 높이기 위해서 애쓸 여력도 없을 거 아니요. 그럼 어쨌든 학교 안에서 선생님들처럼 마을교육의 의미를 알고 협력할 교사들이 더 많아지게 하는 일, 그것은 해야 되지 않겠소."

당차고 포부 넘치는 그녀의 말에 나도 모르게 크게 웃었다. 그녀의 언어는 냉철하고 명료했다. 품은 마음이 마을살이에 대한 매혹, 교사들의 삶에 대한 이해와 존중, 마을공동체를 향한 단단한 지향으로 옹골찼다. 토실토실 잘 여문 알밤처럼.

그렇게 네 해를 함께 부대끼며 산 두 선생님은 옮겨간 학교에서, 학교를 품은 마을에서 또 열심히 살 것이다. 서로 그리워 SNS 단톡방을 만들었다. 가끔 만나기도 한다. 이은진 대표는 관계가 마을살이의 시작이자 전부라고 했다. '스스로, 더불어, 즐겁게 살자'는 공동체의 가치에 동의하고 함께하는 끈끈한 관계를 만드는 것이 중요하다. 누구도 소외되지 않는 마을을 꿈꾼다. 평등한 사회, 일하는 사람이 대접받는 사회를 희망한다. 이은진 대표는 마을활동가들 사이에서 재주 많은 맥가이버로 통한다. 마음만 먹으면 잘 먹고 잘 살 수 있다. 최근 한시적 취업으로 꽤 쏠쏠한 임금을 받기도 했던 그녀에게 대가도 없는 마을 일을 왜 하느냐고 물었다.

"왜 하느냐고요? 그것이 내 일인 것 같아요."

좀 더 나은 세상, 누구도 소외되지 않는 세상에 대한 꿈, 서로가 제 숨을 쉬며 스스로, 더불어, 즐겁게 살아가는 마을공동체에 대한 열망. 매혹된 그녀의 삶이 내내 향기롭기를.

Ⅳ부

마을, 스스로 말하고
스스로 꿈꾼다

마을이 학교다. 본디 마을은 학교였다. 실패를 거듭하며 마을 우물터에서 두레박으로 물 긷는 법을 터득했고, 동무들과 뒷산을 오르내리며 계절의 펼침과 반복을 배웠다. 논밭에 심부름을 오가며 절기를 알았고, 이웃과 함께 살며 관계의 규범을 익혔다. 입말, 손짓, 눈짓, 몸짓으로 소통하고 생산한 모든 행위가 배움이었다. 가르치고 배우는 이의 경계가 뚜렷하지 않고, 배움의 공간에 안과 밖이 따로 있지 않았다. 교육이나 학습, 배움과 가르침은 인류가 무리를 지어 생활하기 시작한 이래 끊임없이 이어진 삶의 모습이다.

산업화 이후 눈부신 경제 발전에 환호하며 자본주의 문명이 쾌속 질주하는 동안 노동은 더욱 전문화되고 분업화되었다. 이 부분이 규격화된 제품의 대량 생산에 적합했고 일의 효율을 높였다는 긍정적 측면을 부인하지는 않는다. 하지만 그동안 우리가 잃어버린 것은 무엇일까. 대량 생산된 물건에 기대지 않고서는 단 하루도 살아가기 어렵다. 집과 옷, 밥을 짓는 일은 물론, 다림질이며 트인 옷 수선도 전문가에게 맡기기 시작했다. 나는 내 일을 하느라 딴 일을 할 겨를이 없고, 남에게 맡긴 일에 지불할 돈을 벌기 위해 쉴 틈 없이 일을 하는 악순환이 계속된다.

각자 자신의 일을 하면 되니 소통하고 협력할 여유도, 그럴 필요도 없다. 머리로 일하는 사람은 머리로만 일하고 몸을 써서 일하는 사람은 몸으로만 일한다. 우리는 모두 한쪽이 지나치게 모자란 반쪽으로 살아가고 있는 것이 아닐까. 가르치는 일도 그러하다. 교육은 학교의 일이라고 여기는 이들이 적지 않다. 우리 마을, 우리 지역의 아이들이 왜, 어디서, 무엇을, 어떻게 배우면 좋을까. 고민 없이 펼쳐지는 어른들의 일상은 위태롭기까지 하다. 학교 교육에 적극적으로 의견을 피력하거나 새로운 교육활동을 제안하는 이들을 편치 않게 여기는 교사들의 속내도 안타깝다. 하지만 탄식이나 비난의 언어들만으로는 한 걸음도 나아갈 수 없다. 냉철하고 겸허한 성찰 위에 따듯하고 정의로운 내일에 대한 생각을 나누어야 한다. 지금 여기에서 내가, 우리가 할 일을 이야기하고 손과 발을 움직여 무엇이라도 시작하는 이들만이 작은 변화를 만들 수 있다.

2016년 한 해 마을님들을 만나며 마음이 애잔했다. 더 깊게 교감하고 더 넓게 교류한 지 다섯 해, 시간이 흘러도 애잔함은 엷어지지 않았다. 땅을 일구고 씨앗을 뿌린 후 정성을 기울이면 어김없이 싹을 틔우고 잎과 열매를 올리는 텃밭 작물들을 보았는가. 분에 넘치는 노동의 대가를 마주할 때마다 놀라곤 한다. 초록 잎과 열매들을 무성하게 내어놓는 계절이면, 봉지마다 소분해 이웃과 나누는 기쁨이 땀 흘려 일한 수고로움의 기억을 넉넉히 덮고도 남는다.

마을교육공동체 운동은 달랐다. 내 밥상을 풍요롭게 하는 사사로운 보상도 없었고 결실의 기쁨은 소소했다. 한결같은 움직임에도 주렁주렁 열린 것은 고뇌의 질문들이었다. 아직 땅이 충분히 부드럽게 일궈지지도, 토양이 비옥하지도 않은 탓이다. 사회 깊숙이 스며든 신자유주의적 삶의 방식에 비추어보면 하루아침에 열매 맺기를 기대할 일도 아니다. 그럼에도 우직한 실천으로 일구고자 하는 것은 무엇인가. 마을교육공동체 운동에 나선 이들과의 인터뷰에 기대어 그 순정한 기대와 열매를 나누려 한다.

존엄한 인간, 아이들도 시민

마을을 기반으로 하는 교육공동체의 목표는 학생들에게 그 지역에 대한 다양한 내용을 실천적 방법으로 학습시키고, 그들의 학습 역량과 정의적 발달을 도모하여, 그러한 학습과 성장의 결과가 다시 지역사회로 환원되는 선순환적 구조의 지역공동체를 구성히는 것에 있다. 이때 학습의 결과가 지역사회로 환원된다는 의미는 그 지역사회에서 교육받은 아이들이 지역의 발전을 위한 주인의식을 발휘하는 시민 혹은 주민으로 성장하는 것을 말한다. 결국 마을교육공동체의 궁극적인 목표는 지역의 아이들을 그 지역의 시민으로 성장시키는 것이다(서용선 외, 2016).

아이들도 '시민'이다. 어른과 동등한 삶의 '주체'이다. 마을교육공동체 운동은 아이들의 '삶'을 존중하는 데서 출발한다. 제 삶의 주인, 삶터의 주인으로 주변을 바라보고, 더 나은 내일을 꿈꾸며, 민주적인 문제 해결의 과정을 사는 '민주 시민'. 입시경쟁에 내몰려 옆을 볼 자유를 빼앗긴 아이들에게 진짜 세상인 마을을 돌려주기 위함이다. 누군가에 의해 강요된 삶이 아니라 제 삶을 살게 하고 싶은 마음이다. 서툴더라도, 실패를 거듭하더라도, 온몸으로 세상을 경험하며 배움을 쌓아가는 과정 자체가 '시민'의 삶이다.

"아이들이 마을의 주인, 시민이라는 인식이 부족했어요. 마을교육공동체 활동을 하면서 학생이기만 했던 아이들이 시민으로 자라는 거죠. 아이들이 마을에서 사는 아저씨, 아줌마, 삼촌, 이모 같은 시민을 만나니까. 그런 바람이 있어요, 아이들이 마을살이의 주인이 되는 것. 우리 마을을 살아가고 있는 한 주체로서 인정을 해줘야 하는데 그게 안되니까 아이들이 낮에 동네를 돌아다니면 '쟤는 공부 안하고 돌아다니기만 한다'는 소리를 하는 거죠. 마을을 드나들고 방문하는 활동 자체가 주체로 살아가는 출발점이 될 수 있어요. 마을 어른들도 그런 모습을 보면서 마을에서도 배움을 얻는구나 하는 인식의 전환이 가능하죠."(H, 마을주민)

"(어른들이) 아이들을 지도와 훈육의 대상으로 바라보고 있구나 하는 한계가 느껴지기도 해요. 오랜 관습 같은 것이죠. 그 시각을 좀 유연하게 풀어줄 필요도 있어요. 동시에 아이들이 스스로 할 수 있는 그러니까 자기교육으로서의 활동도 필요하다고 봐요. 청소년도 초등학생도 무엇을 하든 스스로 할 수 있는 존재다, 놀이 활동이든 미술 활동이든 체육 활동이든 뭐든요."(J, 마을주민)

기대했던 대로 아이들은 잘 배우고 성장했다. 아이들 존재 자체에 대한 믿음과 존중, 주체로 세우려는 뒷받침만 있으면 어른들이 기대한 이상으로 해냈다.

"아이들은 생각한 것보다 훨씬 더 주체적이 될 수 있고 또 그렇게 해내는 걸 보고 뿌듯했어요. 환경만 만들어주면요. 할 일을 쥐여 주는 식이 아니라 어떻게 하고 싶은지를 물었을 때 아이들 반응을 보면 어른들이 생각하는 이상이거든요."(I, 마을주민)

"애들이 마을 활동을 마치고 나서 후기를 쓰는데 생각이 굉장히 깊어졌대요. 처음에, 나가기 시작했을 때보다. 생각이 깊어지고 어떤 단어에 대한 연결고리가 많아지는 거, 이런 것들은 사실 정말 중요한 배움이고 확장이잖아요. 객관적으로 그렇다는 말씀을 선생님들이 많이 주셨어요. 길잡이 교사가 하신 말씀도 그래요. 마을멘토 중 인디밴드는 청년이에요. 그 청년이 힙합하는 음악인으로 살겠다고 결정을 한 거잖아요. 밥을 벌어먹고 살 수 있느냐 심각한 고민을 이야기하는데, 애들이 진지하게 받아들이더래요. 그 청년과 대화가 되는 거죠. 이제 겨우 중1인데. 확실히 생각이 깊어졌다 그런 생각이 들었어요."(K, 마을주민)

"마을에 청소년카페를 만들었어요. 애들이 우리 공간이다 하는 생각을 하더라고요. 청소년 운영진이 디자인도 하고 파벽돌도 같이 붙이고 자기 손때 묻혀서 함께 만든 공간이다 보니까 스스로 당번 정하고 순서 정해서 관리를 하는 거예요. 스스로 할 거리가 생기니까 진짜 많이 성장했어요."(K, 마을주민)

1938년 듀이는 『경험과 교육』이라는 저서에서 경험의 중요성을 이렇게 강조했다.

학생 개인을 위한 것이든 사회를 위한 것이든, 교육이 그 목적을 실현하려면, 경험에 토대를 두어야만 한다는 원리를 올바른 것으로 당연시해왔다. …… 일상적인 경험 속에 내재해 있는 가능성을 지적으로(intelligently) 지도하여 개발하는 것으로 교육을 다룰 때, 나는 교육의 잠재력을 확신하게 된다.

듀이가 강조한 것처럼 실제 삶과 연계된 경험과 탐색의 과정을 통해 아이들은 스스로 배웠다. 지적 영역뿐만 아니라 감수성과 실천 역량도 성장했음을 간증하듯 이야기하는 마을님들의 표정이 희망찼다.

따뜻한 관계, 협력하는 태도

오랫동안 학교는 고립된 섬으로, 교사들은 지극히 폐쇄적인 집단으로 인식되어 왔다. 이혁규(2015) 교수는 교사들이 교실 밖 타자에 대해 우호적이기 어려웠던 것이 역사적·정치적 상황과 관련된다고 지적했다. 그러나 궁극적으론 고립적인 교사 문화를 존속시키고 순응하는 것이 암묵적으로 교사 집단과 관리자들에게 도움이 되는 측면이 있기 때문이라고 주장했다. 한국 교직 사회의 오랜 관행과 트라우마를 넘어서기 위해서라도 교실 밖 타자에 대한 부정적 정서를 극복하고 서로 돕는 문화를 만들어가야 한다고 강조했다.

마을교육공동체는 학교와 마을의 협업을 전제로 한다. 이질적 집단이 만나 활발하게 소통하고 끈끈한 관계를 맺기까지 평탄한 길만 있는 것은 아니다. 쉽지 않다. 지난한 과정이 필요하다. 시간과 공간, 이야기를 공유하는 경험이 쌓여야 비로소 두터운 신뢰 관계가 만들어진다.

학교와 마을의 관계 맺기에 대한 열망은 마을주민들에게서 더욱 절실하게 느껴졌다. 교사들은 매일 배움과 가르침의 현장(field)에서 생활하는 까닭에 뜻만 있으면 의미 있는 배움을 조직하고 기획할 수 있다. 마을이 삶터인 마을님들은 '우리 마을 아이들이 삶에서 배우고 성장했으면 좋겠다'는 열망은 강한데 비해 직접 아이들을 만날 자리를 찾기 어렵다. 학교와 집과 학원을 오가는 아이들의 삼각형 동선에 균열을 내는 것도 쉬운 일이 아니다. 마을의 아이들이 오래 머무는 곳이 학교이기에 소통하며 관계 맺기가 더욱 중요하다.

"이전에는 교사들과 소통하는 게 쉽지 않았어요. 문을 두드리다가 포기했죠. 어느 순간 우리가 너무 빨리 포기한 게 아닌가 하는 생각이 들었어요. 그러던 중 마을과 학교의 컨소시엄 구성을 전제로 마을교육공동체 정책을 펼쳤잖아요. 학교에 담당 교사가 있으면 소통하고 협의할 파트너가 생겨요. 협력을 가능하게 만드는 구조여서 컨소시엄 형식이 굉장히 좋았어요. '힘들더라도 조금 더 해볼걸' 후회하던 중이었는데 이번엔 원(願)을 풀 수 있지 않을까, 좋은 선생님 만날 수 있지 않을까 이런 기대가 있었지요."(K, 마을주민)

"학교 문을 두드릴 때 '저는 마을에 있는 누구누군데 같이 무엇을 해보고 싶다'라고 설명을 하거든요. 학교도 불쑥 방문하면 저 사람들이 대체 누굴까 궁금할 거예요. 그런데 마을교육공동체 정책이 생기면서 공식적인 협의 구조를 만들 수 있겠구나 기대했어요."(L, 마을주민)

"학교문화도 마을과 학교의 관계도 서로 소통하고 협력하는 방식으로 변화하길 기대했죠. 학교가 마을을 만나 새로운 활동을 시도해 보고 무궁무진한 가능성을 발견하길 바란 거죠. 모두의 삶이 서로 연결되어 있다는 것도 확인하고요. 서로 다른 영역에서 일하는 사람을 만났을 때 깨닫는 게 또 있는 거잖아요. 만나기 전에는 쟤들과는 달라, 만나서 할 게 있나 생각할 수 있지만 예기치 못한 자극을 주고받으며 서로 소통하고 공감하는 문화를 만들면 좋겠다 하는 바람이 있었어요."(I, 마을주민)

어떤 관계든 익숙해지려면 시간과 정성이 필요하다. 마을교육공동체 운동은 아이들 교육을 매개로 만남과 소통의 기회를 촉진했다. 그러는 사이 마을에서 함께 살아가는 아이들과 마을주민들 사이에 따뜻한 관계가 움트기 시작했다. 마을주민들은 아이들 교육을 위해서라면 기꺼이 시간과 재능을 내어주었고, 정성을 다해 아이들과 만났다. 그렇게 만난 아이들과 마을주민은 반갑게 인사 나누고 안부를 묻는 '이웃'이 되었다. 마을은 친절과 환대의 공간이었다. 배가 고프다, 속상하고 화가 난다, 그림이 그리고 싶다는 말을 들어줄 어른이 있는 마을에서는, 아이 혼자 고립된 삶을 살아가는 일은 발생하지 않는다.

"계속 감동을 받고 있어요. 멘토분들이 수업 준비를 너무 열심히 하시고, 애들도 정말 잘 대해주셔요. 하나라도 더 주시려 하고, 이야기도 굉장히 따뜻하게 해주시고요. 목공 하시는 분은 나무 조각으로 난로를 피워 고구마 같은 걸 늘 구워 주셔요. 멘토 분들이 정성을 다해 아이들을 맞아주는 모습이 참 감동적이었어요."(K, 마을주민)

"마을 어른을 통해 삶의 지혜를 배우는 것 또한 중요해요. 담벼락에 막혀 있다면 참 배움을 얻을 수 없잖아요. 마을 배움터의 멘토들과 소통하면서 꽃가게에서는 꽃에 대해 배우고, 커피숍에서는 코코아를 만들어 마시는 활동 덕분에 얼굴을 익혀 지금은 아이들과 서로 인사도 나눠요. 삭막하던 마을 길이 활기차게 변했어요."(P, 마을주민)

"마을교육공동체 활동은 '교육'이라는 명분을 갖고 있어서, 많은 사람들이 호의적으로 바라보고 쉽게 공감해주는 것 같아요. 다가가기도 쉬워서 다른 마을 만들기 활동보다 수월하게 활성화시킬 수 있었고 참여율도 높은 편이에요."(Q, 마을주민)

처음 의도는 아이들을 위한 기획이었는데 어느 순간 돌아보니 아이들이 어른들을 보살피고 있었다. 마을 안에 상호호혜적 관계가 형성되었음을 잘 드러내 주는 예이다.

"가족난타 같은 경우는 유사가족 형태로 많이 참여했거든요. 아이들은 트로트 곡 연주가 처음엔 좀 창피했나 봐요. 근데 할머니들이 빨리 따라가지 못하니까 아이들에게 책임감 같은 게 생긴 거예요. 그래서 빠지지 않고 배워서 할머니들을 가르쳤어요. 아이들 돌보기 위해서 시작한 건데 어느 순간 애들이 아주머니, 할머니들을 돌보고 있더라고요. 길에서 만나면 서로 반가워서 정답게 인사도 하고……."(K, 마을주민)

마을교육공동체 활동으로 학교 교사와 마을주민 모두 이질적 집단과의 협업 가능성을 발견했다. 이질적이지만 각자의 영역이 갖는 고유한 특성을 이해하고 존중하면서 함께 만날 지점을 연결하는 여유를 갖게 되었다.

"우여곡절이 있었지만 학교와 마을, 단체가 같이 만날 접점을 찾은 것, 담당자가 다른 학교로 옮겨가도 또 다른 연결점을 갖게 된 것은 소중한 변화라고 봐요. 교사가 다른 학교로 가더라도 그 마을활동가를 찾아서 어려운 일을 함께하면 좋잖아요. 그래서 협업 프로세스를 경험한 것 자체가 정말 의미 있는 거죠."(H. 마을주민)

마을주민들은 마을교육공동체를 꾸려가며 학교와 교사들의 삶을 더 잘 이해했다. 학교의 일상이 어떻게 진행되는지 가까이에서 보았고, 마을 강사가 되어 아이들을 만나기도 했다. 막연히 짐작하던 것과는 많이 달랐다. 학교는 문을 열면 열수록 더 깊은 신뢰를 얻을 수 있었다.

교사의 열정이 마을교육공동체 운동에서 마중물 역할을 하는 경우가 많다. 주체적으로 마을과 소통하며 호혜적 관계를 만들어가려 애쓰는 교사가 있는 마을엔 윤기가 흐른다.

"아이들과 함께 하다보니 교사들을 더 잘 이해할 수 있게 되었어요. 교수법은 물론 다각도로 일을 살피고 처리하는 시스템이 무척 좋더라고요. 그러니까 서로 이해하게 되는 거죠. 만나지 않으면 무슨 생각을 하는지도 모르고 뭐 저런 사람이 있나 하는 생각이 들 때도 있는데, 들여다보면 서로 이해하게 되는 것 같아요."(M. 마을주민)

"학교 선생님들은 교육 현장에 계시니 아이들을 잘 알아요. 그래서 우리가 놓친 부분을 보완해줘서 배울 게 많았죠. 교육적으로 의미 있는 부분을 챙겨주니까 더 좋은 마을 활동을 할 수 있었죠. 학교와 협업하면서 동아리 활동에 마을이 함께 하고 있어요. 덕분에 내용도 알차고 형식도 더 세련되고요. 다른 학교에서도 요청이 옵니다."(L. 마을주민)

"교사들의 루틴을 제가 좀 알거든요. 학교에서 자기 역할 하는 것도 바쁜데 마을과 만나 함께 하려고 노력하는 분들을 뵐 때 감동을 받아요. 시간도 정성도 많이 들여야 하는 힘들고 어려운 과정이라는 걸 아니까요."(H. 마을주민)

삶과 배움의 조화, 살아있는 마을교육과정

마을교육공동체는 삶을 위한 교육을 지향한다. 아이들 삶은 어디에서 이루어지는가? 학교를 포함한 마을을 일차적인 삶의 공간으로 볼 수 있다. 이형빈(2014)은 학생들을 수업에 참여시키기 위한 교육과정 및 수업의 변화 방향 중 하나로 '교육과정과 학생의 삶을 통합하고 지식과 탐구, 실천 과정을 유기적으로 연결하는 것'을 제시했다. 교육혁신을 꿈꾸는 현장 교사들이 지속적으로 시도하는 방향이기도 하다. 실제로 교사들은 '교육과정을 통한' 아이들의 배움과 성장에 관심이 많다. 마을과 함께하는 마을교육공동체 운동에서 아이들에게 의미 있는 경험을 제공하고, 살아있는 수업, 살아있는 교육과정을 만들어갈 수 있을 것이라는 기대가 컸다.

"저는 평소에 교실 수업의 한계를 많이 느끼고 있었어요. 뭔가 실제적이면서 생동감 넘치는 경험의 기회를 고민했죠. 아이들 배움의 공간이나 시간을 확장해야 했고, 그곳이 마을이라고 생각한 거죠."(A, 교사)

"아이들이 교실에서뿐만 아니라 마을에서, 함께 살아가고 있는 다양한 사람을 통해 배우는 게 필요하다고 생각했어요. 마을과 사회의 문제를 발견하고 해결 방법을 모색하는 과정도 도움이 될 거라고 믿었어요."(D. 교사)

'마을에 관한, 마을을 통한, 마을을 위한 교육'은 배움과 성장의 결과가 지역에 영향을 미치고, 지역은 또다시 아이들의 배움과 성장을 지원하면서 선순환적 구조를 만들어가는 중요한 역할을 한다. 지식 중심의 교육이 아닌 진짜 삶을 위한 교육이 필요하다 느낀 마을주민들도 마을교육과정에 대한 기대감을 드러냈다.

"일상과 교육이 결합하면 좋겠다 생각했어요. 삶을 살아가는 것 따로 학교에서 교육받는 것 따로인 상황이 눈에 훤히 보이니까. 마을에서도 마을교육과정을 고민하고, 필요한 자원은 연결해주고 그러면 좋잖아요. 아이들의 일상과 교육을 하나로 엮으려면 마을과 학교가 같이 머리를 맞대고 고민해보면 좋겠다 하는 생각이 들었던 거예요."(K. 마을주민)

지식과 탐구와 실천이 유기적으로 연계되려면 교육과정 자체가 아이들의 삶과 긴밀한 관계를 맺어야 한다. 마을은 지식-탐구-실천의 과정을 유기적으로 통합하는 살아있는 삶의 현장이다. 교육과정을 어떻게 디자인하느냐도 참으로 중요한 문제이다. 마을교육공동체는 마을교육과정을 디자인하고 시도해 볼 좋은 기회이다. 역량 있는 교사와 마을활동가들이 협력하여 그 마을에 가장 적합한 마을교육과정을 개발하고 운영한다면 금상첨화이다.

"생각해 보니 제 인식이 먼저 바뀌었어요. 마을교육공동체에 관한 책들을 읽으면서 생각했지요. 마을에서 특히 실천 영역에 도움을 받을 수 있다면 교육과정 재구성을 멋지게 해낼 수 있을 것 같았어요."(E, 교사)

"올해 마을주민과 풍영정천에 나가 생태수업을 하던 4학년 어느 반 이야기인데요. '문제해결과 설득하는 글쓰기' 수업을 하다가 우리 학교와 우리 마을의 주차 문제를 진단하고 해결하려고 직접 마을을 찾아 나서는 것을 보았어요. 경험해보니 해볼 만하다 싶었던 거고, 삶의 문제를 해결하는 과정 자체를 수업으로 구성한 거죠. 그게 그해 마지막 프로젝트였으니까 다음 해에는 더잘 할 수 있겠구나 기대가 되었어요."(A, 교사)

사심 없는 활동, 모두를 위한 실천

마을님들은 학교가 폐쇄적이고 변화가 느리다고 느꼈다. 내가 보기에도 확실히 그렇다. 학생의 안전을 무엇보다 먼저 챙겨야 할 그룹이기도 하고 검증되지 않은 새로운 시도를 무척이나 두려워하는 집단이기도 하다. 흥미로운 것은 마을활동가들이 활동의 공공성을 인정받고 또 공공성을 담보하기 위한 가장 좋은 협력 파트너로 학교를 꼽는다는 사실이다. 변화는 더디지만 공공성을 덜 의심받는 곳이 학교라는 의미다.

우리나라 모든 교사가 나서면 대한민국 전체를 바꿀 수 있다. 좋은 사회를 먼저 바라보고 공공선으로 향하는 길을 잘 안내하고 조력하면 이 사회가 좀 다른 길로 갈 수 있지 않을까.

마을만들기 전문가들은 우리나라의 대표적인 마을공동체로 홍동지역을 꼽는데, 홍동지역 관계자들은 지역주민의 약 10퍼센트 정도만 마을공동체 활동을 하고 있다고 말한다. 그것도 다른 마을에 비하면 상당히 높은 참여율이다. 마을공동체 활동을 주도하는 주민들에게는 '함께 하지 않는 주민들의 지지와 참여를 어떻게 이끌어낼 것인가'가 늘 고민이다. 대가나 보상을 바라거나 개인의 이익을 도모하는 일이 아님에도 의도나 공공성을 의심받는 것은 무척 안타깝고 속상한 일이다. 마을님들 중에는 '끼리끼리 모여 공모사업비 받아서는 자기들 좋은 일 하는구나' 하는 불편한 시선을 느낀 적도 있다고 털어놓았다. 이 지점에 교육을 매개로 하는 경우의 특별함이 놓인다. 마을교육공동체 운동을 펼치며 마을주민이 학교와 함께 할 때, 사회적 활동의 공공성을 인정받는 좋은 기회가 되기도 했다.

"나름대로 열심히 하기는 하는데요, 또 그냥 자연스럽게 별 어려움 없이 할 수 있는 일이기도 하고요. 이런 일들이 일상에서 숨 쉬듯 펼쳐졌으면 좋겠다고 생각했어요. 개인의 이익을 좇아서 하는 일도 아닌데 괜히 눈치가 보일 때도 있더라고요. 하지만 교육은 우리 아이들을 위한 영역인 거잖아요. 우리가 하는 일이 학교에도 도움이 되고 마을에도 도움이 된다는 것을 공식적으로 인정받는 것에 대한 기대가 있었어요."(M, 마을주민)

"한 단체가 마을에 공간을 준비해서 함께하는 것은 여러 가지 측면에서 쉽지 않은 일인 것 같고요. 학교를 포함해서 주민센터가 움직이고 주민자치회가 움직이니까 농협에서도 공간을 내어주겠다 선뜻 동의를 한 거죠. 아무리 노력해도 한 단체가 농협에 부탁해서 될 일은 아니잖아요. 농협도 공공성이나 필요성을 인정했기 때문에 공간을 내어준 것이죠."(J, 마을주민)

'내 아이'가 아닌 '우리 아이들'을 위한 일을 함께하면서 사회를 좀 더 나은 방향으로 변화시키는 힘이 스스로에게 있다는 것을 실감했다. 마을에서 작은 일부터 실천하면 된다는 자신감도 얻었다.

"우리는 각자 자기 아이의 부모 입장이었죠. 지역도 마찬가지로 부모 입장이기만 했거든요. 좁았죠, 너무나. 그런데 모두의 아이들, 우리 사회에 도움을 줄 수도 있구나 하는 생각을 하게 되었어요. 사회의 문제, 숙제처럼 떠안고 있던 것을 우리 마을에서 함께, 하나하나 작은 데서부터 해결하고 실천하는 느낌. 그게 좋더라고요. 그리고 우리가 해낼 수 있다는 생각도 들었고요. 아, 우리들이 한 일이 참 좋은 일이구나. 저에게 도움이 된 건 아니지만 그래도 마을 어른으로 살면서 할 일을 했다는 생각이 들어 뿌듯했어요. 알고 보면 그게 곧 저를 위한 일이기도 한 것 같고요."(M, 마을주민)

이들은 마을교육공동체 운동이 마을공동체의 여러 활동과 선순환적 흐름을 유지하며 공동체성을 모색해야 한다고 생각한다. 마을교육공동체든 마을공동체든 활동 자체가 공적 실천인 까닭이다.

"솜씨학교 안에서 사람들의 재주를 발견할 수 있어요. 누가 요리를, 뜨개질을, 바느질을 잘하는지 보이는 거예요. 이번에 자원봉사단이랑 만나서 팽목항에 타래과를 만들어 보냈거든요. 자연과학고 아이들과 함께 이런 거 해보면 좋지 않을까 생각하다 결국 실행했어요. 그렇게 하니 마을학교도 활성화가 돼요. 그런데 그것을 실현하려면 연습이 필요하더라고요. 스스로 일을 하는 데서 오는 보람과 감동도 느끼고, 그런 경험을 통해서 마을 사람들이 변하거든요. 솜씨학교 언니 한 분이 그러는 거예요. 너무너무 즐거웠다고. 저는 너무 힘들었거든요. '내가 이런 일을 할 줄 몰랐다, 담에 이런 일 있음 나를 꼭 불러주라'면서. 결혼해서 단 한 번도 사회활동을 해본 적이 없는데 수업을 했잖아요. 너무너무 좋았다고. 즐거웠다고. 난생 처음 이런 경험도 할 수 있구나 생각했대요."(L, 마을주민)

삶터-마을에 대한 애착, 자존감

광주는 전체 인구의 77퍼센트 이상이 아파트에 거주한다. 개발과 성장의 가치를 추구해온 현대인들이 경제적 여건이 나아지면 아파트로 이주하는 것은 보편화된 현상이다. 상대적으로 건물이 낡고 오래된 마을에 사는 아이들은 자신이 사는 마을에 대한 부정적 인식을 종종 갖는다. 학교 교사들은 마을교육공동체 운동이 아이들의 자존감이나 정체성 향상에 도움이 되어야 한다고 믿는다. '마을에 관한, 마을을 통한, 마을을 위한' 배움의 과정에서 자신의 마을에 대해 알게 된다.

"사실 기대가 크지는 않았어요. 마을교육공동체가 무엇인지 처음엔 제대로 몰랐기 때문에요. 한 가지 바람은 아이들이 자신의 삶터를 사랑하게 되지 않을까 하는 것이었어요. 자기 마을에 대한 애정을 갖는 것, 그게 사람을 서게 하는 뿌리인 거잖아요. 그 부분에 대한 기대가 컸던 것 같아요. 자존감이나 정체성. 우리 학교 아이들은 자존감이 낮은 편인데 마을교육공동체 활동을 하면서 좋은 어른들도 만나고 주변의 것들을 사랑하는 마음을 길렀으면 좋겠다 생각했거든요."(B, 교사)

"회의가 있다기에 처음에는 궁금함과 호기심에 참석했어요. 사실 기대보다는 학교 밖 누군가를 만나는 것에 대한 두려움이 컸던 것 같아요. 회의에 참석하면서 생긴 기대는 성교육이나 시민교육이 교과서에 박힌 문자가 아니라 삶으로 배우겠구나 하는 것이었어요. '우리 마을 사람들의 이야기로부터 배울 수 있겠구나', '우리 마을에도 이렇게 좋은 뜻을 갖고 일하는 분들이 있구나' 하는 것을 아이들이 알았으면 좋겠다 정도가 저의 첫 마음이었어요."
(E. 교사)

아이들이 사는 마을, 지역과의 관계 맺기에서 출발한 교육과정 운영은 기대했던 대로 마을과 삶터에 대한 애착으로 되돌아왔다. 마을을 걸으며 하천과 동식물과 사계절을 사귄 아이들은 우리 마을 환경을 잘 가꾸고 보호해야 한다고 생각했다. 마을 재래시장을 둘러보고 장터 축제를 열었던 아이들은, 마을을 학교와 집을 오가는 경로가 아닌 입체적 삶터로 인식하게 되었다. 목공 수업 때 만든 화분을 마을 가게에 갖다드리고는 아이들도 뿌듯해했다. 마을도 깊게, 자세히 들여다보면 사랑할 부분이 많다는 것을 알게 되었다.

"4학년 아이들이 학교 앞 풍영정천을 다녀왔어요. 얼마 후 국어 시간에 풍영정천에 관한 시를 써서 게시해 놓았더라고요. 우리가 아끼고 지켜야 한다는 다짐, 풍영정천의 아름다움을 노래한 내용, 풍영정천 징검다리에 대한 애정 표현 같은 것들이었어요. 풍영정천이 아이들 삶터의 일부로 가슴 속에 자리잡은 거죠. 아이들 안에 우리 마을 풍영정천, 우리가 지켜야 한다는 의식과 마음이 생긴 거예요. 마을주민으로 서게 된 거죠. 참 기뻤어요. 그런 일이

많아졌으면 좋겠습니다."(A, 교사)

"뿌듯한 순간들이 많아서요. 하하. 저학년 아이들이 '봉봉이야 장터'에서 마을에 대해 발표할 때 매우 울컥했어요. 마을을 사랑하는 마음을 갖고 자기 삶을 꾸려갔음 좋겠다 늘 생각했거든요. 아이들이 아, 우리 마을을 사랑하게 됐구나 하고 느꼈어요. 아이들이 목공 수업 시간에 만들어서 마을에 선물한 화분이라든가 자기들이 했던 일에 대한 애정이 유난히 깊구나 느꼈죠."
(B, 교사)

마을교육공동체 실천은 마을주민도 마을을 낯설게 볼 수 있도록 했다. 그렇게 다시 보니 이전까지는 알아채지 못했던 소중한 자원들이 보였다.

"우리가 가진 마을 자산이 뭔지 어른인 저도 잘 모르고 살았던 것 같아요. 나의 소중한 무엇을 찾은 느낌이에요. 우리 마을의 자연과 소통할 기회를 얻었고 아이들과 의미 있는 공부도 시작하게 되었어요."(M, 마을주민)

온 마을이 함께 성장

학교와 마을이 함께 손을 잡고 마을교육공동체 활동을 시작한 첫해에는 마을에 따뜻한 어른들이 살고 있다는 것을 알려주는 것만으로도 좋았다. 그런데 아이들만 배우는 것이 아니었다. 아이들의 배움을 통해, 아이들의 모습 속에서 마을 어른들도 배우고 느끼며 성장했다. 마을교육공동체는 서로의 배움과 성장을 지원하는, 그래서 온 마을이 함께 성장하는 결과를 낳았다.

"많이 베풀고 주는 것 같지만 아이들 통해서 배운 것이 많아요. 저는 이 사진을 보면 찡한 감동이 몰려오는데요. 청소년 생활의 기술로 발마사지를 배운 아이들이 마을 사람들에게 다시 돌려주는 장면이에요. 이 아이는 마을 어르신 발마사지를 해주고 있는데……. 생각해봤죠. '나는 남의 발을 저렇게 만져준 적이 있었나?' 사실 발은 사람의 몸 중에서 가장 낮고 지저분한 곳이 잖아요. 쉽지 않을 것 같았어요. 그런데 아이들은 자연스럽게 그걸 하더라고요. 더불어 세상을 살아갈 준비가 충분히 된 거 아닌가요, 저 정도면? 아이들 성장하는 모습을 보며 어른들도 성장하는 것 같아요. 그래서 온 마을이 배움터인 것 같아요."(L, 마을주민)

내 아이가 진정으로 행복할 수 있으려면 내 아이의 친구들도 행복해야 한다. 다른 아이들과의 경쟁에서 승자가 되기를·바라는 부모들의 뒷바라지 방식은 이제 내 아이만이 아니라 우리 아이 모두의 미래를 지원하는 방식으로 바뀌어야 한다. 파편화, 개별화된 개인으로 살아가는 부모들은 두렵고 불안하다. 우리 아이만 경쟁에서 뒤처지는 것이 아닐까 걱정스럽다. 경쟁을 지원하는 대열에서 빠져나와 다른 방향을 바라보기가 쉽지 않다. 아이들은 마을에서 소통과 협력, 연대를 중요하게 여기는 공동체적 삶의 방식을 직·간접적으로 경험한다. 가정 안에서 자녀의 체험담을 듣게 된 부모는 삶의 태도나 방식을 바꾸어야겠다 마음먹기도 했다. 아이를 통해 부모도 바뀐다는 얘기다.

"아이가 바뀌면 학부모도 바뀌더라고요. 시간이 오래 걸리긴 하지만."(K, 마을주민)

교육을 위한 연대와 신뢰는 사회적 자본을 형성하게 되고, 이러한 사회적 자본은 교육의 새로운 가치를 창조해내는 밑천이 된다(2016, 서용선 외). 마을 주민들은 마을 강사가 되어 마을의 역사, 특정한 장소에 얽힌 특정한 경험, 자신이 지닌 재능 등을 나눈다. 만남의 자리를 빈번하게 갖고 소통하면서 서로의 꿈을 묻고 지원한다. 새로운 배움이 시작될 수밖에 없다.

이제 '마을'은 더 이상 국가 권력의 부속품이라거나 소비 공동체가 아니다. 스스로 필요로 하는 교육, 문화, 복지, 관계 등 모든 영역에서 생산자가 될 수 있겠다는 믿음, 그렇게 되어야 한다는 신념이 생겼다. 그 신념을 이루기 위해서는 마을교육력을 높여야 한다. 마을학교를 통해 마을의 교육력을 높이고, 한층 성장한 마을주민들은 다시 마을교육공동체 활동으로 아이들과 만나는 선순환적인 구조가 만들어져야 한다.

"구체적으로 어르신들이 청춘학당 수업을 마을홍보단 활동으로 만들어보자고 이야기해요. 짧은 마을 공연극을 만들어 재미있고 즐겁게 아이들을 만나고 싶으시다고요. 일흔 살, 여든 살이 넘은 분들인데 더 좋은 만남을 준비하면서 계속해서 성장하는 거잖아요. 마을 공연극을 마치면 또 다른 꿈을 꾸시겠죠."(L, 마을주민)

이제 다시, 마을로!

다시, 원당산에 올랐다.

내가 사는 수완마을을 훤히 내려다볼 수 있는 곳, 마을활동을 지원하는 광산구공익활동지원센터가 있는 곳, 마을교육공동체의 시작을 치열하게 고민하고 논의했던 곳.

전망대에서 사방을 둘러보았다.

몇 해 만에 눈에 띄게 빽빽해졌다. 빌딩숲 사이로 흐르는 풍영정천 수면이 가을 햇살을 받아 은빛으로 반짝거렸다. 모래무지에 중대백로가 고아한 자태로 섰고, 왜가리 한 마리가 버드나무로 날아올랐다. 물길을 따라 억새들이 한들거리며 가을날의 정취를 더했다. 당장 내려가 걷고 싶었다. 징검다리를 밟고 건너다보면 어느 돌에 새긴 '사랑해'라는 연서도 보일 테고, 붉은 피라칸다 열매도 탱글탱글 매달려 있겠지. 고마리꽃도 달맞이꽃도 한창일 테지. 모래무지, 누치, 피라미들이 물속을 유영한다. 먹부전나비, 노랑나비가 이 꽃

저 꽃 팔랑거리며 날아다니고 북방비단노린재와 청동풍뎅이, 남색초원하늘
소가 풀과 나무들을 오르락내리락하겠지. 줄장지뱀은 바삐 꼬리를 흔들며
신나게 네 다리를 움직일 테고 메뚜기, 방아깨비도 풀숲을 뛰어다닌다.

문득 깨달았다. 숨 막히는 빌딩숲 사이를 흐르는 하천에서도 안간힘을 다
해 살아가는 생명들이 있다는 것을.

얼마 전 연구회 선생님들과 함께 순천을 찾았다. 마을활동가, 주민, 교사
가 함께 지속적으로 만나며 동천마을교육과정을 만든 과정이 궁금해서다.
서면 심원마을에서 시작된 물길은 동천을 채우고 도심을 가로지르며 순천
만에 이르러 바다와 만난다. 도심 한가운데 아름다운 동천을 무대로 '동천
을 통한, 동천에 관한, 동천을 위한 교육'을 담은 동천마을교육과정 탄생의
배경과 과정을 이해하고, 그 속에서 마을 사람들이 보고 듣고 느낀 이야기
를 들었다.

아이들이 동천과 어떻게 만나면 좋을까 구체적이고도 섬세한 과정을, 서
로 다른 삶의 현장에서 제각각 다른 삶을 살아온 이들이 함께 만드는 것은
결코 쉬운 일이 아니다. 그들은 두 개 학년 동천마을교육과정을 위해 1년
동안 마흔 번쯤 만났고, 동천마을교육과정과 해설집, 학생용 워크북까지 개
발했다. 앞으로도 만남을 지속하며 모든 학년의 동천마을교육과정을 만들

예정이다.

"동천과 함께 한 모든 날, 모든 시간이 행복했습니다."

'함께 만들어간다'는 의미를 맘과 몸으로 체험했고, 마을과 학교가 '넘나들며 배운다'는 즐거움을 걸음걸음 맛보았다고 순천 마을교육활동가 김현주 님이 털어놓았다.

그녀를 따라 동천으로 나갔다. 햇살을 받아 투명한 연두빛으로 늘어진 버드나무 가지 사이로 품 넓은 동천이 모습을 드러냈다. 물오리들과 거북이와 중대백로 한 마리가 돌무지에 올라 쉬고 있었다. 평화란 이런 걸까. 맑고 깨끗한 물 냄새, 보드랍게 볼을 스치는 바람결이 다정했다. 한참을 동천을 따라 거닐며 수달과 나는 청둥오리를 보면서, 그곳을 뛰놀며 배우고 자랐을 아이들 모습을 상상했다. 마을님들과 학교 선생님들의 지독한 애정과 열정이 포개어졌다.

동천을 자세히 들여다보고 작은 생명체들을 벗 삼아 교감하며 자라는 아이들은 자연의 소중함을 온몸으로 배운다. 동천에 대한 사랑은 동천의 생태계를 이루는 수많은 생물과 무생물들의 삶과 이야기에 대한 사랑이다. 그 사랑은 생태도시 순천, 대한민국을 넘어 지구별과 우주까지 확장될 것이다. 사랑은 지키는 것이다. 지키기 위해 무엇을 할지 그들 스스로 길을 찾아야 한다.

함께 만나 머리를 맞대며 깊이 생각하고, 실패를 두려워하지 않으며 다양한 활동을 계획하고 만들어가는 동안, 마을과 학교, 지역의 교육주체들은 성장했다. 관계 맺기의 즐거움이 뒤따랐다.

적지 않은 마을과 마을님들을 만나면서, 신기하게도 이들이 같은 이야기를 하고 있음을 발견했다. 마을의 환경과 여건은 다르지만, 마을과 지역이 지키고 가꿀 것을 제대로 읽는 눈과 의지와 실천이 있다면, 큰 흐름은 일치했다.

"따듯하고 안전한 관계 안에서 자기다움을 잃지 않으며 스스로, 더불어, 즐겁게 살아가기! 나와 우리, 인간과 자연, 생물과 무생물이 모두 연결되어 있음을 알고 공동체 안에서 살아가기!"

마을을 지속하게 하는 힘도 이것이다.

"신뢰, 관계, 정체성, 공간, 성장, 재미, 사람, 연결, 모두의 자리, 그리고 매혹!"

다시, 풍영정천 물길을 따라 마을을 둘러보았다.

허약한 미숙아였던 나는, 지난 다섯 해 여러 마을을 만나며 마을주의자가 되었다. 저마다의 빛깔을 지닌 모든 마을을 사랑하게 되었고, 마을 생태계를 이롭게 하는 삶의 방식을 지향하게 되었다. 어디서 사느냐도 중요하지만, 그보다 더 중요한 것은 '어떻게 살 것인가'이다. 마을주의자를 자처하기엔 한참이나 자격 미달이지만, 부끄러움을 무릅쓰고 감히 마을주의자라고 선언하는 이유가 거기에 있다.

이제 다시, 마을로 간다.

원당산을 처음으로 올랐던 그 날의 간절함과 치열함을 품고, 사랑하는 벗들과 함께 소박하고 재미난 마을살이를 궁리해야겠다. 개울물처럼 재잘거리며 흐르다 더 많은 벗들과 만나 강에서 어우러지고, 마침내 바다를 이룰 것이다.

엉성하고 서툰 글로 마을에서 꾸는 꿈을, 정성을, 열정을 담아낼 수 있을까 두려웠다. 부족한 책이 세상에 나오기까지 많은 분들의 도움을 받았다. 먼저, 광주 곳곳에서 마을교육공동체를 일구고 계시는 마을님들과 선생님들이 아니라면 존재하지 않았을 이야기이다. 지금 이 순간에도 풀뿌리 현장에서 애쓰고 계실 전국의 마을교육활동가들께 존경과 감사의 마음을 전한다. 특별히 귀한 시간을 쪼개어 진솔한 이야기를 들려주신 마을님들에게서 깊은 영감을 얻었다. 나의 벗 '호락호락', 고맙다. 벗들의 응원과 염려가 든든한 힘이 되었다. '김탁환의 이야기학교' 광주편 글쓰기 수업에서 '쓴다는 것은 사무친다는 것'임을 배웠다. 나의 글쓰기 스승께 감사한다. 마지막으로 시교육청 시민참여담당관, 동서부교육지원청의 지원으로 좀 더 일찍 이야기를 풀어놓게 되었다. 마을교육공동체 정책 지원에 감사드린다.

"사람이 사람에게 기적이 될 수 있을까!"

당신 곁에서 비로소 나인

송경애

스스로와 더불어가 만나
— 오연호[*]

매혹적이다.

나도 덩달아 꿈틀거리고 싶어진다. 송경애 선생님이 오랫동안 마을교육공동체 운동을 해오면서 어떻게 지치지 않고 즐길 수 있었는지 궁금했는데, 그 비결이 이 책에 오롯이 담겨 있다.

마을에서 '스스로'는 어떻게 '더불어'를 만나고, 운동은 어떨 때 의무가 아니라 즐거운 축제가 될까? 발견의 기쁨을 이 책과 함께 누릴 수 있다.

마을도서관, 청소년카페, 달빛 걷기, 마을축제가 만들어지는 과정에서 학생들이 '마을의 시민'으로 성장해가는 이야기가 매혹적인 현장에 오래 함께 해온 사람만이 쓸 수 있는 찰진 문장에 담겨 있다.

사람이 사람에게 기적이 될 수 있구나 싶어진다.

마지막 장을 덮으며 이 말이 절로 나온다.

"그래, 이게 사는 재미지! 이게 삶을 위한 교육이지!"

[*] 『우리도 행복할 수 있을까』 저자, 오마이뉴스 대표

삶, 배움, 노동이 평화롭게 공존하는
— 이민희*

마을교육공동체 활동이 펼쳐지는 삶의 현장은 단순하지가 않다. '삶과 배움이 분리'된 교육의 문제 못지 않게 '일터와 삶터의 분리'도 공동체 활동을 하는 데 어려움으로 나선다. 아이들은 삶과 유리된 학교 담장 안에서 대부분의 시간을 보내고, 어른들은 삶과 유리된 직장에서 대부분의 시간을 보내는 현상이 중첩되어 있는 곳이 우리의 삶터이고 마을이다.

마을이 그럴듯한 '유토피아'가 아니듯이, 마을 활동도 언제나 장밋빛은 아니다. 때로는 무릎이 꺾이기도 하고 때로는 절망해 주저앉기도 한다. 기성의 제도와 습속에서 벗어나 사람들과 공존하고 공생하는 삶을 꾸려간다는 건 언제나 긴장과 노동의 연속이다. 그럼에도 불구하고 우리는 왜 이 일을 하는가? 마을교육공동체 활동을 하면서 마음속에 항상 품고 있는 질문이다.

송경애 선생님의 책 <마을 발견>을 읽으면서, 마음속 아래로부터 끓어오르는 뭉클함을 느꼈다. 어려운 조건 속에서도 우직하게 마을을 일구는 사람들, 마을 교육이라는 '오래된 미래'를 회복하기 위해 과감한 모험을 마다하지 않은 사람들, 지금 이 시각에도 어른들이 아이들의 미래를 훔치고 있는 것은 아닌가 성찰하며 나아가는 사람들, 백 년을 내다보고 대를 이어 뿌리를 내릴 행복한 미래를 상상하는 사람들. 그들의 이야기를 읽다보니 저절로 웃음이 나고 위로를 받는 것 같다. 무엇보다 이들을 바라보는 저자의 시선에 담뿍 어린 따뜻함이 살포시 어깨를 감싸는 듯하다.

삶+배움+노동이 평화롭게 공존하는 마을교육공동체를 상상해야 한다. 삶이 배움이 되고, 배움이 삶이 되는 마을, 어린아이에서 노인까지 서로가 서로에게 '도반(道伴)'이 되는 마을, 사람을 엮고 배움을 엮는 노동이 존중받는 마을, 잇속을 차리기 보다는 양보하고 환대함으로써 행복을 느끼는 마을이면 좋겠다. 그런 마을은 먼 미래에 있지 않다. 그런 마을을 만들고자 노력하는 바로 지금, '오늘'에 있다.

이 책은 그런 '오늘'을 삶으로써, 노동으로써 일궈나가는 사람들의 이야기다. 지금보다는 좀 더 나은 삶을 염원하고 좀 더 좋은 세상을 아이들에게 물려주고 싶은 모든 이들에게 일독을 권한다. 질문을 품고 한 발씩 전진하기를 포기하지 않는다면 희망은 … 있는 것이다.

*깨움마을학교사회적협동조합 대표

| 참고문헌 |

단행본

간다 세이지, 〈마을의 진화〉, 반비, 2020

강영택, 〈마을을 품은 학교공동체〉, 민들레, 2017

고미숙, 〈바보야, 문제는 돈이 아니라니까〉, 북드라망, 2016

김경인, 〈공간이 아이를 바꾼다〉, 중앙books, 2014

김금선, 〈하브루타로 크는 아이들〉, 매일경제신문사, 2015

김기홍, 〈마을의 재발견〉, 올림, 2014

김누리, 〈우리의 불행은 당연하지 않습니다〉, 해냄, 2020

김소연, 〈한 글자 사전〉, 마음산책, 2018

김영선 외, 〈마을로 간 인문학〉, 당대, 2014

김영주 외, 〈다시, 혁신 교육을 생각하다 ①〉, 창비교육, 2016

김이준수 외, 〈마을을 상상하는 20가지 방법〉, 샨티, 2015

김익록 외, 〈모두, 함께, 잘, 산다는 것〉, 맘에드림, 2018

김진경 외, 〈유령에게 말 걸기〉, 문학동네, 2014

김용련, 〈마을교육공동체〉, 살림터, 2019

김종철, 〈근대문명에서 생태문명으로〉, 녹색평론사, 2019

_____, 〈대지의 상상력〉, 녹색평론사, 2019

김탁환, 〈거짓말이다〉, 2016

_____, 〈살아야겠다〉, 2018

_____, 〈아름다움은 지키는 것이다〉, 2020

김태정, 〈혁신교육지구와 마을교육공동체는 어떻게 만들어지는가?〉, 살림터, 2019

김한민, 〈아무튼, 비건〉, 위고, 2018

김현경, 〈사람, 장소, 환대〉, 문학과지성사, 2015

김현수, 〈요즘 아이들 마음고생의 비밀〉, 해냄, 2019

김혜런, 〈밥하는 시간〉, 서울셀렉션, 2019

김효경, 〈어느 날, 변두리 마을에 도착했습니다〉, 남해의봄날, 2019

김희경, 〈이상한 정상가족〉, 동아시아, 2017

남경운 외, 〈아이들이 몰입하는 수업 디자인〉, 맘에드림, 2014

노정석, 〈삼파장 형광등 아래서〉, 정미소, 2019

댄 핸콕스, 〈우리는 이상한 마을에 산다〉, 위즈덤하우스, 2014

데이비드 조지 해스컴, 〈숲에서 우주를 보다〉, 에이도스, 2014

라일 에스틸, 〈작은 것은 가능하다〉, 텍스트, 2016

로빈 월 키머러, 〈향모를 땋으며〉, 에이도스, 2020

리 호이나키, 〈正義의 길로 비틀거리며 가다〉, 녹색평론사, 2007

마을학회 일소공도, 〈마을 2〉, 그물코, 2018

마이클 애플, 〈교육은 사회를 바꿀 수 있을까?〉, 살림터, 2014

마하트마 간디, 〈마을이 세계를 구한다〉, 녹색평론사 2006

문재현, 〈마을에 배움의 길이 있다〉, 살림터, 2015

민형배, 〈자치가 진보다〉, 메디치미디어, 2013

＿＿＿, 〈내일의 권력〉, 단비, 2015

박원순, 〈마을이 학교다〉, 검둥소, 2010

박현숙, 〈희망의 학교를 꿈꾸다〉, 해냄, 2013

비노바 바베, 〈아이들은 무엇을 어떻게 배워야 하는가〉, 착한책가게, 2014

비스와봐 쉼보르스카, 〈끝과 시작〉, 문학과지성사, 2016

사토 마나부, 〈교육개혁을 디자인하다〉, 학이시습, 2009

서근원, 〈공동체는 어디에 있을까〉, 교육과학사, 2013

서용선, 〈혁신교육 존 듀이에게 묻다〉, 살림터, 2012

＿＿＿, 〈마을교육공동체란 무엇인가?〉, 살림터, 2016

성미산학교, 〈마을학교〉, 교육공동체벗, 2016

세실 앤드류스, 〈유쾌한 혁명을 작당하는 공동체 가이드북〉, 한빛비즈, 2013

송순재 외, 〈덴마크 자유교육〉, 민들레, 2010

스튜어트 브라운·크리스토퍼 본, 〈플레이, 즐거움의 발견〉, 흐름출판, 2010

시미즈 미츠루, 〈삶을 위한 학교〉, 녹색평론사, 2014

심성보, 〈한국 교육의 현실과 전망〉, 살림터, 2018

신영복, 〈변방을 찾아서〉, 돌베개, 2012

＿＿＿, 〈담론〉, 돌베개, 2015

＿＿＿, 〈처음처럼〉, 돌베개, 2016

아녜스 바르다, 〈아녜스 바르다의 말〉, 마음산책, 2020

양뚜완 꼴송, 〈혁명, 마을 선언〉, 그물코, 2018

앤디 하그리브스·대니스 셜리, 〈학교교육 제4의 길〉, 21세기교육연구소, 2015

양병찬, 〈농촌의 교육공동체운동〉, 교육아카데미, 2015

양영희 외, 〈다시, 혁신 교육을 생각하다 ②〉, 창비교육, 2016

에릭 리우·닉 하나우어, 〈민주주의의 정원〉, 웅진지식하우스, 2017

엔치오 만치니, 〈모두가 디자인하는 시대〉, 안그라픽스, 2016

엘리엇 워셔 외, 〈넘나들며 배우기〉, 민들레, 2014

오마이뉴스특별취재팀, 〈마을의 귀환〉, 오마이북, 2013

오연호, 〈우리도 행복할 수 있을까〉, 오마이북, 2014

_____, 〈우리도 사랑할 수 있을까〉, 오마이북, 2018

_____, 〈삶을 위한 수업〉, 오마이북, 2020

우치다 타츠루, 〈완벽하지 않을 용기〉, 에듀니티, 2020

우치다 타츠루·오카다 도시오, 〈절망의 시대를 건너는 법〉, 메멘토, 2014

유발 하라리, 〈21세기를 위한 21가지 제언〉, 김영사, 2018

유창복, 〈도시에서 행복한 마을은 가능한가〉, 휴머니스트, 2014

_____, 〈마을학교〉, 교육공동체벗, 2016

유현준, 〈어디서 살 것인가〉, 을유문화사, 2018

윤기혁, 〈젊은 공무원에게 묻다〉, 남해의봄날, 2020

이미경, 〈동전 하나로도 행복했던 구멍가게의 날들〉, 남해의봄날, 2017

이승훈, 〈우리가 사는 마을〉, 학교도서관저널, 2016

이혁규, 〈누구나 경험하지만 누구도 잘 모르는 수업〉, 교육공동체벗, 2013

_____, 〈한국의 교육 생태계〉, 교육공동체벗, 2015

이형빈, 〈교육과정-수업-평가 어떻게 혁신할 것인가〉, 맘에드림, 2015

임세근, 〈단순하고 소박한 삶: 아미쉬로부터 배운다〉, 리수, 2009

자크 랑시에르, 〈무지한 스승〉, 궁리, 2008

장성익, 〈내 이름은 공동체입니다〉, 풀빛, 2015

장은주, 〈시민교육이 희망이다〉, 피어나, 2017

전상현, 〈서울, 도시의 품격〉, 시대의창, 2016

정기석, 〈마을전문가가 만난 24인의 마을주의자〉, 펄북스, 2016

정기석·송정기, 〈농촌마을 공동체를 살리는 100가지 방법〉, 전북대출판문화원, 2016

정기석·송정기, 〈마을학 개론〉, 전북대학교출판문화원, 2019

정석, 〈도시의 발견〉, 메디치, 2016

정성식, 〈교육과정에 돌직구를 던져라〉, 에듀니티, 2014

정진화, 〈교사, 학교를 바꾸다〉, 살림터, 2016

제프 말파스, 〈장소와 경험〉, 에코리브르, 2014

조한혜정 외, 〈가족에서 학교로 학교에서 마을로〉, 또하나의문화, 2006

조한혜정, 〈다시 마을이다: 위험사회에서 살아남기〉, 또하나의문화, 2007

_____, 〈우정과 환대의 마을살이: 자공공〉, 또하나의문화, 2014

조현, 〈우린 다르게 살기로 했다〉, 휴, 2018

조효제, 〈인권의 지평〉, 후마니타스, 2016

존 버거, 〈여기, 우리가 만나는 곳〉, 열화당, 2018

_____, 〈끈질긴 땅〉, 열화당, 2019

차명식, 〈일요일 오후 2시, 동네 청년이 중학생들과 책 읽습니다〉, 북드라망, 2019

천정은, 〈당신의 교육과정-수업-평가를 응원합니다〉, 맘에드림, 2017

최원형, 〈세상은 보이지 않는 끈으로 연결되어 있다〉, 샘터, 2016

최인철, 〈프레임〉, 21세기북스, 2011

추창훈, 〈로컬에듀〉, 에듀니티, 2017

_____, 〈로컬이 미래다〉, 에듀니티, 2020

코린 맥러플린·고든 데이비드슨, 〈더 나은 삶을 향한 여행, 공동체〉, 생각비행, 2015

코샤 쥬베르트·레일라 드레거, 〈세계 생태마을 네트워크〉, 2015

크리스 메르코글리아노, 〈두려움과 배움은 함께 춤출 수 없다〉, 민들레, 1998

폴 매티시, 〈마을 만들기를 위해 알아야 할 28가지〉, 그물코, 2015

파커 파머, 〈비통한 자들을 위한 정치학〉, 글항아리, 2012

_____, 〈가르칠 수 있는 용기〉, 한문화, 2013

_____, 〈삶이 내게 말을 걸어올 때〉, 한문화, 2015

_____, 〈모든 것의 가장자리에서〉, 글항아리, 2018

한국교육연구네트워크, 〈핀란드 교육혁명〉, 살림터, 2010

_____, 〈혁신학교에 대한 교육학적 성찰〉, 살림터, 2014

헬레나 노르베리 호지, 〈행복의 경제학〉, 중앙북스, 2012

_____, 〈오래된 미래〉, 중앙북스, 2015

_____, 〈로컬의 미래〉, 남해의 봄날, 2018

현광일, 〈공간, 문화, 정치의 생태학〉, 살림터, 2019

혜원 외, 〈교육 불가능의 시대〉, 교육공동체벗, 2011

황선준·황레나, 〈스칸디 부모는 자녀에게 시간을 선물한다〉, 예담, 2013

황윤, 〈사랑할까, 먹을까〉, 휴, 2018

황풍년, 〈전라도, 촌스러움의 미학〉, 행성B, 2016

후지나미 다쿠미, 〈젊은이가 돌아오는 마을〉, 황소자리, 2018

후지요시 마사하루, 〈이토록 멋진 마을〉, 황소자리, 2016

논문

김광수, 남아프리카공화국의 인종 갈등과 화해 그리고 공존을 향한 "평화 개념" 맥락화에 대한 역
        사적 고찰, 한국아프리카학회지 제53집, 2018

김영배, 마을이 세상을 구한다, 전국 마을論 컨퍼런스 자료집, 2016

김종철, 생명사상과 환대의 윤리, 녹색평론 제174호, 2020

박경민, 마을교육공동체 구축을 위한 실천 방안 연구: 노원구 마을교육공동체 사례를 중심으로, 한
        국외국어대학교교육대학원 교육경영과 석사학위논문, 2015

박봉서, 한국 혁신학교운동에 대한 교사의 인식 연구, 한국교원대학교대학원 교육학과 석사학위논

문, 2012

박철수, 아파트와 단지의 사회문화적 이해, 아파트공동체를 논하다 자료집, 2016

이상봉, 생활공간에서의 민주주의 대안 모색, 토론, 마을과 민주주의, 2016

이윤지, 마을교육공동체 교육 주체 간 사회적 자본 인식 비교 연구, 한국외국어대학교 일반대학원
　　　박사학위논문, 2020

이하나, 마을교육공동체의 의미와 역할을 되묻다, 민들레 131권, 2020

정민희, 청소년의 지역사회 사회적 자본이 학교적응에 미치는 영향, 숭실대학교 대학원 박사학위논
　　　문, 2018

최경옥, 지역사회 사회자본이 청소년의 사회적 역량에 미치는 영향, 성공회대학교 일반대학원 박사
　　　학위논문, 2015

한혜정, 마을교육공동체의 관계 구조와 행위에 관한 사회연결망 분석, 공주대학교 대학원 박사학위
　　　논문, 2019

홍제남, 지역사회협력 청소년 자치배움터의 학습과 실천에 대한 의미 분석, 한국교원대학교 교육정
　　　책전문대학원 박사학위논문, 2019

홍지오, 마을교육공동체의 효율적 구축을 위한 주민자치 실천방안 탐색연구, 한국외국어대학교 교
　　　육대학원 석사학위논문, 2017

영화, 다큐멘터리

라이언 머피, 〈먹고 기도하고 사랑하라〉, 2010

마이클 무어, 〈다음 침공은 어디?〉, 미국, 2016

마틴 스콜세지, 〈사일런스〉, 미국, 멕시코, 이탈리아, 2016

아미르 칸, 〈지상의 별처럼〉, 인도, 2012

이종은, 〈시인 할매〉, 한국, 2019

크리스 조던, 〈알바트로스〉, 미국, 2018

피파 얼릭, 제임스 리드, 〈나의 문어 선생님〉, 남아프리카공화국, 2020

조슈아 티켈, 리베가 해릴 티켈, 〈대지에 입맞춤을〉, 미국, 2020

추이텔 에지오포, 〈바람을 길들인 풍차소년〉, 영국, 2018

페르난도 메이렐레스, 〈두 교황〉, 미국 등, 2019

황윤, 〈잡식 가족의 딜레마〉, 한국, 2015

광주광역시 마을교육공동체 지도 2020

① **협동조합 놀자** 광산구 첨단중앙로 160 4층

② **행랑체** 광산구 소촌로 46번길

③ **플레이드림** 광산구 수완로 74번길 11-40

④ **책고리** 광산구 사암로 72-10 101동 410호

⑤ **책갈피** 광산구 풍영로 179

⑥ **어룡동주민자치회** 광산구 선운로 33 상가동 3층 301호

⑦ **신창마을교육발전소** 광산구 신창로 71번길 205-1001

⑧ **신가마을교육공동체 행복어울림** 광산구 신가로 38 신가동 예술창고

⑨ **산호수목공동아리-꿈트리** 광산구 첨단중앙로 68번길 60

⑩ **맹글라우** 광산구 비아원촌길 7(비아시장 내)

⑪ **마을신문기자단 '다온'** 광산구 비아중앙로 31번길 6

⑫ **마을소리숲** 광산구 우산로 47 102-316

⑬ **누리보듬** 광산구 신창로 35번길 80 꿈쟁이 도서관

⑭ **꿈쟁이도서관** 광산구 신창로 35번길 80 호반베르디움 관리동 2층

⑮ **광산구교육희망네트워크** 광산구 왕버들로 327번길 6 2층

① **일곡마을배움청** 북구 소해로 61 한새봉농업생태공원

② **용봉보물터** 북구 저불로 21, 106동 1303호

③ **양산동주민자치회** 북구 양산택지로 32(양산동)

④ **행복학교 '아이들 웃음소리'** 북구 동문대로 109

⑤ **삼각동주민자치회** 북구 설죽로 447(삼각동)

⑥ **문산마을** 북구 송월로 30번길 17

⑦ **교육희망네트워크 희망팩토리** 북구 하서로 229번길 57, 101동 1406호

⑧ **풍향동주민자치회** 북구 필문대로 29번길 10

① **화정3동주민자치위원회** 서구 월드컵4강로 68번길 21(화정동)

② **청춘발산협동조합** 서구 천변좌로 12-16 청춘빌리지 1호

③ **아이들세상** 서구 양동 69-1

④ **신나는 자연탐험대** 서구 상무공원로 61, 406동 1306호

⑤ **광주서구교육희망네트워크 와** 서구 상무중앙로 43, 7층 NGO센터 풀뿌리 소셜랩

⑥ **마을교육공동체 금상첨화** 서구 운천로 31번길 17

⑦ **동천교육공동체 마실** 서구 유림로 98번길 8(동천동행정복지센터)

⑧ **늘따순풍암마을 풍두레** 서구 풍암순환로 141 지하(풍암동)

① **푸른장산 '가온'** 남구 회서로 27

② **뽕뽕다리마을공동체 다락** 남구 천변좌로 566번 다길 12

③ **빛고을남구마을허브사이트 주민협의회** 남구 군분로 23번길, 4-3

④ **꿈꾸는 부엉이 마을학교** 남구 대남대로 127번길 13-1

⑤ **휴양림** 남구 정율성로 7 관리사무소 지하 1층

⑥ **송화마을교육네트워크** 남구 효우로 77번길 9

① **늘품행복마루공동체** 동구 준법로 16

6